·文脉中国散文库·

回眸一笑

关　心 / 著

中国文联出版社

图书在版编目（CIP）数据

回眸一笑 / 关心著. -- 北京：中国文联出版社，2017.11（2023.3 重印）

ISBN 978-7-5190-3234-0

Ⅰ.①回… Ⅱ.①关… Ⅲ.①散文集—中国—当代 Ⅳ.①I267

中国版本图书馆 CIP 数据核字（2017）第 272757 号

著　　者　关　心
责任编辑　刘　旭
责任校对　茹爱秀
装帧设计　中联华文

出版发行　中国文联出版社有限公司
地　　址　北京市朝阳区农展馆南里 10 号　　　　邮编　100125
电　　话　010-85923025（发行部）　　　　85923091（总编室）
经　　销　全国新华书店等
印　　刷　三河市华东印刷有限公司

开　　本　710 毫米×1000 毫米　　1/16
印　　张　14.75
字　　数　241 千字
版　　次　2023 年 3 月第 1 版第 2 次印刷
定　　价　75.00 元

目录 CONTENTS

第一辑　寻寻觅觅

第二辑　花絮朵朵

第三辑　若有所思

第一辑

寻寻觅觅

门和路

当世间的门向我打开，我走了进去。前面是一条路，光洁无瑕，有人搀扶着我，从这里起航！一路上歌声与微笑，栽下的树苗，留在春光里。

溢着春的芬芳，走过去，我叩响了另一扇门，门上刻着初升的太阳，夏的气息扑面而来。站在门口，有人对我说："前面的路，你自己走。"我点点头，往前走。寒窗下的灯光、雀跃的身影、园丁的孜孜不倦，树苗长成了小树。这一路上，我走几步回头望，只因有人在背后看着我走。

带着夏的蓬勃和热量，我走进秋色。此时，那扇门成了一道坎，挺起胸跨过去，前面没有路。"敢问路在何方？路在脚下！"泥泞、荆棘，有点难走，只是走多了，便走出了路。那迈过泥泞越过荆棘，前面是一片天的感觉，痛快！时而春风满面，时而累累伤痕。或是颗粒无收，或是果实挂枝头。那果实，沉甸甸的，摘下来挂在门上，那扇门叫"收获"。

载着收获的明白与思索，我漫步在铺满秋天落叶的路上，寻寻觅觅。夕阳中看见那扇披上了晚霞的门，推进去，呵！走累了，坐下歇歇吧。冬日的阳光里，我坐在路边，一杯茶，一支曲子，一幅画卷。每一个景点，是我的驿站；每一张门票，刻下了每扇门的印记，数数还有哪些景点没走过，赶快补补。

有一天，当我像一片云彩轻轻地飘走，我会将感恩和沧桑留在那条路上，将希望系在那扇——向世间报到的门上！

匆匆

圣诞节那天，拿着两张音乐会的票，邀上闺密莉嗨一把。莉虽已退休，但还在发挥余热，所以难得一聚。

莉与我是发小，小时候是邻居，如今花甲之年都喜欢上了钢琴，便更有了共同语言。那日俩人互相切磋，不亦乐乎！本想烧几个好菜招待莉，只是那谈笑切磋太精彩，舍不得让时间浪费在灶台。干脆简单一把，两碗粉干下肚，急忙赶往剧院，一番匆匆。

乐声缭绕，似将我们带回到半个多世纪前的童年，八九岁，一块儿上学，一块儿嬉闹。那些年，我父母因工作关系，一周或半月才回一次家，两个妹妹也全托在幼儿园，平日家里就我一人，晚上不敢睡觉，莉每晚来我家陪我睡觉。俩小女孩时好时闹，拌嘴时，莉扭头就走。莉有个姐姐，比我们年长两三岁，但成熟多了，俨然一副大姐的风范。每遇我们闹别扭，总是大姐出面解决，她将已跑回家的莉拽回来，每次先是让我们学习毛主席语录："我们都是来自五湖四海……一切革命队伍的人都要互相关心，互相爱护，互相帮助。"这条语录不知学了多少遍，每次闹，每次学，且也每每立竿见影，在大姐的一番道理后，我们立马和好。如今年少的听来或觉好笑，但确是那个年代的印记。童年，就在我们一会儿勾小指，一会儿碰拇指中一晃而过，页页匆匆。

中场休息，那 15 分钟吝啬得连洗手间都舍不得去，她一言我一语，聊着几十年的匆匆。成年后，忙于各自赶路，这 15 分钟实在太浓缩！如果说一场音乐会的欣赏，是陶冶与愉悦，那对友情的重温与珍爱，更是感受缘分的美丽与心灵的温馨。记得有人说过，幼儿园的小伙伴们，养老院里再相聚。从两小无猜到两鬓发白，年华似水，幕幕匆匆。从对音乐会的欣赏，到忆往昔云烟忽过，多少岁月的轻描淡写，不管迷得醉还是寻得累，分别时，直觉一切匆匆……

那年那月那些事

女红

一拨妇女扎堆，边织毛衣边拉家常，只见粗细不一的棒针缠着五颜六色的绒线在一双双巧手下舞动，像是在编织着她们的生活。这情景让我拾捡起几朵做女红的花絮，小时候，是妈妈的徒弟；出师了，是妈妈的助手；后来，成了那牛郎和牛犊的织女。在那开会大流行的年代，也是妇女们手织毛衣的鼎盛时期，上面开大会，下面编织会，连坐公共汽车那当儿也见缝插针。织着织着，每长一寸都有一种成就感；每出一件作品，都像是收获一件战利品。每件作品随着孩子的长大，织了拆，拆了织。一件又一件，年复一年。在最困苦的时期，毛衣要织，小毛头要带，ABC 也要学。往往是手上织、眼睛看、耳朵听、嘴巴读，孩子在旁连滚带爬，还得时不时地拽他一把，似有三头六臂之技，这光阴也算是充分利用不虚度。一天来了同学青和慧，见这场面，自告奋勇帮我织毛衣。不到一周，两件漂亮的绒衣送上门，一件绿色一件蓝色，儿子也煞是喜欢，后这干脆被称为“阿姨绒衫”。几十年了，“阿姨绒衫”已没了踪影，可那个年代的印记和情感却刻在了岁月的年轮上，刻在了心上。它记述了那一代妇女丰富的生活，辛苦但完美；充实且幸福。随着改革开放生活水平的提高，大多买现成的毛衣，手织也淡出了人们的生活，现在会做女红的女孩子可谓凤毛麟角。女红虽然渐渐远去，但它的故事，它的情愫，永远挥之不去……

多彩月子

英国王妃产女不做月子引网友激辩。有说辣妹产后没多久进健身房锻炼的，也有说好好坐月子，否则老了会落下一身病的。众说纷纭，各执一词，说说我的经历与看法。当年因艰难困苦，产后才五天，冒着十一级的台风骤雨为生计奔波，当晚高烧 40 摄氏度。接着产后才十多天就去上班，8 月的酷暑，还日晒雨淋的，曾两三次晕倒在公交车与马路上。如今已花甲之年，至少到目前为止还算硬朗，只是当年烂了两颗牙，哪有坐月子不刷牙的，都说“生一个娃，烂一口牙”。所以月子咋个过法也没明文规定，根据自身条件和身体状况，有福享也别错过，但不必有太烦琐的讲究与束缚，尤其不刷牙的制度坚决得废除，眼下都流行科学坐月子。据说畲族女人生了娃，男人立马感到筋疲力尽，然后是女人下地干活，男人坐月子。真是世界之大，无奇不有。

带子上课

看见这张母亲抱孩子讲课的照片，好心酸！想当年自己也是几次抱着嗷嗷待哺的儿子站讲台、上考场。有两次去夜校教课，他爸没按时下班来“接班”，临时上哪找人照看，咬咬牙抱起几个月大的孩子上课堂，交给最后排的一个女学生，求她抱着我的孩子上课，其中一次那小不点闹肚子，女学生没见过“世面”，那张苦脸至今还记得！还有一次自己口语考试，邻居大妈说好替我看下孩子，可人家忘了看戏去了。眼看着考试临近，万分火急，又只能抱着儿子上考场，老师见状就让我先考。当年还有妈背上的孩子，有些母亲就背着孩子劳作，如今的妈咪们是否有点不可想象呢！

夜行山路

前天经过康乐坊华盖山山脚，想起 20 世纪 80 年代初，有一次被集中在海坛山的海员俱乐部里做招生录取工作，晚上还要去夜校教课捞点外快，夜校设在中山公园旁的市卫生学校里。走大路嫌远且时间来不及，就抄近路，翻过海坛山，穿过康乐坊，再翻过华盖山，下来便是卫校。下课后九点多了，原路返回海员俱乐部。现在想来有点不可思议，一个女子在夜晚独自翻越两座山，还优哉游哉，换成现在是吃了豹子胆也不敢的。

在那个不知道什么叫骗子、腐败分子，什么是转基因毒食品的年代，虽然为生计奔波如此辛劳，但衣食住行还算踏实。

自行车上的幸福

见街头的便民自行车，想当年也就是这样一辆车，承载着一个家庭的生息和甜酸苦辣。一般父亲是车夫，驮着后面车架上怀抱孩子的母亲，慢慢孩子长大了晋升到前面车架管上的“座位”，后座妈妈的怀里又抱上了老二，甚至还有肚子里的老三。就这样，一家三口、四口或五口，不论严寒酷暑刮风下雨，日复一日年复一年，一家人紧紧地挨在一起。那时的人感觉过得很甜，根本不知啥是苦，可如今的奔驰宝马有时反而带给人苦恼多多。在物欲横流的今天，人们怀念当年的那份幸福感和对幸福的理解。常听人说，你看某人真幸福或这个人真苦，其实幸福也好痛苦也罢，不是来自别人的嘴巴和眼睛，而是源于自己的内心感受。不少富人的烦恼人家看不见，而乞丐内心的乐趣和轻松或许别人也无法体验，幸福和痛苦都不是一种现象和状态，而是一种感受。

打字机

整理杂物时发现了它——三十几年前的英文打字机，如今说来算是“古董”了。那是 1983 年，中文打字机个人不许购，单位购还得公安部门批，此物属特批控管商品，可对英文打字机还是“赦免”了。那时想业余挣点外快，托人去上海买了这宝贝，人民币 180 块，也算是“窜起打一棒”了。一到手，还不知咋用，就来了业务，于是就赶鸭子上架。当时改革开放刚掀盖头，市招商局第一次招商会的第一份外文文件，就出自这台打字机，后来陆陆续续大大小小的业务，它立下了汗马功劳。体会最累的是校对，蜡纸卷在小小的滚筒上，调整齿轮，一行一行地对，发现错的涂上更正液，在上面重新打，眼睛特累。如果不油印，用色带直接出文件，万一出差错是不能修改的，哪有像今天这样，在电脑上如此得心应手。

当年，小家伙见我打字总会说，“妈妈又弹琴了，噼噼啪啪真好听”。有时趁我不注意，上去乱敲一通，糟了，打好的文件上多了几个“不速之客”。那些年，夜深人静，那个小楼里发出的击键声常是邻居们第二天的话题。

后来电脑问世，这台英文打字机也退休了，三十来年没碰它了，击了几下感觉不大灵了。一个时代过去了，虽然它早已告老还乡，但那噼里啪啦的击键声、蜡纸的油墨香，还有更正液那种伴有酒精的气味，依旧那么熟悉，那么让人怀恋……

学琴所得

无意中，发现那个简简单单的黑白世界，那个拉小提琴的背影。18 岁那年，父亲给我买了一把小提琴，清楚地记得，人民币 38 元。40 多年前的 38 元，算得上一笔投资了，我知道，那是父亲对我的栽培。从此，我开始了对音乐的追梦。每天五六个小时的练琴是家常便饭，下颌红肿了，长疹了，长痱了，指尖长茧了。夜深人静怕影响邻居，父亲给我买了弱音器，还时常笑着点头连说好听，其实我知道，哪有他说的那么好听，他是在鼓励我。后来学校演出，也跟着乐队上台浑水摸鱼过几回。随着为人妻为人母，这把心爱的小提琴渐渐地失宠，被我打入了冷宫。20 年前的春天，我重新将它捡回，但最终还是被压在了生活担子的下面。今天，当我又一次捡起它，发现就连那副架势也只是成了一种摆设！是啊，一路上许多东西一直被抛在春天的路口，只因忙于赶路，都没来得及弯腰将它捡起。但音乐代表着一种艺术魅力与精神价值，只要曾经有过，有过一个精神世界让自己遨游，构成人格修养，也是一种莫大的幸福。有些东西尽管已回到原点，但还留得住那种精神！

偶遇老友

去公园赏郁金香，偶遇一位老同学兼老同事，干脆说老友吧，甚是高兴，多年不见也很少联系，却一见如故。读高中时，她高我一届，毕业后在同所学校代过课，后来各走各的。20 世纪 80 年代初在去往上海的民主轮船上突与她相遇，记得当时她刚结婚不久，那次认识了她的那个他。倚着轮船甲板的扶栏，看着朵朵翻滚的浪花，四人谈笑风生，那时我们多年轻啊！再后来偶见她在报上的一块豆腐干，记得题为“女儿的第一次社交”，知道她有了女儿。说起来她还是个才女，继承了画家父亲陈沙兵的基因，画得一手好画，且写得一手好文章。我们的父辈也有着相似的经历，战争年代的磨难、特殊年代的遭遇，致使我们敬爱的父亲都英年早逝。我们也都传承了父辈留予我们做人的道理与精神，如今我们都已过了当年父亲别离人世时的年龄。这岁月哪！相遇勾起珍贵的回忆，相遇有说不完的话，相遇让晚年更富有！

那时的书单与读书

整理书房时看到达尔文著的《物种起源》，便想起了另外两本书，康德写的《宇宙发展史概论》与摩尔根的《古代社会》，这三本书是就读高中时父亲要我读的。当年逢暑假，为能吹点凉风，坐在走道楼梯口读，邻居路过便凑过来瞄一眼，然后疑惑的目光似乎在问：小姑娘能读懂这些吗？是啊，一知半解也好，一窍不通也罢，那年代没书读，好多书被列为“封资修”而禁锢，老爷子只能自己读啥让我也读啥，还有《共产党宣言》《法兰西内战》《哥达纲领批判》《反杜林论》《国家与革命》等也成了我当年的书单。

多年后认识了现在的另一半，见他也在读那三本书，这大概是那个读书无用论年代没书读的写照吧！高中毕业后自学英语，踏破书店寻不到一本英语教材，一天父亲买来一本汉语读本，是老外学汉语用的，父亲说，你就拿它倒过来学吧。后来拜师也没教材，只得拿当时唯一能买到的英文版《毛泽东选集》甲种本当教材。后听说市图书馆有英文原版的《鲁滨孙漂流记》，开后门还只许出借一星期，那时还没有复印机，几个学英语的伙伴就轮流着抄，上白班的夜晚抄，做夜班的白天抄，就这样奋战一周，诞生了手抄本，这也成了我们的教材。

如今书海辽阔任你游，岁数越大越感到自己读得太少，但重要的是要读好书，几本好书可以造就好人生。读书要慎加选择不可滥读，当今由于利益的驱使，平庸作品乃至坏书经包装与炒作，扰乱人的视线，令人受害而不自知。再者单靠报纸、网络或流行阅读物是难以学会真正意义上的阅读的，必须读杰作，可杰作不如时髦读物来得适口富有刺激性，但那里有心血、智慧、学问与价值，让你获得取之不尽的精神财富。

一丝不苟

生活中的三个男人，父亲、丈夫、儿子，除了这个儿子有点青年人通常特有的马大哈，那两位都属于“认真族”“较劲派”，从小到大，从大到老，我在“认真”中攀爬。

小时候，切个冬瓜，父亲在旁“打分”，嫌我切得大小厚薄不均匀，要我改刀，我说反正都吃到肚子里，形状各异有啥关系。老父曰：“不行，这非只是切冬瓜而已，是一个人做事的态度，小事不认真，会量变到质变。”哇塞！切个冬瓜也上纲上线，还拿哲学论理。就这样，我被老父鼓捣出一个啥模样，可以想象。

嫁了人，当家的属于与“国际标准”打交道，精确到微米的那种，且生活中也弥漫着严酷的 ISO 认证之精神。烧个菜摆个盘碗啥滴，得按规矩办，我有时随便一摆，他见了总要重整“棋盘”，说这是不规范滴，要摆成几点一线等，类似的举不胜举。哇！俺这“菲佣”虽是山寨版的，但绝不比正宗的差，还难以胜任！不过，说当家的，自己也半斤八两。像弹钢琴因手较小难以招架一些跨度大的，但见一位五岁女孩弹八度呱呱叫，心想自己的手再小总比五岁的孩子大，于是加大力度练，有了长进，腱鞘炎来了，不得不停工还得受那疼痛。老骨头能和五岁的骨头比吗？家里的钟点工说：“老师姆做事真认真”，我说“老师伯比我还认真”，她睁大眼睛似乎在说，还有比你更厉害的？男人对这些洗洗搓搓也……

呵呵！说白了，不是对洗洗搓搓怎么滴，一个人的品行、作风一旦形成，无论工作生活都会渗透到每一个细节。“认真”也是闪光点，“世界上怕就怕认真二字”，但不必太在意，否则就一个“累”字，亏了自己。工作一丝不苟，生活不必过于精致，一生旅途中很多时候很多事情无法做到精致，也需要粗糙，粗细搭配才有益于健康，人生也是如此，精致与粗糙同样充满魅力。想起苏格拉底的一句话“年轻人该受教育，成年人则勉力善行，老年人卸去一切职务，起居从心所欲，不必受什么固定的生活秩序所约束。”

体验

那个星期天，我对先生说，“今天单位里有事，厨房请你挂帅一天。”他二话没说，一口答应。我交代了一番，并说：“买菜要有计划，超出三十元一切自负。”“照办，我的计委主任。”他答道。

于是，他整整一个上午马不停蹄，先是将米缸添满，然后拎着菜篮带上儿子，不假思索一个劲地买，至于数量，菜贩让他买多少他就买多少。屈指一算，指标已达一百，赶紧回头，还跟儿子嘀咕着：“在你妈的计划下买菜真不合算，赔了工夫又赔钱。”

接着他摆开架势使出看家本领，锅碗瓢盆重重叠叠，煤气炉、微波炉、电饭锅全上阵。我回家见这热闹场面便问：“今烧啥菜？”“全都是新产品。”听口气我打算美餐一顿。开饭了，他一一介绍，这是“清蒸带鱼”，我尝了一口，嘿！彻底的清蒸，没加任何调料，只在微波炉上转几圈，腥气十足。他忙说不知生姜放哪儿。我指着另一样问：“这是什么？”他道：“炒黄瓜。”天哪！绿绿的黄瓜成了名副其实的“黄”瓜。我尝了另一道，哇！咸得直张嘴，他忙作解释：“我第一步放了盐，第二步打算放味精却把盐错当味精放双倍了，那白细盐和味精实难区别。”此时儿子在旁嚷道：“这哪是在吃饭，是在吃粥呀！”

这顿饭虽味道不美，但见他干得那么认真投入，我心里还是美滋滋的。尽管他一个劲地埋怨自己手艺差，我还是大大地予以表扬，能够干就不错了，体验一下也是好的。

饭毕，他卷起袖管洗刷锅碗，这时有电话找他，那油腻腻的手好一会儿才去接，对方问为何磨蹭这么久，他当即对着话筒大声宣布：“我正在洗碗哪！”

晚上我问他：“今天体验如何？”他深有感触地说：“你多年如一日，工作、学习、带孩子，里里外外的家务，这一条龙服务的功劳不亚于我这位在外头干大活的！”

生日礼物

儿子过生日了，问他要什么礼物，他想了想说：“妈，什么礼物也不要，只要求你批准我玩一天，和作业拜拜一天。”

是啊！一份发自童心的要求。想起孩子曾说自己晚上睡觉都侧着身子而不敢平躺，唯恐屁股烂起来，只因上课、写作业、吃饭、路上骑车都是坐着。怪不得有人说现在的孩子一跨入校门，那就十二年“不得翻身”。

生日那天，儿子一大早就出发，那份高兴劲就甭提了。中午回家带来的不是平日放学时那沉甸甸的书包，而是他最喜欢玩弄的各种模型，汽车坦克等，还买了粉干、豆芽和生姜，说中饭自己动手炒粉干。我问炒粉干买生姜做啥？他道：“你不是说炒粉干放洋葱吗？”我笑曰：“真是读书将你读傻了。”经我指点，他再度上菜场买了洋葱。接着，我现场指导，儿子上阵，炒了两大碗的粉干，还烧了蛋汤，乐呵呵地说：“妈，平常都是你烧给我吃，今天我烧给你吃。”

午饭间，儿子开始就上午的经历滔滔不绝：“我骑着车，穿过繁华的人民路，登上城开天桥，哇，那高楼、那车流好壮观啊！我骑过车站大道、城南大道、新城广场，好一派现代都市的气魄。雄伟的体育馆，壮丽的物华天宝，令我神往。我还看到了烈日下，工地上的工人，马路上的警察，他们汗流浃背，奋战不息，一种深深的敬意油然而生。”

饭后，儿子摆弄着买来的模型，一件件作品在他手中诞生。他欣赏着自己的作品，摆开军事阵地，自得其乐。乐罢，拿出工具箱，将家里好几样破损已久的东西，这件修修，那件敲敲，变废为宝。

晚上，儿子在日记中写道：“今天是我的生日，好快乐！妈妈送给我一件最好的‘礼物’。今天，我学到了一些书本上学不到的东西，获得了不少课堂上所没有的知识。”

读着这则日记，望着熟睡中的孩子，我陷入了深深的思索……

老家伙

如今老年人出入时尚之地，几分乐呵，也几分尴尬。曾在万达广场乐过一把，只见那里一派青春焕发，老家伙，就咱俩，扎眼！见那影城，一头扎进，真是久违了。剧终一眼扫去，老牌又只咱两张。星巴克里，清一色的年轻人，柔和的灯光或是摇曳的烛光，浓郁的咖啡香。呵呵！也算是来此与时俱进一番，时不时有人投来异样的目光。又是俩老家伙融在这地儿的氛围里，亮丽！一个二月的一天，见某餐馆环境不错，便席“桌”而坐，只听得点菜的一句开场白：“两位时尚达人，今天也来过情人节啊！”啥？还真不知今是何节，竟来拍拖啥“情人”了？时髦！笑归笑，尴尬也不少。下馆子，人家重效益你重养生，点菜的这时脸色一沉，“那你们就几份蔬菜两杯白开水是吧！”你说“海参胆固醇较低，来两根”，人家立马笑容可掬，心想这一下就三百多了。逛商场，卖的耍大牌，买的不懂牌，人家 famous brand 脱口而出，你却前所未闻一头雾水，还劈头问价。那天价让你一脸惊愕，更酷的还是那不屑一顾的神态如一道逐客令。出门时只听得嘟囔：“买不起就别买。”哦呵！老牌们也不是没这实力，只是观念不及你。再说上那数码城购物吧，你若询问个什么配置啥滴，小青年会说：“最好让你儿子来，跟你说，课还要上几堂呢！”银行办信用卡，59 岁还可在线上办，但花甲一过就得下线上柜台，让银行出具证明。过了 65，你连申请的权利也没了，理由是退休族已无经济收入，怕你无力偿还，可如今小子信用卡欠款银行要你老子还，没商量。且又说那理发店吧，同样的消费，一个摩登女郎，一个白发娘，那准一个细活，一个粗活……

莫管尘世，人家“致青春”，咱来个“致暮春”，也给那劳苦功高拿点回扣！

端午节

童年传承

又是一年端午节，记得小时候，端午前几天，大人们忙着浸泡叶子包粽子，孩子们也开始忙活。先用硬纸做成纸粽，然后外面缠上五颜六色的丝线，漂亮极了，大大小小地串起来，还有华丽斑斓的蛋袋，一切自己动手自我欣赏，挂在胸前炫耀。端午清晨，吃了妈妈做的粽子，妈妈给的蛋舍不得吃，装在蛋袋里挂在胸前，到学校里和同学们撞蛋。你撞我，我撞你，哪位的蛋一路杀来依然完好无损，便成了蛋王。教室里撞蛋声稀里哗啦，同学们笑哈哈，快乐极了，一派童年的斑斓。

后来还是用那炫亮的彩丝，给我的孩子缠彩粽、编蛋袋。同是一片斑斓，在小家伙的胸前晃悠着，他屁颠屁颠地乐呵着。那时候，谁也无法描绘一个孩子未来的多彩，但都倾其所有给其装扮一个七彩的童年。推着岁月的年轮，渐渐地，那些童年多彩的斑斓成了今天这一头黑白相间的斑斓。今天当又一股粽香飘起，当电子粽在WiFi里穿梭，怀念的还是那一个个彩丝粽，只因那里有真实、良知、希望与追梦。

旧时端午，还有吃葱、豆芽、菖蒲酒、鸡蛋等习俗，大都有为孩子祈福之意，如吃了葱后会聪明，吃了豆芽能茁壮成长，吃了鸡蛋会像鸡蛋一样光滑，不会生病，喝了菖蒲酒则能除毒防虫、驱邪破煞。

龙舟精神的崛起

端午，也是一个扬眉吐气的日子，南塘河上，龙舟竞渡，百舸争流，你追我赶，力争上游，这才是端午的亮点与精神。尽管时代的变迁让儿时的一些乐趣渐渐淡出人们的视线，但是“赛龙舟”，这一端午文化依然年年隆重登场。一时间，锣鼓喧天，喝彩不断，那凝聚力随着象征时代脉搏的龙头敲鼓声爆发到了极点，好一幅同舟共济的隽永画卷。

端午节，是中华民族为纪念伟大爱国诗人屈原而设立的，屈原极其爱国，但他却单挑独斗，只身苦苦向楚王进谏而不愿联合其他大臣共同努力，因而导致失败。屈原投江后人们纷纷划船相争去找他，且由个人行为变为集体行动，于是团队精神产生了，这是民族精神质的飞跃，中华民族由此开始认识到团结的重要性。纵观历史，我们发现：赛龙舟不是一项单纯的体育娱乐活动，它体现弘扬的是爱国主义和民族气节。记得曾有诗云："午日江城竞渡时，倚楼画阁望迷离。半天忽动秋千影，龙女腾空作水嬉。"无论风俗如何变迁，龙舟，这一中华图腾之一，将永远是每年端午的亮点！

端午对人们来说，不仅是节日，更是一种信仰、一种期盼。下一个端午，艳阳还是雨水？谁也说不出，不要去解太多的未知数，立足当下，珍惜曾经赐予我们的每一个彩粽，每一份留守，心满意足地过好每一个端午节！

李约瑟与莎士比亚的两巨著

书橱前，寻寻觅觅，那两套《中国科学技术史》与《莎士比亚全集》映入眼帘，两巨著引发了我的翩翩思绪……

为中华科技立传

《中国科学技术史》一书，作者为英国人，李约瑟博士。这是中国第一部科学技术史，然而却由外国人来写就，难免一种莫名的滋味，但不可否认，一个外国人，能把中国人史上的所有发现、发明与创造整理得那么完整且系统，着实让人惊叹。

这本书产生于二战后，当时日新月异的欧洲，特别是英国创造发明的洪流之时，它告诉大家：世界比想象中要大得多，别忘了还有东方，还有中国。它的出现除了对中国人表示的那点公平与安慰，也是对英国人某种错觉的一个提醒。不过我们不能从遥远的光荣历史中寻找安慰，中国并不是一个科学发达的国家，无论是古代、近代还是现代，我们要以弃旧迎新的精神，探求与发现的思维来推动中国当代科技发展与现代化的进程。

这部科学技术史问世于当时封建落后、战乱的中国，老外动手还有情可原，可前不久的一则新闻令人汗颜：一个堪称权威的中国古汉字的网站是由一个美国人花费半生精力，历尽艰辛建立起来的，如今不少中国的汉字专家也来此站求教。这个称作“汉字字源网”的网站包揽了甲骨文、金文、大小篆等中国古汉字，创办人叫理查德·西尔斯，他还有一个亲切的名字：汉字大叔。

这些老外对中国文化与科技的热爱与热忱、付出与成果，让我们这些正宗的炎黄子孙还有什么理由不热爱自己祖国灿烂的文化，还有什么理由不为科技兴国，复兴中华尽匹夫之责呢！对此，我们还有什么脸面为一些外来糟粕摇旗呐喊，为一些外来的殖民文化大开方便之门！

毕生心血献莎翁

《莎士比亚全集》，学英语的人大多会去读莎士比亚作品，于是也无人不晓朱生豪先生。虽然20世纪中国先后有多位莎士比亚译者，但朱生豪译本是最受欢迎且最近于完整的译本，也被认为是迄今为止莎剧翻译的巅峰之作。都说“许多人是因为朱生豪才走进莎士比亚的世界”，我也是。看了朱生豪的译莎记事，甚为感慨。他废寝忘食、殚精竭虑，曾经已完成的部分莎剧译稿和全部资料多次毁于战火，却再接再厉。他颠沛流离、穷困潦倒，却以惊人的毅力，以短短的十年工夫替中国近百年来的翻译界完整出色地完成了这部艰巨而宏伟的工程。他积劳成疾，英年早逝，年仅32岁。1947年，我国首次出版的《莎士比亚戏剧全集》译作传到海外，欧美文坛为之震惊，许多莎士比亚研究者简直不敢相信中国人会出如此高质量的译文。他的贡献也击破了日本人说“中国是个无文化的国家，连老莎的译本都没有”的嘲讽，这是中国的骄傲，也是浙江的骄傲。他的功绩感人至深、可歌可泣。他生前寂寂，死后却声名日隆，只可惜骨骸被毁，后与爱妻宋清如合葬的则是一套《莎士比亚全集》。

我打开书柜，取出这套80年代购买的《莎士比亚全集》重新翻看。以当年的生活处境，花35块钱（为一个人的一月工资）去买套书，也算是“窜起打一棒”了，且是拿自己工资之外的兼课费与替人英文打字挣得的外快买的。不为别的，只因宝贵，只因仰慕。

巨擘两邻居

在温州，郑振铎纪念馆与夏鼐故居挨得很近，一位是一代文化名人，一位是考古巨擘，亦为同乡，如今还成了“邻居”。以前读过一些郑振铎的作品，但对他的生平与功绩了解甚少，观后有了更深的了解。馆内收藏了郑振铎的手写书信、用过的照相机；茅盾、赵朴初、夏承焘等名人赠予郑振铎先生的书法作品等。从图片里看到郑振铎与夏鼐等一起主持明定陵的挖掘工作，还在郑振铎同人们的图片中看到老舍与傅雷，扼腕哀叹，你们怎么不能就再撑几年呢？看人家季羡林老先生等都盼来了春天，活到九十几呢！

纪念馆落在五六十年前的原市立图书馆旧址，先生说可谓故地重游，他饶有兴致地指画着：这里是原来的借书处，那里是阅览室，当年几乎天天泡在这儿遨游书海。遇上几个“同类项”，虽互不认识，但回忆起这个小院子成就了当年书迷的功劳，那话头就多了，甚至连如今装修上的改动还能撩出其原貌，真是一代读书人的情愫。

从郑振铎纪念馆出来便去了其邻居“夏鼐故居”。这里无论内容、说明、布展等都很专业精细，且亲切感更浓，我们看得很仔细。夏鼐同人们的图片很多，其中“李约瑟”的图片让我想起了家里那套《中国科学技术史》，这是我国70年代出版的第一部科技史，却要让一个外国人来写，真不是滋味！还看到了不少老前辈的照片，他们都曾是夏鼐的同事或亲友，看到杨学德老前辈，想起38年前他不厌其烦地指点我翻译科技英语，耐心细致地给我批改译文；还有与陈德宣老师的聊天、求教等都历历在目。墙壁上如今还健在的只有80多岁的胡显钦老人，当年常听父亲提起。郑振铎与夏鼐等老一辈科学家给后人留下了丰富的精神财富与文化文物珍宝。

对名人的追忆，对前辈的怀念，忘了时间，直到工作人员来催闭馆。这是一个留住记忆的下午，一段求知与仰慕的时光。

游中华三大名楼

十年间，先后游历了中华三大名楼：黄鹤楼、岳阳楼与滕王阁。

走进三大名楼，跨过层层台阶，叩启楼阁的门扉，寻觅风姿万种的梦想，倾听波澜壮阔的故事。看长风碧浪，只见沧海桑田尽收眼底，此刻再狭隘的胸襟也会豁然开朗，你会忘记名利几何，只将所有的情感放逐于山水，也许你不能如古人那般吟诗作赋，泼墨留香，但眼前那万千气象带来的震撼足以令你铭记一生。

中华三大名楼，难以说出谁之最，但若按建造时间的先后，则黄鹤楼为先，公元 223 年由三国时吴国孙权所建，三年后又是吴国吕蒙建了岳阳楼，滕王阁则于公元 653 年唐时由太宗其弟元婴任职洪州时所建，此三楼至今都已有一千多年的历史。

三大名楼，若就其思想性，首推岳阳楼。当年滕子京百废俱兴，将被岁月风蚀的岳阳楼重新修建，在楼上刻下了唐人诗句，托人画了一幅《洞庭晚秋图》，又请范仲淹为楼作记，留住岳阳楼曾经有过的历史，一句“先天下之忧而忧，后天下之乐而乐”，足以使之名垂千古，它道出了中华民族做人的规范，行为准则和对国家的担当。岳阳楼，临着洞庭湖，可以看苍茫万象，当年李白正值流放途中遇赦，他登楼远望，心境旷达而豁然，看着如画山水，与明月对饮，凭借着无尽的苍茫，似看到若隐若现的远方。那年我赶赴岳阳楼，本想领略洞庭湖那番“洞庭波涌连天雪，长岛人歌动地诗”的壮阔，因天气原因，虽未能如愿，但也踩着古人的墨痕登楼远眺，临着浩荡的湖风，看平湖如镜，叹世道演变……

若就艺术性来说，首推黄鹤楼。唐朝崔颢在该楼上所题名诗：

“昔人已乘黄鹤去，此地空余黄鹤楼，黄鹤一去不复返，白云千载空悠悠。晴川历历汉阳树，芳草萋萋鹦鹉洲，日暮乡关何处是？烟波江上使人愁。”此诗乃为绝唱，诗仙李白至此见之大叹：“眼前有景道不得，崔颢题诗在上头”，许多文人雅客来到这里，不知是寻觅那一去不返的黄鹤，还是追忆那乘鹤远去的古人，崔颢面对苍茫的烟水、空寂的楼阁，做着岁月流逝的感叹。悠悠千载的黄鹤楼，落在淙淙的流水边，倘若你带着历史的眼目去看黄鹤楼，它弥漫过战争的硝烟、唐宋的风月，过尽段段似水流年。如今我们登楼去追寻唐朝风物，只因人生不复回返，更应珍惜遗留的美丽与无边的向往。

以此看来，滕王阁居于其三了。唐朝王勃虽年少但意气风发，在长天万里的烟波中，浪涛如同风起的时代，他远眺无尽的江水，放逐聪慧与旷达，追求不倦的探问，挥毫泼墨，恣意山水，留下了千古名句，“落霞与孤鹜齐飞，秋水共长天一色”，实在把景给写活写绝了，成了千古绝唱，铸就了一生的风华，此后再无文人能在该楼胜出。

滕王阁千百年来屡遭劫难，但屡毁屡修达二十九次之多，至今则已重建，古迹已非当初之原貌，或加层抬高，或扩展范围，一次比一次宏伟。走进阁内，邂逅历史抖落的风尘，一幅《时来风送滕王阁》的汉白玉浮雕，令你穿越时空逶迤的幻境，与过往的些许永恒有了深邃的交集，远去的风景不须再忆，存留的遗迹却要珍惜。

中华三大名楼，古往今来，不知有多少人，带着天南地北的烟尘，将它匆匆赶赴，寻觅着曾经壮美的诗酒年华，拾掇着遗失在楼台深处的古老片段，中华历史人文遗迹乃中华民族与文化的宝贵财产。传承民族文化即传承民族精神，游览祖国的人文古迹，对人文景观的欣赏之时，也呼吸着中华文化的生命气息，在心灵上留下了永不消失的印记。

静谧与喧嚣

雨中西湖雨中行，别有一番韵味。庭院占地36万平方米的西湖国宾馆，游人如星星，静得只听得雨点打在叶子上的沙沙声；绿得举目郁郁，低头葱葱，清新得让人一次又一次地深呼吸。时而漫步，时而悠坐，音乐催人醉，暖风吹人睡。我盯着湖面泛起的一个个小水波，像是在数着过往驿站上的每一个故事；远处划来一条小船，如同人生的小船，船夫荡漾着船桨，如同一路上的闯荡。小船渐行渐远，投给我一片宁静。宁静，不是孤独与寂寞，是思想自由驰骋的空间，在宁静的心灵里，倾听生命中潺潺的流水声，寻觅真实的自我，思索人生的得失。

翌日，带着西湖边的沉思，寻觅良渚的沉淀。良渚，位于人间天堂的西部，远离喧嚣，堪称天堂中的仙境，中国的欧陆小镇。它的历史和文化给了我们宝贵的积淀，这儿村民的生活还有点“乌托邦”的味道呢！6月，走在乡间的小路上，已没有了昨日“雨中西湖行”的那份清凉，热感与池塘里绽开的荷花告诉我们：夏，真的来了。那番乡村的万种风情，它的静谧与洒脱，勾起翩翩思绪，此时宁静与思索是一种追求与幸福。

带着那份静，那片绿，驾着云彩，不一会儿，身上还散发着乡村的气息，突然置身于喧闹之巅，一个老人画的那个圈的中心——深圳。呵！什么叫天壤之别？这就是。顿时，天然氧吧消失在水泥森林中，可灯红酒绿与车水马龙却弥补了良渚那番举步维艰没个车影，迷路了没个人引的局面，此时都市风情的享乐也是种幸福。如果有人问：“你要哪种，静谧还是喧嚣？”我会说：“我都要。”只是人生不可能让你都要，命运往往给了你这，却给不了你那。

岳麓情思

十年前，拜谒了这座仰慕已久的千年学府——岳麓书院，如今故地重游，感受往圣情怀，顿生一种莫名的庄严。这里曾经有过宁静的聚会，一种无法言说的斯文与神圣。千年来，这里有幸不被滚滚红尘淹没，在历史与政治旋涡中能保存下来且发展壮大。如今青砖石地，粉墙玄瓦，一派肃静，没有丝毫的世俗硝烟，依旧一脸安详静静地盘踞在那里，向世人诉说着千年间，日月东升西落，春秋交替变换，唯有莘莘学子，老师夫子，在此汇聚。岳麓书院集天道、地脉、人缘、文气于一体，树人无数，兴盛千年，乃中国文化的幸事，湘江文化的清源。进入讲堂，见壁上嵌着朱熹手书的“忠、孝、廉、节”四个大字，备受感染。仿佛光阴追回至八百年前，和汇集在此的八方学子，默默肃立，聆听着朱老夫子的教诲。讲堂的大厅，挂着清康熙皇帝赐的匾书“学达性天”，讲堂里面正中设有高约一米的长方形讲坛，旁边那两把红木雕花的座椅仿佛让人感觉朱熹与张栻两位大师曾经的讲学。该书院里最吸引我的是讲堂，让两位老师同时讲课、辩论，及门口的“实事求是”与讲堂内众多的木匾等，无不传递了岳麓书院严谨的治学作风。而这优秀的传统，现已鲜闻少有。当下学术界有的是“专家”们相互吹捧，无实事求是的作风。而现在的教学也偏离了岳麓书院的宗旨，高考这个指挥棒把填鸭式教育发挥到极致，让学子们失去了自由思考。纵观岳麓书院千年办学历史，曾涌现出无数忠贞不屈、浩然正气的爱国志士、豪杰君子，从这里走出了王夫之、魏源、曾国藩、左宗棠、郭嵩焘、谭嗣同、梁启超、黄遵宪、蔡锷，他们从这里直接走进历史史册，“惟楚有才，于斯为盛”，不愧为天下英才最辉煌的荟萃之地！张栻、朱熹、王明阳等大师，在这里讲的不仅是先贤圣典，更重要的是想讲述他们的思想和精神，洁身自好、正直做人、以天下为己任，不计个人得失的精神。在历史的长河里，许多金碧辉煌的宫殿早已成为灰烬，唯有一座座书院，坚强地存续下来，同时也将中华文明薪火相传下来，这就是文化的力量！

此次来书院梦想过能否让我碰上一场魂牵梦绕的好讲座，当然未也。看来想在这座千年学府里亲聆大师的谆言，亲临“一时舆马之众，饮池水立涸”的盛况，会成此生一大遗憾！十年前离开此地时，买了一本《智者的声音——岳麓书院演讲录》，爱不释手。

进门时一身喧嚣，出门时却身心清静，如果让我捧着书，行走于这座千年庭院，徜徉于幽静与神圣，流连于精美的建筑，挺拔的翠竹，潺潺的流水，去舔吸书的甘露，可谓是修心养生之大福也！

从岳麓书院的后门上山即是钟灵毓秀、人文荟萃的岳麓山，山脚便见中国四大名亭之一爱晚亭，当年毛泽东与蔡和森等革命志士在此“指点江山，激扬文字，粪土当年万年侯”。沿着上山的路，古木参天，林壑清幽，但景色秀美或许不是它的主题，这座山峦被伟大的心灵与圣洁的思想包裹，镌刻在心底的是深厚的人文情怀。“青山有幸埋忠骨”，一座座土灰色的墓碑庄严肃穆，周围一片寂静。黄兴、蔡锷、陈天华等近代史上赫赫有名的人物长眠于此，这里没有奇峰怪石、飞泉流瀑，之所以成名，是因为它蕴含着这些忠骨的灵魂，体现着民族脊梁的精神。来到这里，不管是否懂得历史，或多或少地都能得到灵魂的净化和升华。这些革命志士来自湖南的四面八方，但最终都安葬在这座山头，岳麓山用它的博大容纳这些伟岸的忠魂。而今天有多少人还能道出这些烈士的名字？又有多少人还记得这青峰黄土之下埋藏的那百年前的精神？

下山时，又途经那座躺在林海中的岳麓书院。湘江、橘子洲与岳麓，披着一层薄纱，带着朦胧的优雅与神圣，静谧地躺在大自然的怀抱里，继续为我们提供最厚重的中华文化与家国情怀。

乘邮轮所感

邮轮，有海上移动疗养院之称，十年前，玩了一趟“歌诗达”，意犹未尽。今又登上海洋量子号，目前世界上最棒的邮轮，可容纳游客 4600 人，特别以其高科技令人瞩目。只可惜高大上的邮轮，跌眼镜的管理，什么都得排队预约，不是约不到就是排到底给裁了，不用排队预约的只剩下与大海约会，与书本音乐约会。可天公不作美，一派灰蒙蒙滴答答，行走甲板都得小心翼翼，更甭想什么蔚蓝色了，不过放松是主调，也算如愿。“海风轻轻地吹，海浪轻轻地摇，头枕着波涛”，睡梦中只盼天公公给赏个阳光灿烂的笑脸……

太阳公公笑了，好一个灿烂！迎着海风，沐着阳光，散步、读书、留影，碰上有吉他、提琴、钢琴演奏的，随座聆听好惬意！当然还有许多不属于咱这号年龄的项目玩晕了年轻人与小朋友。邮轮有点像联合国，不同肤色，不同语言，在大海与阳光的簇拥下，温馨和谐。人们向往和平，世界渴望和平。

几天的海上生活，除了享乐，所见所闻，感受最深的是海员们的辛苦与付出。我们来到船上，只有短短的几天，有的是好奇、激动、快乐与享受，而那些船员，他们一上船就是漫长的七个月，然后再连休五个月。二百多天，没有任何节假日休息天，每天工作 12 个小时，重复着机械式的动作，他们的舱房安在船的底层，狭小沉闷，还有大海上的孤独与审美疲劳。通常我们以为漫无边际的大海能有舒畅的空气，其实即使在甲板上也难以感到空气的清新，因为茫茫大海没有任何植物，便不易产生新的氧气，且一出太阳，手机屏幕都附上一层白色细微的颗粒，那是海洋蒸发所致，况且他们都在封闭的舱内工作，空气远比舱外差。最难以忍受的是孤独，一望无际的大海偶见远处一个小点便欣喜若狂，似乎有了同伴，可一会儿就消失了。大海是美丽的，但夜幕降临，它又是可怕的。这些海员来自十几个国家，平日很少有人与其搭话，如果你跟谁攀上几句，哪怕是一堆破英文，也会令其眉飞色舞。一次在餐厅与一位马来西亚服务员聊了几句，第二天早餐，她见到我便挤进取食的队伍问我：“Do you remember me？”，当时我顾着取食，加上拥挤，没及时反应过来，她一脸失望地走开了。几秒钟后，我忽地想起她刚问我“还记得我吗”，赶紧转过身去，看着她的背影，真想跑上去对她说，“当然记得，就在昨天晚上，是你给我端菜递茶”。还有负责打扫我们房间的服务员是个菲律宾小哥，晓得你能开几句口，只要遇上就跟你聊，还一脸的兴奋。临走时还特意来房间道别，向我交代下船的注意事项。

我们乐呵了几天回到陆地，他们却马不停蹄地迎接新客人的到来，几个小时后，又将踏上海路，启航……

南之行

观澳门

或许是那首《七子之歌》有点诱人，十年后与她再相会。十年前感觉她还是个落后的小渔村，回到母亲的怀抱至今十七年，在妈妈的关爱下长成如同 18 岁的姑娘，美丽多姿，与十年前的面貌天差地别，简直是天上人间。这突飞猛进，这纸醉金迷，Macau，除夕之夜，真该感谢祖国母亲与兄弟姐妹，只有爱国爱家爱母亲，才能幸福安康。

过大年，要说年味，澳门或许比我们内地要够味，中国元素民族风处处弥漫，但殖民地葡萄牙的痕迹遗风也斑斑点点，友好程度与服务态度、总体素质与品位有待提高。

澳门的冬天暖如春，澳门人好聪明，背靠大树好乘凉，不像个别港儿那样闹。博彩业是当地的金饭碗，其收入超过拉斯维加斯的七倍，2008 年中国政府刺激经济的四亿万中有相当一部分涌入澳门，这里四通八达的免费巴士将你带人世界最声色犬马的赌场，最大的赌客群体来自内地，仅 2011 年就有 1600 万内地游客进入澳门。内地游客对这片地的贡献超过当地人的 80%，1999 年回归后至 2013 年的 14 年间，GDP 上涨 557%。一家赌场老板声言："我只喜欢拥有赌场，却从不驰骋赌场。"澳门只有 60 万人口，每年来自内地的游客 1000 多万，1000 多万养这 60 万，岂不优哉！可是这等美事不少港澳同胞还不见得领情！天地良心，回归真好，回家多好！恩重如山，不期盼感恩，但总不能一家子说两家话吧！

珠女如斯

珠海，这个山与海缠绵组合的都市，除了海还有寂静，它有着春天般的冬季。岸上，律动着季节的生机，漫步海堤，是那样的淡然与安详，闻着腥味，见海浪一层一层追逐而来，海水带给我蓝色的心情，那是一种未知的语言，表达我深藏的情思，蕴藏着我埋植的希望。渐渐地，夕阳的浅红染黄了海水，海风掠过这初春黄昏的幽梦，似从梦中走来，走过那片海，走在情侣路的海滨上。波光中，伫立着美丽的渔女，那么多年了，你站在这片海，站成了风景，流年里，默默地守望海上的渔舟。夕阳西沉，忽见海水绽开朵朵涟漪，哦！雨中的小城犹如一首朦胧的小诗，描述你笑意中的含蓄与神秘。相逢异乡，有多少丰实留在了路上，留在我旅途的骚动里……

白云山上白云悠

白云山，山不高也不太大，路旁层林叠翠，鸟鸣山幽，上方缆车牵过，道旁人流壮观，还见一位80来岁的老人一路赤脚徒步。喜欢白云山的宁静，走在林间的小道上，陶醉着芬芳，吸着润肺的空气，上了摩星岭的最高峰，举目群峰，顶翠披绿，万木葱茏，山花烂漫，都市建筑星罗棋布，珠江自西向东，蜿蜒在千里平原之中。歇息在“白云晚望”旁，看云舒云卷，山上烟霞，任时间从指缝间如诗般流过，多么惬意！

下了山，只见白云山公园鲜花似海，灿烂夺目，温暖明媚的阳光下，是一张张幸福欢快的笑脸。是啊，今天的鲜花与笑脸足以告慰长眠于黄花岗的英烈们。虽然“三二九”起义以失败告终，但那些年轻的生命为我们的今天奠定了基础；虽然时代变迁，但黄花岗精神不该褪色，那种自我牺牲，以解放服务于人民大众的精神不该抛弃，还应重拾。

头上白云飘浮，脚下鲜花遍地，一幅来之不易该加倍珍惜的画卷！

文武两校思当年

黄埔军校与中山大学是游广州的两大目标，这是当年孙中山先生为培养人才，创办的一文一武两所学校。在人类的军事史上，没有一所军事院校像中国的黄埔军校那样，在如此短的时间内，如此巨大地影响着一个国家的历史。当年这里，名将辈出，战功显赫，影响深远，军校以孙中山提出的“创造革命军队，来挽救中国的危亡”为宗旨，以“亲爱精诚”为校训，为国共两党培养了大批军事政治人才。那副门联依旧醒目：“升官发财请往他处；贪生畏死，勿入斯门”。黄埔一游，深感此军校对中国历史的巨大影响。

观罢黄埔军校，即去中山大学，迎面是古色古香、庄严大气的中山大学牌坊，气场回荡。孙中山先生的铜像、幽静的校园、错落有致的植物群落、蓬勃生机的色彩，以一片融自然与人文为一体的胜地傲立在美丽的南国，当然最夺目的是孙中山先生的十字校训：“博学 审问 慎思 明辨 笃行”。孙中山先生强调在立大志的前提下发挥学、问、思、辨和行五者的辩证关系，表达了对教育认识规律的合理性，可以说是近代思想创新的里程碑，也是对今天教育模式的启示：坚持广博的学识，独立的思考，分辨正确与谬误，理论与实践的统一。校训作为学校的文化基因，影响着一代代学子，在四季青葱的中山大学校园中，“博学 审问 慎思 明辨 笃行”的十字校训，静静矗立在校园中轴线上，观时代变幻，看坚守不离。

凭吊两位大师

冼星海、马思聪的纪念馆与墓地在广州未被列入旅游景点，在度娘的指引下，来到大致的方位，向附近人打听，问了一箩人，不是摇头就是纳闷，甚至连冼星海与马思聪是人是物都一脸茫然，真是奇事一桩，令人唏嘘，想必若是问个周杰伦什么滴，估计大多会眉飞色舞。的士拒载，走得精疲力竭，口干舌燥，经几番周折打听才好不容易先来到马思聪先生的纪念馆。纪念馆很安静，有他的塑像与小提琴，作品手稿及遗物。静谧中感觉那哀怨深沉的“思乡曲”在回荡，还想起当年系上红领巾，唱着马思聪谱的那首《中国少年先锋队队歌》，那首歌的庄严至今挥之不去。

马思聪为中国20世纪杰出的作曲家，小提琴演奏家和音乐教育家，中央音乐学院首任院长，于1967年至美国，1987年病逝于美国。在《思乡曲》问世30年后，自己也成了思乡之人，“苏武牧羊”了19年。2007年，魂归故里，骨灰终于撒在祖国的土地上。在马思聪墓前，我想起徐迟在纪念马思聪逝世一周年悼文中的那段话：“他保持了独特的性格，除了他音乐的民族性和世界性之外，还有最纯洁的最天真、最美的音乐个性。他等待着一个能够回来的时机，不幸他没能等到那一天，他的灵魂已经飞升到了万里云天之外。”

随后游览了星海园，星海园依山傍水，树木葱翠，环境幽雅。纪念碑上刻着毛泽东的题词“为人民音乐家冼星海致哀”，大理石基座上安放着冼星海半身塑像，基座底放有冼星海先生的部分骨灰。展厅内有他的生平图片、《黄河大合唱》手稿及遗物，我们都仔细过目。

冼星海是我国现代音乐史上一位卓有成就的作曲家，1945年病逝于莫斯科，年仅40岁。他以慷慨激昂威武豪壮的气势，舒缓沉着的旋律，鲜明的民族特色，体现人民丰富的内心世界，写出了震惊中外乐坛的音乐，其作品成为唤醒民族觉醒意识的号角，而且在他去世后的70多年里仍脍炙人口，流芳百世。特别是《黄河大合唱》为近代大型音乐作品的典范之作，源远流长，对后来的大合唱及其他体裁的音乐创作产生了巨大而深远的影响，是中国近代合唱音乐的一座光辉里程碑。

我想说：有的音乐，仿佛来自高山之巅，它悠久深沉宏伟磅礴，气吞山河令人热血沸腾。它沉淀所有的波澜壮阔，每一个音符下面都埋藏着一颗平静而坚韧的心灵；从沉重的喘息声与波涛声中倾听到了民族的咆哮，时代的强音，这就是我们的冼星海。

在冼星海墓前，耳边回荡起光未然在《星海园沉思录》中的那几段：

白里透红的花岗石胸像，
背靠浓绿的竹林松柏林。
作曲家用深沉期待的目光，
凝视着远道来访的人们。
不错，这是冼星海在沉思，

思考着祖国和人民的命运。
他花岗石般刚强的品格，
也像劲松翠柏四季常青。

啊，星海，苦命的战友，
这白云山下多么安静！
你一生不停地奔波流徙，
终于拥有花香鸟语的园林。

瞻仰，缅怀，久久不能平静……

秋之行

西子湖畔遇徽因

金秋黄金周，见那边人潮涌动，车流不息，路成停车场，景区看人不看景；这边捧着书，敲着琴键，或听着雨声，或沐着艳阳，拾一份休闲，捡一份清静，优哉游哉！待黄金周退潮，退休族出巢。

从半年前的雨中西湖走来，走进渐近深秋的西子，只见天高云淡，只闻桂花暗香。清晨，金色的树叶散落在地上，蝴蝶般地飞旋在脚前后跟。虽然脚下金灿灿，却还一片绿意盎然，叶子的飒飒细语与湖水的涟漪似乎化为一股旋律，在湖光山影间回荡。深呼吸，沐浴心肺；远眺望，风物长宜放眼量。栖息于秋色，让心灵与大自然作一次深度的交流……

忽见一块位于西子湖畔、很有创意的纪念碑，与其说是纪念碑，应说是镂空牌雕更确切。只见湖光山影下，翠枝摇曳，绿叶婆娑，阴影绰约，攸然间，只见倩影时现时隐。是谁，从湖中向我们走来？此时西湖似乎成了那康湖，断桥成了那康桥。“轻轻的我走了，正如我轻轻的来；我轻轻的招手，作别西天的云彩。那湖畔的金柳，是夕阳中的新娘；波光里的艳影，在我的心头荡漾。”呵！才华横溢、多情忧郁的林徽因，是你谜一样的影子。

走出西湖，船荡湘湖，青山伴我行，绿水悠我心；凉风习习，微光泛影，时而放眼湖光山色，时而闭目养神。领略人间美景，得一份心灵的洗涤，拾一份放松与悠闲！

瘦西湖如诗　北固山有情

秋高气爽下扬州，虽没了烟花三月的醉意，还是被瘦西湖的桂花香醉倒了。

这瘦西湖名气大，但也太苗条了，充其量只能称为“河”。她似一个亭亭玉立的少女，婀娜多姿，温柔妩媚，滋润着扬州这片古老的土地。扬州八怪、古道街巷，还有许许多多的沉淀，也是扬州人民拿得出手的牌。夜幕降临，瘦西湖里以一场“春江花月夜”为主题的歌舞欣赏给人一顿视觉与听觉的盛宴，仿佛将你带到盛唐。晚风徐徐，桂花飘香，“西湖歌舞几时休”……

沐浴着瘦西湖的秋意，直驱镇江。《白蛇传》的神话与“水漫金山”的故事家喻户晓，但金山是镇江的标志之一未必人人皆知。山以寺闻名，金山寺的藏经楼与妙高台都留下了苏东坡与佛印的故事。登高远眺，水天一色，此刻，有的只是坦荡。金山湖很大，金山寺倒映在湖中，突发奇想，偌大的湖，难道是当年白素贞水漫金山寺的造化？哈！游船悠悠，吟一首古人留给金山寺的诗：“一点青螺白浪中，全依水府与天通，晴江万里云飞尽，鳌背参差日气红。”金山出来，又上北固山，甘露寺坐落在此，可说是“三国山”，一座充满英雄豪气的山。刘备甘露寺招亲，千百年来，文人墨客，登临北固，即景抒情，留下无数气吞山河的壮丽诗篇。特别是孙刘联姻的故事给北固山留下了浓墨重彩。登上山顶，放眼望去，“不尽长江滚滚流”，不愧为“天下第一江山”。那祭江亭为当年孙夫人闻刘备兵败死于军中，悲痛欲绝，望西遥哭，投江殉情之地。当然甘露寺还以那座建于宋、明两代的铁塔而闻名于世。

镇江没什么工业，金山与北固山是这座城市的靠山，不过还有餐桌上的“镇江香醋”，也是支柱。

诚静栖霞寺

栖霞山，一直想来，它很美，尤其红叶是它的代表作，只可惜没到时候又未能目睹其秋容。栖霞寺又是栖霞山的一张金名片。它是中国四大名刹之一，江南佛教“三论宗”的发源地，也是南京地区最大的佛寺。殿宇规模宏大，气派非凡，在中国佛教史上声名显赫。它给我最深最好的印象是“静”与“诚”，实属最清静的佛教圣地之一。走过见过这个庙那个寺，多少都弥漫着商业气息，有些还挺浓，甚至有些打着佛教的幌子诱、骗、诈，简直是对佛教的亵渎。而栖霞寺里不但未强迫买香还送香，更无任何诱骗逼迫的行为，且还送你三炷细香，供你祈拜，实为一派诚与静的感觉，投给人一份心灵的宁静，此情在今之海内甚稀，仅此一处也！

七都岛印象

凉风习习，向七都岛的“向日葵文化旅游节”进军，况且那向日葵打小至今都还只见其画未见其貌，于是兴致勃勃赶去凑热闹。待与那几百亩的向日葵见了面，只叹惜也，我乘阴天来，它跟太阳走，低垂着头，一副蔫相，还只碗口那么大，据说应该长成盘口般大，昂着头，笑迎太阳。

再说那七都岛，去过几次，印象中一直是一个宁静且落后的小乡村，其地平面低于海平面，每遇台风，灾害首当其冲。当年因贫穷，不少人迫于谋生去了国外，所以这里华侨特多，二十来年前，这儿稀有银行见到，但中行在此的网点星罗棋布。20 世纪 90 年代末，政府开始投入开发七都，特别是近年七都大桥的通车，然至今七都已开发的众多楼盘，其周边生活配套，却还是鸭蛋一个。不过本地人生于斯，长于斯，习惯是王道，要是住城里，反而别扭。那些农家小院，别致新颖，或像宫殿或如城堡，气魄宏伟，土豪气十足。

七都樟里村的农家小院壁画是樟里的一张名片，一幅幅具有中国水乡特色的淡雅粉墨画装饰在村子的民居上，有小桥流水、杨柳依依、白墙黑瓦等小清新的画面，与樟里村的江南水乡实景浑然天成。在婉约和文化风扑面的村内小巷里，如果在下着蒙蒙细雨的天气里，穿一件旗袍，撑一把伞，感觉诗人戴望舒笔下的《雨巷》般寂寥、静美的镜头跃然眼前。

七都岛是目前藏在城市繁华后面唯一一颗璀璨的乡村之星，满目的高楼中，留一片宁静与田园！

文化庇荫成都人

成都，一座具有特色与魅力的城市，科技、文化与经济都很发达，首先得益于中央政府对它的倚重，此地为国防军工重镇、西部疆域与中亚交通枢纽。支撑蓉城可持续发展的另一重要因素是其发达的高等教育，为其提供了智力支撑。一个地方发达与否，决定于生产力，生产力强大与否决定其产业先进否，产业先进否决定于科技，而科技先进否决定于高等教育的发达程度，尤其是理工科院校的量与质。蓉城人还享有一项永不枯竭的财源——历史文化名人与古迹，他们为蓉城创造了滚滚财源。都江堰、青城山道观、丞相祠堂与杜甫草堂等，一年 365 天没有旺季淡季之分，每日人流川流不息，涌向蓉城进贡。

那座二千六百多年前，还没有钢筋水泥，仅靠石灰、石子和粥建造的都江堰工程为世界上唯一留存至今仍在防洪灌溉的宏大水利工程。除佩服祖先的智慧外，更敬仰的是那份责任心，想当下那些豆腐渣工程的炮制者该无地自容！

此外，游走于杜甫草堂这块文学圣地，寻觅诗圣的足迹，犹如徜徉于一片净土，感觉一派超脱尘世的幽雅和神秘，远离了喧嚣的闹市，嘈杂的人群。这里的每一草一木，每一丝空气，每一缕阳光，每一处亭台楼阁，溪桥水岸都透着草堂的清幽与僻静。可怜诗圣杜甫生前贫穷潦倒，连栖身的草堂还被大风掀了顶，祈求上天能“安得广厦千万间”来“大庇天下寒士”，九泉之下能知否，他的这首诗与那残破的茅屋，成了蓉城后人取用不尽的财源，如今早已得益于他而安得广厦何止千万间？当然还有武侯祠里那副“不审势即宽严皆误，后来治蜀要深思”的名联留给人们诸多的深思……

故都别样

金秋再逛北京，来过 N 次了，可惜每每都因霾而逃。这次虽遇上小霾，但有幸未遇大霾。想起郁达夫笔下的《故都的秋》，那种深邃优美，犹如一幅幅栩栩如生的画卷，令人神往与陶醉，可惜现代人是没了这福分。上霾下堵，干脆去钻胡同，坐上黄包车，恍若来到 20 世纪，在历史的沉淀里九拐十八弯，出来入了前门，又如来到另一个世纪，共和国的标志在夕阳的沐浴下，更是一道绚丽的秋色。

时候不早了，一碗老北京炸酱面下肚，赶往老舍茶馆。路上还在犯嘀咕，这面响声如此大，其味与咱那温州拌面相比还是有点距离滴。再说老舍茶馆，想来此一坐也是多年的愿望。入门看到老舍的铜像，就想起了他的劫难。步上铺着红地毯的楼梯，如同踏着历史的风尘，脚步也有点沉。剧场里，观众并不多，老外倒有几桌，中华文化令不同肤色也来捧场，倒是种欣慰。往常看演出对号入座，这儿则围桌而坐，还有好茶点心款待，算是头回体验。节目丰富精彩，曲艺相声、口技、杂技、魔术、民乐、变脸等，花样繁多，中华文化的演绎与传承，老舍先生你可以放心了。

翌日，登上香山，这是八年后故地重游。那红叶，诱惑了我多年，每次来京，不是季节凑不上就是来去匆匆，将牵扯我思绪的红叶留给了无数个下一次。媒体宣传眼下正当时，红叶节将于本周末拉开帷幕，似乎满山红叶在向我招手，搅得我那个兴奋，想必此趟总能相遇，还打算来一篇“看万山红遍，层林尽染”的美文。

踏着香山的青石台阶，拾级而上，满眼葱郁弥漫着淡淡的清香，就连空气也清新得甜润面颊，小路旁偶有几株映山红在嫩绿中隐隐泛着一抹红色，给寂静的香山平添了几分幽深与灵性。可还是红叶难觅，一问才知要等下月，那红叶节只是先造声势，这下又上当了。失望中突见一株红叶树在满山绿意中独领风骚，赶紧逮住来一张，还真物以稀为贵，被多少人围着、宠着、定格瞬间。

又见小卖部里那一串串假红叶，也来咔嚓一张，反正时下流行假冒货。此次观红叶，虽未能如愿以偿，倒也有一番清新愉悦。

下了香山，直驱卢沟桥，那气氛顿时由悠闲变得凝重。71 年了，国耻难忘，回忆是为了珍惜。又话说那景点卖票不稀奇也理所当然，可这种爱国主义教育基地竟然还卖票，且价格也不便宜。来此地的人本已不多，对能来的尤其大老远特意来的，还得欢迎光临呢！全国凡爱国主义教育基地几乎都已取消门票。这勿忘国耻，珍爱和平，热爱祖国，还要去计较这点收益么！

告别卢沟桥的沉重，紫竹公园里，一派祥和，文体活动，三五成群。垂垂依杨，耳边吹拂，沙沙作响，似与我呢喃，那万物生灵，也能将人的心灵涤荡。小船悠悠，穿行于荷花荡，弯弯曲曲或深幽或开朗，如同人，这一路的行程。到站了，登上码头，如踏入一个歇息的驿站，迎面的那片绿，投给我一份舒展！

钱塘别景

去杭州办点事，完了还有几个小时空余，当地工作的昔日一学生带我这为师的来了一场几小时的浓缩游。先是参观一个说我想不到的地方，跟着他进了杭州国宝都锦生织棉博物馆，饱览了出自这里的送给各国首脑的镇国之宝（复制品）与对方的回赠品。然后他带我绕进了一个纺织车间，哇！还真没见过这场面，五颜六色的丝线来回穿梭，纺织女工的熟练技能伴着隆隆机器声，只见那巧夺天工的锦缎款款流出。兴奋啊！更折服人的是，这套设备是20世纪二三十年代的，有几台为50年代的，保留至今还能织出如此无与伦比的锦缎。学生引我这儿钻钻，那儿摸摸，向我介绍整个工艺流程，还真不愧是读机械电气专业的，而我也饶有兴趣，因当年正是教理工专业英语的。这学生带老师体验车间氛围，新花样，棒！

博物馆车间出来，他带我去了又是一个想不到的地方。时近傍晚，车子沿着山路，渐渐地，越来越清幽，越来越凉爽。他说是在去往当年南宋及康熙、乾隆等几位皇帝常去的养生宝地，近几年国家几代领导人都特意来此。远处“老龙井”三字映入眼帘，来杭州游览都百遍了，只知那个人满为患的西湖，还真没来过这地儿。忽地那种仙境般的感觉无以言表，沿着当年皇帝专走的“御道”，只觉一股仙气扑面而来，踱了几个来回，也算是饱享了一顿养生盛宴。抬头，见几座亭子在暮色中屹立，实为一番“长亭外，古道边，芳草碧连天……”因时间仓促才玩了宝地的五分之一。下山时，夜色中幽幽灯光，很静，唯有老龙井的泉水在哗哗作响……经过“九溪十八涧”，学生提议先视探下第一涧，漆黑一片，借着手机的光亮前行几步，忽觉脚下一片湿漉，蹲下一瞧，一泓清泉哗哗流过，说是沿着这条涧前行，一共有十八涧。哦！这老龙井、十八棵、九溪十八涧，就让它这样静静的，别太名声大作。

四连碓——造纸术活化石

在一次文博会上看到一件玩意儿，我立即叫出声来：“四连碓！”当然这个是模型。十年前的夏天，因对其原始的机械传动原理感兴趣，与学院机械系的几位老师特意去了泽雅山区拜访“四连碓”。那天作坊正巧在运作，只见奔流而下的溪水激射在水碓里的筒车上，筒车转动，带动与筒车成垂直方向的淋齿上下起落。一根粗大的圆木成杠杆状吊在那里，一头绑着石碓，一头靠近筒车上的木轴，木轴落下时拨动圆木跃起，随后绑着石碓的一头重重地落下，砸向底下的石坑。一位专业课老师还专门向我讲了四连碓的由来与原理，还说要带学生来现场上课。

温州瓯海区泽雅山区水多竹茂，元明时代的先民在此顺溪建造水渠、碓轮及纸坊，并与山水浑然一体。鼎盛时期有数千人从事造纸，到处是水碓和纸坊，所以泽雅在明代也被称为“纸山”。据林志文《泽雅造纸》记载，泽雅山水之间分布着555座水碓和5000多只纸槽及不计其数的腌塘。在众多的造纸作坊中，四连碓巧夺天工，人与自然相得益彰，显得尤为突出。四连碓造纸作坊建于明朝初年，水渠长约230米，作坊顺流分级连建四座水碓，水碓巧妙地利用山势、地形、水流。“大哥”排水给“老二”，“老二”再传给“老三”“老四”，反复利用水力资源，故名“四连碓”。第一座水碓里的水流出后沿水渠流入第二座水碓，以推动水碓运转，紧接着水流又从第二座水碓泻水口流出，流入第三座水碓，以此类推，循环利用水源。如果其中一座水碓休息，也不会影响其他水碓工作，四座水碓既彼此独立，又相互关联，且由水碓转动锤头，将水竹捣成纸绒、纸浆，制成屏纸。

水碓是山区水资源利用的原始形式之一，现存已经不多，而四碓相连，恐怕绝无仅有，且排水时皆成小瀑布，是劳动景观与自然完美结合的体现。

2001年，四连碓造纸作坊被中国国务院列为全国重点文物保护单位，被誉为“没有围墙的造纸博物馆”。古老的造纸术居然在这原野山涧如此完整地保存下来，传承绽放，守候着那份沧桑，真是中国造纸术的活化石！

囧途有话

游太湖，拿着一百多元的门票，4 点还不到，几处景点早已关门，可游客还被景区大巴一拨接一拨地送进来，售票处那百多元的门票还在一张张地卖，还能游么？无奈只得匆匆别了太湖，别了鼋头渚。

行程临时改变，急于打道回府，一时买不到车票，求助铁路服务中心，一穿着与铁道部制服类同的“工作人员”很热心，说买票已来不及，他派人协助我们。心想堂堂的铁道部服务中心，还能不信，庆幸总算遇上“好心人”。那人二话没说，让我们跟一小伙子走，“快！车要开了。”那年轻的拎起我们的行李急速地跑，我们跑得上气不接下气，喊着：“慢点，我们吃不消了！”要说心脏病发作，也就这一刻，随后我们是怎么被带进站的也一头雾水。月台上，他拽着我们的行李，“拿钱来，三百块，至于票上车后你们自己想办法。”此时我们才如梦初醒。他拿着我们的行李不放，我去夺行李，说要报警喊人，才夺回了行李。无奈老头子给了他一百，他不肯，再给了一百，还不肯，非要三百，说向服务中心的那位“工作人员”不好交代。“我们都是老人了，已经给钱就不错了，你不能这样耍无赖。”争执声引来了巡警，那家伙撒腿就跑，警察猛追，因那警察胖了点，追不上那家伙，给溜了。胖警察气喘吁吁地跑回来，像破案似的向我们了解详情……见我们这般年龄这副狼狈相，便说：“先上车吧，到时补两张站票。”拿着两张站票，站在车厢的连接处，摇晃，咣当，咣当，摇晃，心里还想着平日里商务座那美滋滋的感觉，还有胖警察对“黄牛”的那一脸无奈……

回文奇葩与奇人

“黄昏日丽水潺潺，了事浮生闲得难。窗染绿痕新叶嫩，尝茶苦味一心安。”这种诗从左到右，从右到左都能读，且来回都不失韵律，此曰回文诗，可以想象撰写的难度与枯燥。本诗作者叶国传先生，今年70有余，20年来醉心于回文诗的写作，至今已积累2000多首，筛选300首出版了《非器斋诗钞》一书（“非器斋”是作者的书斋名），真不愧为一位才华横溢的吟坛老将。他学历不高，高中毕业，没读过大学，但一生中遇到的几位好老师成了他一生宝贵的财富。20世纪60年代，叶先生师从古汉语学者王敬身先生学习作诗填词，后与音律学泰斗潘怀素先生相交甚笃，从这些亦师亦友的忘年交情中汲取学养。秉着一份深深投入的创作痴情，40年来，隐于温州繁华街市背后，致力于回文诗创作。有人将回文诗贬为文字游戏，但国传先生知难而上，出神入化，“游”出上品，“游”出意境，也算是当今文艺百花园中的一朵奇葩。赞叹作者隽永的诗歌，更佩服他的毅力与执着，2000多首回文诗啊，其难度可想而知，多少艰难的迂回，多少岁月的蹉跎！

叶先生博学多才，在琴艺、书法、音律等艺术领域均有颇高造诣，尤以琵琶弹得出神入化，而立之年便有“琵琶传”美誉。他有着与生俱来的音乐天分，音阶上哪怕有一丝偏差都逃不过他的耳朵。《春江花月夜》与《彝族舞曲》被他弹得出神入化，听的人也如痴如醉。叶先生的琴声是以自我为轴而辐射他人，这种不为炫技，不哗众取宠的艺术如今越来越缺失了。愿国传老先生的诗歌与音乐带给我们更多的乐趣与享受。

晋商人文亦名家

见报：“晋商望族渠家后人弃商从文，我市著名作家渠川谈家风沿袭。”渠川曾任解放军新华支社记者、英文翻译，后任市作家协会主席、中国作家协会会员。其作品《金魔》被改编成电视连续剧《昌晋源票号》获飞天奖。他有着一段家族传奇，他是晋商名门渠家二十世，清末山西鼎鼎有名的票号“鼻祖”渠源浈的曾孙，山西最早的民族实业家渠本翘之孙。渠家从经商世家变为读书之家。渠川先生 9 个兄弟姐妹都是学业有成，其中不乏研究员、工程师、教授、医生、作家等，但无一人涉足商业。

第一次认识渠川老师是 1979 年夏，那年市渔械技校开办，他任校长，当时他上门聘我去他校兼课，给人的第一印象是温文儒雅，平易近人，坐在我们家的那张小竹椅上，没有丝毫身世与经历的流露。他一个 50 来岁的一校之长大热天能亲自上门请一个二十几岁的小教师，让人感动。工作中他既是领导又像长辈，课余与我们聊天，学生打球他也会加个油或助个威。他一直戴着那副墨镜，因为朝鲜战场烧伤了其双眼。多年来我不知道他还是个英文翻译，现在想起来着实钦佩他的谦逊与低调。

后来我因工作太忙谢绝了渠老师所在学校的兼课，不久他也另有任命而离校，此后便没再见面。十多年后，与渠老师有过一次偶遇，只是很仓促，握个手，寒暄几句就道别了。如今 87 岁的渠老重倡渠家家风：“传金传银不如传知识，要有一技之长，安身立命还须多读书。”此家风哺育了渠家几代人，也是当今父母对儿女们的殷殷期望，至于现在的后辈们能听否？照做否？那只大染缸会串色否？那便是后话了……

市井人物

环卫工的情怀

无论酷暑还是寒冬，当我们待在空调房里望着窗外，此时最耀眼感人的是那道橘黄的亮丽——城市美容师，他们迎接每天的第一缕曙光，给晨练的人们一派洁净。冬天，当我们还在被窝里，寒风中已有他们的身影；夏天，当我们吹着凉风休憩，他们又顶着恶臭奋战在酷暑下。一个小区，物管主任三天不上班无妨，清洁工请假一天要遭殃，他们用无怨无悔谱写了“宁愿一人脏，换来万家净”的颂歌。我们小区的环卫清洁工，每天乐呵呵的，夫妻俩有三个孩子，原先我们以为他们是超生游击队，后来得知除大儿子是自己生的，两个小的都是被他们收养的弃婴，顿时肃然起敬。有时清洁工生病了，就由其妻子或大儿子代替打扫，前不久他们还为两个弃婴登户口遇麻烦而奔波。小区里那么多富人，没有一家愿意收留弃婴，可他们扫垃圾，住地下室，却给了人间如此大爱！

诚信理发哥

曾经南京一家已经营了11年的小小理发店贴出通知,请顾客来店办理退卡。原来店主被查出肺癌晚期，治疗一周后坚持拖着虚弱的身子回店，戴着大口罩边咳嗽边为客人办退卡，店主就是被人们称为“诚信理发哥”的马玉剑。如此诚信做人实在不易，熟客们感动得将钱留给他治病，他坚决不收，感人！他展现了一个平凡私营店主不平凡的一面，体现了中华民族传统美德的道德追求。

对于一个晚期癌症患者来说，首先想到的是需要承担的社会责任和对顾客服务的承诺，他在不能继续工作的情况下果断退款，让顾客的损失降到最低，这种主动行为也足以获得掌声。癌症晚期已经是最大的悲情，在生命与诚信面前，谁轻谁重或许有不同的标准。一个人能在患病急需钱，生命走在尽头之前，将价值的天平偏向于诚信与道德，这样的精神本就是一种稀缺的品质。现实中，有些健康人却办卡不退、卷款而逃，一走了之。相比之下，一个癌症晚期患者的如此行为，若没有强大的诚信品质作支撑，很难做到。这种道德力量和带给人们的感动，正是当今社会最需要、最珍贵的精神资源。社会正需要这种小人物的大感动、坚守诚信的大境界。

亲情两小摊

说到“富有”，都会想到有钱人，似乎有钱人就配其富有。可前日去配锁看到的一幕，让人感慨。那摊主是个小伙子，看起来勤劳能干，态度和气，旁边是他老妈也摆了个修补类的摊，母子两个摊挨在一起，互相照应。论经济状况，肯定上不了“富有”榜，但从母子俩脸上洋溢出的乐呵呵与那简单且又浓厚的一言一行，在告诉我们，他们为富有之人，当之无愧！因为他们拥有亲情、孝顺与金钱无法体现的真善美。这对母子的富有对那些被称之为世界保姆的中国父母、那些充当子女“取款机”的父母、那些一辈子同父母也没打几个照面，难得享受亲情滋润的子女来说，是那样的奢侈，奢侈得如同登月，因为一座人为的天梯让那么多的人失去了真正的富有。金钱会让亲情流失，中国人承受不了“富”，一旦富了便会失去更多，只因当今的道德观与许多理念跟不上也配不上精神与心灵的“富有”，这大概也是中国当今社会的某种人文精神吧！

有情钟点工

一个炎热的下午，在家突然接到一个电话：“我是阿华，十年前在你家做过钟点工。”瞬间感觉那熟悉的声音和语调——阿华，十年前为开拓新生活去了西班牙，从此没了音讯，电话里继续道：“我这次回来看望年迈的公公，1。年来第一次回国，特意上你家看望你，可惜未遇。丢了你的手机号无法相约，但还认得你家的门，围着熟悉的门和窗转了几圈，想着过去你对我的好……”我顿时为天下还有如此知恩的人而感动，阿华继续道：“如今我在西班牙有了自己的餐馆还买了房子，女儿也 19 岁了。”真为好人有好报而庆幸，为好人一生平安幸福而祈祷。“我从西班牙给你带了点礼物，一点心意，放在保安室，你的电话也是保安告知的。”第二天，约阿华欲见她一面道声谢谢，她说已回青田老家，昨特意来看望我，过几周就回西班牙。遗憾没与阿华相遇，感动人间还有真情在，往后若有机会去西班牙旅游，定去看望阿华。

一日三幕感触深

陪老伴去杭州看病。上午，在医院针灸科里见一对母子，小男孩的头部、颈部、下巴、双手、双脚都扎满了针，起码有几十针。小孩不哭不闹任凭医生扎，每扎一针，我心里就咯噔一下，虽然不是我的孩子，但看着心里也隐隐作痛。原来这孩子 5 岁了，智力与行为发育都迟于同龄的孩子，针灸治疗已一年了，效果不错，每周三次，怪不得不哭不闹，他都习以为常了。这位母亲说，还需再治疗一年，他们住得很远，每次来医院至少要一个半小时。一辆破旧的助动车，驮着孩子，不管刮风下雨，不管严寒酷暑……见大人给孩子喂稀饭，我噙着泪，坐在这对母子的身旁，试着问能否帮上什么忙，孩子摆弄着手中的玩具冲着我笑。多可爱的孩子，命运却将不幸投给了他，这每每的扎针之痛劫走了他童年快乐的时光，且如今这样的孩子，又何止一个。为孩子悲伤，更被伟大的母爱感动！

下午，我们便打道回府，在去往动车站的出租车上，听那司机聊：他快 60 了，属拆迁户，过几个月出租车就不让开了。刚分到房，下午要去办手续，说着趁红灯停歇拿出报纸让我们看上面的通知，那兴奋和满足都写在了脸上。他接着说：拿到房后就去找个老伴，当年离了婚，孩子也被老婆带走了，一个孤老头很苦。听着直觉心酸，60 岁了，还没窝没伴的，所幸如今得到政府的关怀，“安得广厦千万间，大庇天下寒士俱欢颜”，杜甫九泉之下若有知，便也由衷感到欣慰。

后来，在商务座车厢里，见一家三口，孩子五六岁年纪，只买了一张商务座的票给女人，因那女人刚做了手术，那男人和孩子就两张站票，各自守护着妻子和母亲。乘务员与邻座的乘客也很好，没埋怨这父子俩给身边造成的拥挤，还帮忙照应，按规定商务舱里是不让站的，甚至有人给小男孩找来了小矮凳。用餐时，周边的乘客还给这一家三口送上了热饭菜，车厢里一股爱的洋溢。

一日三幕，感同身受，叹民间疾苦，恨贪官花天酒地，土豪一掷千金。除了感慨，只有知足。为每一个被遗忘的角落，为每一份需要帮助的渴望，奉上我们的每一份爱心与温暖。

市容民生两不误

家附近菜场旁巷口的一个角落里，原有一鞋匠为周围的居民修修补补，煞是方便。前不久拎了要修补的鞋去那角落，只见鞋匠闲坐着，不见了补鞋的家当。问其原因，鞋匠一脸无奈苦叹道："说我影响市容不让干了。"真是晕了，每天缩在这么一个不起眼的角落里规规矩矩地为人民服务，会影响市容？居民区考虑点小民生总要吧，此小民生不仅只是小摊贩的生计，且亦是居民生活所需的一种民生服务，不能只是简单粗暴地驱赶了事，可画个圈供便民服务什么的。真是不该被遗忘的角落被遗忘了，该被"遗忘"的却被惦记了。市容治理本为民生，民生所需不应碍眼陋景就驱除，应将陋景化为美为首要。如何做到市容民生两不误，才算管得好，强制驱赶最简单，管理成本却不低，且有损城管形象。

低贱的高贵

"残年风烛，发出微弱的光，苍老的手，在人间写下大爱。病弱的身躯，高贵的心灵，他在九旬的高龄俯视生命。一沓沓汇款，是寄给我们的问卷，所有人都应该思考答案。"这是 2014 年对"感动中国"年度人物的助学老人刘盛兰的颁奖词。本月老人去世，这是位靠拾荒度日的孤寡老人，他几乎未尝过肉味，自己每年的生活费支出不到千元，却将拾荒得来的 10 多万元捐给了全国各地 100 多个贫困学子，直至生命的最后一刻。惊天地，泣鬼神！

有钱人捐资没什么可值得夸耀，因为他们具备这种能力，自己已衣食无忧，只是一种善举、一份回报与爱心，而刘盛兰老人靠拾荒，自己都不知肉味却能如此慷慨献大爱，这才是真正的境界与高尚，才是可歌可泣的人间至爱！拾荒，本是社会最肮脏的"职业"，拾荒人员亦为社会最底层的人，然而他的心灵是何等的高贵！他奉献的不是一笔款，是这个时代所缺失的而又该尊崇的精神和道德精髓！相比之下，那些腐官还有何脸面对人民？

弹棉郎，弹出生活与遐想

在一次非遗展览会上，看到了弹棉郎，直呼“久违了”。

一弯弹弓、一张磨盘，手提一个弹花槌和一条牵纱蔑，就是弹棉艺人所有的家当。弹棉花是一种老手艺，虽然如今的城市里已为稀见之物，但 40 岁以上的人都会对“弹棉花”有着清晰的记忆。现场，只见弹匠左肩扛起竹扁担，右手拿着木槌，对着竹扁担下的钢丝有节奏地轻敲，“弹弹，弹弹，弹弹……”那一根钢丝奇迹般地发出了动听的旋律，把所有的棉球都弹细弹蓬松了，像天空的白云朵朵，越弹越多。随着一声声弦响、一片片花飞，一堆棉花被压成一条整齐的被褥，有些还在棉胎上做出红双喜、鸳鸯、麒麟等吉祥的图案。可弹花匠工作很辛苦，灰尘很重，很多人在露天作业，随便找个墙角或打个棚子就可开张，现在很少有人从事这个职业了，弹棉花的手艺也逐渐被机械化操作代替。从 20 世纪末起，弹棉花这个老手艺就已经慢慢地淡出了人们的视线，因社会的发展进步，人们家里盖的，已经不仅仅是老的棉絮棉胎，取而代之的是品种繁多、色彩斑斓的各种各样睛纶被、蚕丝被、羽绒被等。然而，棉花的朴实、自然、无害使得不愁吃穿的人们在追求健康生活的同时，棉制品还是成了床上的重要成员。

想当年结婚有送棉花票的，出嫁时，抱着旧棉絮，再添上亲朋好友送的棉花票买了点新棉花，就是这样站在弹棉郎的旁边，看着他作业。他们总是在秋末冬初的季节里神秘出现，那个时候阳光淡薄、菊花幽香，他们携带着奇妙的道具：一只木盘、两只木槌，穿街走巷。他们粗壮有力的手臂，挥舞着棒槌，扬起、落下，有节奏地敲打着弓弦，砰、砰、砰，像是在显示自己的活力，又像是在诉说生活的无奈和艰辛。棉花像雪白的云朵，在他手下翻卷。如今女孩子出嫁弹棉花被已难觅踪影了，但从弹棉匠手下打造出的一条条雪白柔软的棉被却相伴着人们走过了风雨，走过了凉寒。

展会现场，我静静地站在弹棉郎的身旁，看着弓弦在棉絮里上下翻飞，听着脆生生的弹棉声，就像在守望着一份踏实和满足，守住一个家庭的温暖。岁月与光阴荏苒，不知不觉沧桑千年，棉花不会演戏，而弹棉郎，用千姿百态叙出了光阴的美丽，平平实实地温暖着岁月的幸福。岁月易了容颜，可弹棉郎和棉花还是那样青春，原来满足人类生活的需求，是可以美丽长存的！

残疾者的追求及启示

无臂考生高考用脚答题获603分。见此报道，顿时同情又感动，更多的是钦佩！这让我想起20多年前，我们在马路边见一位失去双臂的少年用脚书写毛笔字，一个又一个字，换来了路人的同情与小小的恩赐。我们请他写了“发奋”两个大字，而后感谢与鼓励，并给了其50块钱。20多年前的50块对这样一个被人看作乞丐的孩子来说，简直算“大洋”了。他不停地鞠躬，我们离开几十米了，见他还在朝着我们的背影鞠躬。后来这两个字让儿子带着上大学，估计早就不见了。今天报上所见的这个无臂考生的顽强精神，让我想起了20多年前，那个同样用脚书写的无臂少年以及许许多多同命运的强者。他们用残缺的身体演绎健全的心理，用自强不息对不幸呐喊，与命运抗争，书写了一幅幅闪光的人生画卷，价值无限。望着这些拼搏的身影，我们的孩子实在太幸福了。

再来看双腿残疾20年，趴在床上的艺术家赵岳南，20年前为了给母亲盖座坚固的房子，意外中失去了双腿，终日在一张堆满杂物的小床上度过，但就是这样的他，趴在床上完成了一件件精致的木雕作品，没有样本与图片，从结构到花纹都是他一手设计；没有工作台，床和床边就是他的工作室，他想靠自己的劳动养活自己，在那方寸之间，一步步靠近他的梦想。他还趴在床上给外出干活的母亲烧菜做饭，床边安装了水龙头、一根排水管，顶端立着一个被剪了顶部的塑料瓶，做成一个漏斗，边上还有电磁炉、锅子、调料等，组成了一个“床边厨房”，还常将烧好的菜夹给母亲品尝。因为没钱，腰上一直没拆掉的两块钢板让他常常腰痛，苦不堪言。

这个身残志坚的特殊群体，逆境中不失崛起，困境中不忘孝敬老人，我们平日里生活中虽然有这样或那样的不如意，但面对他们，看到那些残缺的身影在向我们展示拼搏与追求的画卷，演绎人间情暖时，我们这些拥有健全体魄的人还有什么理由对生活抱怨叹息？还有什么理由对工作挑三拣四，朝三暮四？

还有什么理由不自食其力，孝敬父母？一种沉甸甸的满足感，不用再来问“幸福不幸福”，知足应是最大的幸福，好好地珍惜、热爱生活吧！

我的父亲

——对一位老共产党人的追忆

父亲离开我们已整整38个春秋了，岁月的风尘拂不去我们对父亲的怀念，还有他所经历的磨难，特别是他以自己的行为准则给我们留下了做人的典范。他让我们看到了什么是“奉公无私”和“严于律己”。那些点点滴滴，在当今这物欲横流的社会，面对那些浮躁和腐败，有人或许一万个不理解，甚至不相信。在他身后，人们对他的评价是：“一个真正的共产党员。”

父亲留给我们印象最深的是他那“奉公无私，严于律己”的品德。他对自己有一条铁的纪律：干部不能搞特殊化，吃苦在群众之前，享受在群众之后。当年我们家用水都要从楼下的公共水龙头那边抬上来，厂里众干部见我们家姐妹仨没兄弟，这每天上下楼的抬水之苦，提出帮我们将楼下的水源引上来（公用龙头就在我们家的窗台下面，一根管子就行）。父亲不同意，说：“尽管引水很方便，但群众都还在用公用水龙头，我搞什么特殊化，等大家家里都装上水龙头了，我们再装吧！”记得他患病期间，卧久了想坐一下，家里的木椅子坐久了又不舒服，我们提出给他买张沙发，他却说：“不行！现在群众在家里都还没坐上沙发，我坐沙发，那会脱离群众的。等群众的家里都摆上沙发了，我们再买吧！”还有那是父亲最后一次住院，我们知道这次他如果出院，再也不能工作了。为了给他解闷，我们提出家里买台电视机，当时还是12寸的黑白机。父亲坚决不同意，又是说：“现在群众在家里都还没看上电视，我凭什么提前享受？”可母亲在他住院后偷偷地给买了一台，打算等父亲出院后让他享受一下。可父亲那次住进医院，就再也没有回家了。当他永远离开我们时，在家里没有坐上一回沙发，没能看上一眼电视。可凭父亲当时的工资收入，这点奢望可是举手之劳呀！当人家看见我们姐妹的衣服补丁重叠时，笑曰：“你父亲当官，这么高的收入，何不穿新衣服啊！”爸曰：“这是让她们别忘本。”

可父亲对于那些需要帮助的人却毫不吝啬。记得父亲的几位老战友因当年被错划“右派”出狱后来看望他时，面对老战友的不幸和遭遇，父亲无论从物质上，金钱上，尤其在心灵上都给予了帮助和抚慰。

20世纪70年代，子女们的就业问题都是靠父母找门路想办法给解决的。当时，有点权力的在职干部给自己的子女安排个工作是天经地义的事。按照父亲当时的级别和关系网，给我找份工作可以说是轻而易举的事。当年国家取消高考，我高中毕业在家待业，看着同学们一个个都被当官的父亲安排上了好工作，也要求父亲给我找家单位。可他说：“党给我权力是让我为人民做事，不是为自己谋私利的。你要靠自己，命运掌握在你自己手里，路靠你自己闯。”他看我对学英语感兴趣，就培养我，给我买书，请老师，还经常坐在我旁边看着我学习。在父亲的鼓励下，我被“逼上梁山”，边代课边学习。在父亲去世的三年后，浙江省第一次对尚无编制的优秀人员实行“自学成才，通过考试，破格录用”的政策，我以自己当时学习和工作中取得的成绩和水平赢得了考试的资格，并得到了破格录用，在经历了十年奋斗之后拥有了一份正式工作，当年全省仅有两名。那年省人事厅的一位干部告知我已被录用的消息时写道：“你十年来的艰苦努力终于得到了国家的承认”，我顿时悲喜交加，热泪盈眶，从对父亲当时的怨变为感谢，是他对我的鼓励和培养，让我实现了人生价值，享受了成功的喜悦。

就这样，父亲直到去世，没有给自己的三个女儿安排过一份工作，更没有分到一个平方米的房子，就连在家里坐回沙发，看眼电视，用个水龙头，都成了他这一生的遗憾！

我想像父亲这样廉洁奉公的老干部，如今听来有点天方夜谭吧！

亲情

父爱如山得矿藏

38 年前的今天，漫天雪花，抱着襁褓中的儿子，在悲恸欲绝中送父亲上天国。父亲为革命忘我工作所累而英年早逝，走时两袖清风，按他当年的官位给我安个岗哨，那只是举手之劳，可他却说：“别指望我给你什么，命运掌握在你自己手里，路你自己走。”我没有在父亲的高位中得到一丝一毫的“好处”，但却从如山的父爱中获得了教诲的宝藏。一路上虽然布满荆棘，走得有点苦，但走得直走得正，至少走得无怨无悔问心无愧。只因我时刻让这人生好声音不绝于耳，步步为营，稳扎稳打，把住关口不失守。体味前人的经历和书本中的精华以吸取养料，提高认识完善自我，在别人艰难跋涉的地方力争轻松走过。38 年了，已迈过花甲之年，当年襁褓中的儿子也早过了而立之年，愿父亲留给我的人生智慧和“财富”，与子孙后代共享，望儿孙辈珍惜！

手足情深

见新闻：某兄弟姐妹为争夺先辈财产反目为仇大打出手，甚至也有听说酿成人间悲剧的。叹之！“本是同根生，相煎何太急。”想起母亲弥留之际，我们三姐妹坐在 ICU 病房外，我对妹说：“平常每次我出远门，妈总是打电话问这问那惦念我，往后没有了。”大妹说：“以后你出门我给你打吧。”是啊！父母总会先我们而去，拥有兄弟姐妹多好！母亲走后，就财产分配在公众眼里是那样的不公平，但我们没有争执，无条件地服从，平静地接受。因为钱财是身外之物，手足情弥足珍贵。

我那两个妹妹很老实，老实得办不了啥事，但也可爱，只应简单，因简单而轻松。平日里有空聚聚，说说小时候的趣事，如数家珍。与光荣一代相比，我们这代人，父母没给留下啥财产，却给了我们最珍贵的财富：“手足情”。说其珍贵，只因它只有今生，没有来世。这份情：小时候打打闹闹；长大了互相照料；现在老了，依依靠靠！

想来如今我们的孩子，既无兄弟，又无姐妹，独生的一代，孤独的一代，而那拥有手足情的一代，能不珍惜么！

三代同乐黄金周

黄金周，外面人山人海，里面祖孙三代自娱自乐。乐够了，在小不点的提议下，万象城里走起来。那欢乐大世界，小朋友见了便一头扎进星巴克里，插进两张老牌，也算亮点。黄昏降临，小朋友带路直奔那个“王品牛排”，说是也算张响当当的牌。只见刀叉不见筷，吃点啥，老的说不上，out 遇上 fashion，“行家”说了算。

翌日，响应友人号召，聚会农家乐，来一场与秋天的约会，阳光花朵绿叶，呈上节日的礼物，歌声笑声，此起彼伏。哇！与儿孙玩扑克，平生第一回，这花花绿绿的扑克牌，摸了 50 来年了，玩法都忘了，不过那个“上游”还能玩几下，或许这一路走来都在力争上游。几盘下来，输赢胜负，这人来一回世上，也领略一番输赢胜负，待想明白了，一切都是浮云，再美丽缥缈，也会消失，满足的是那份曾经的拥有与经历。

而后，一行人漫步世纪公园，老的，闲庭信步；大的，始渐沉稳；小的，活蹦乱跳。呵呵！荡几下秋千，也该是优哉的时候了……

军事风云在我家

喜欢聊军事、侃时事，是大多数男人的爱好，家里那位也不例外。平日里，听众就我一个门外汉，他也说得津津乐道，见他那副满足感，我每每都洗耳恭听，有时发个问啥滴，他便更来劲了。我打趣，哪儿请你当客座教授，准棒！被上课多了，这老师姆也有了长进，还能挑来卖一点。家里这类的书籍，也可开辟专栏了，父子俩都是军迷，都爱读军事书籍，聊起军事时政，竟是共同语言，啥子代沟，没了踪影。且小子还爱穿迷彩服，参加军体锻炼吃苦活动，在高山森林中出击，有时还带上小小子一块儿闹。老头子的电视画面不是新闻就是国际新闻或军事频道，这关心国家大事还真成了生活大事。还说要是战争降临咱头上，为保家卫国定将企业改成兵工厂。呵呵！老爷子大概都喜欢这行，惹得一窍不通的老师姆也夫唱妇随。

忽悠

年前，“一艘开往星际的飞船即将启航”，图文并茂，占了几大报纸的整版。这辈子虽上不了太空，但模拟遨游，VR一把也过瘾。自从高中时代父亲让我读了康德的《宇宙发展史概论》，打那起就对太空产生了兴趣。17年前，在北京天文台的天象宫里，坐上太空椅，带上VR镜，体验了一把，至今意犹未尽，但当时的科技设施与如今是不能比的。见报的那一刻就激动不已，巴不得立马登上“飞船”，但还是将这“恢宏”的项目留给了过年，等儿子回来一起分享。想象着记者那无与伦比的绝妙描写：“走进星际嘉年华，仿佛走进一艘太空飞船，六连屏的舷窗外，地球如此壮丽，星群从舷窗两侧退去，陨石掠过飞船……；带上VR眼镜，浩瀚宇宙触手可及，这里是一个璀璨夺目的星空世界……；超3000平方米震撼星际空间，8个高科技展区，10余项多媒体互动展和动画……”等不到正月，儿子年底到家，第一道菜就是全家“登太空”，抵达“飞船”入口，虽没被那门票吓到，心想如此高科技的宏大项目，这价格虽高也值，但对冷清的场面顿生纳闷。一进门，儿子连呼“被骗了”，就墙壁上挂了几幅图，其中有几幅带点3D效果，而所谓的“太阳系漫游，将八大星踩在脚下”，就头上打了个幻灯。什么太空椅，VR眼镜等等，凡报上的吆喝几乎都子虚乌有。兜了个圈，也没碰上个把游客，顶着盆冷水出来了。老头子笑我被耍，我暗自发笑：满腔热情，“作别西天的云彩”，化作星际的尘埃……

笑罢我，老头子推出一个项目：“龙湾河泥荡文化公园。”据报道，怎一个“好”字了得，几乎可冠以所有形容词的最高级。什么“瀑布、锦鲮湖、荷花塘、鸟尾荡、珑月湾、渔村、湿地、小木船，尤其是“文化内涵”，简直目不暇接。又是一家子带着一派神往，哪知别说见那“最高级”，只能算个“完成进行时”，至于那些牛景，部分还在纸上谈兵。如今工商广告中加入一个“最”字，就得被罚，而如此“引人入胜，误入歧途”，忽悠过，也就算了。

又说附近有个叫“永昌堡”的，这里倒是静悄悄，虽没多少被吆喝，但其厚重与沉淀却超过了任何宣传。整个博物馆为民间寨堡，抗倭遗迹保存完好，其构筑与卫、所城相似，皆设城墙、城门（包括瓮城）、水门、敌台、城楼、护城河等防御工事。整体规模宏大、设施齐全，门砖砌以青砖，上建谯楼，蔚为壮观。两边侧廊分别展示抗倭历史和城堡文化，抗倭战争的大幅壁画、抗倭遗址照片及“明抗倭英雄纪念碑”塑像。

呵呵！被忽悠过，被耍过，也乐过！

过年

过年，一个魂牵梦萦且扯不完的话题……

史上最庞大的大军

过年的主题是“回家”，这是游子们每年的大事，年年如此，来也匆匆，去也匆匆，没有任何力量能阻挡游子们赶回老家过个年。回家的路啊，再难也乐呵呵，一路笑到家。拥挤的人流、温暖的车厢、疲惫的身影，还有雪地里的脚印，编织着一个个喜悦、心酸、乡愁与期待的故事。

“离乡”这个词，听起来有点悲怆，看那些年轻人离乡闯荡，哪一个不神气豪迈？看那些莘莘学子，第一次离开爹娘的护翼，哪一个不欢呼雀跃？可是啊！一旦浪迹天涯，风雨飘离，颠簸打斗，最思念的仍就是“家”。

每个人，都有家，无论何时何地，都想家。孩童时，从母亲的怀抱里认识家。长大后，出远门，从异地的乡音里认识家。家是父母的叮咛、是中秋皎洁的圆月；家是远方游子的心魂、一缕袅袅不绝的乡愁；家是寒冬里的一把火，一个永远舒适的摇篮。飘荡的游子呵，家是一方远离喧嚣的净土，也是一只吱吱叫的相思鸟。

家不是旅店，是人生漫漫旅途中最可靠的驿站。试想你在外撒野，再怎么晚，你得回家；在外旅游，无论多久，你也得回家。只因召唤你的不单是一个港湾，而是那份剪不断理还乱的亲情。家，看起来是一幢房子，但有房子的人不一定都有家，拥有家人的房子才是家！

过年是中国人的乡愁，游子们每年的期盼，无论多远多近，这天总要聚在一起团圆迎新，几千年来炎黄子孙不是在过年就是在奔向过年的路上。有位姑娘，漫漫风雪，跨越 4746 公里，耗时 83 小时，为的是回家过年！只因家乡镌刻着儿时的记忆，流淌着浓浓的亲情。

看返乡大军，浩浩荡荡，踏上回家的路，急匆匆……

在中国大地上，这时人之洪流、车之洪流，汇成人类史上一支最为庞大的大军——逾亿人！人类历史上有过么？见过么？只有在中国，是的，只有在古老的中华文明哺育下才造就的奇观！

传统的渐淡

除夕，一个让天南地北的游子都匆匆赶回家的日子，不管一票难求的煎熬还是路途的艰辛，都在演绎着一个个团圆的故事。没啥大的祈求，只愿那一张张血脉相通的脸能面面相对，没有 WiFi，没有 QQ 与微信，一家人同坐一张沙发，看会儿电视吃点零食喝点茶，拉拉家常奢侈过一回。而此时此刻，那些为万家团圆而自己没有团圆的人，是今晚最最可爱的人。

小时候天天盼过年，只因除夕妈妈会宣布吃肉，可取消计划经济，还有初一早晨床头的新衣裳，现在的年味真没小时候过年的味道重，如今天天吃肉穿新衣根本不用期盼。当年家里吃年糕也是定额分配，记得那年母亲宣布，年糕每人大的拿三块，小的可拿四块。小妹的理解力超乎寻常，一口气拿了七块，她将 or 理解成了 and，结果还遭到母亲的责备，这事后来一直成为手足情中的笑料。那时过年图个乐，现在过年赚个忙和累。如今年味也日趋淡化，没有了街头年糕摊的热气弥漫；没有了磨粉机的隆隆声；阳台上的酱肉鳗鲞也寥若晨星……

取而代之的是打工大军回家忙的壮观场面，团圆乃为中华亲情大传递的核心。来匆匆去匆匆，走进自然看世界，也为当下年味的一大时尚。回家也好，出行也罢，让心情，让步履，来一次放飞！

亲情交融话过年

游子回家，或欢聚一堂或休闲一把，或与亲友发小耍一番。到家了，可裹着睡衣，席地而坐，阳光里，邂逅书本与音乐，慵懒一把，那个“卸”，来份“惬”！陪家人逛逛，给老爸老妈买件衣服买双鞋，也一份孝；父子俩凑一块，那个“侃”，也一份乐。

见朋友圈里的你我他尽是些游山玩水的报道，不想和上班族同挤一个点，不玩远的，来点近的。正月的南塘，年味十足，郁郁的江南水乡风味托着浓浓的现代气息，在蓝天白云下舒展。河水、绿意，暖风与阳光，还有那一簇簇熙熙攘攘的人群，一张张灿烂的笑脸，在书写春天，话说“过年”。长椅上，沐浴着阳光，一本书，一瓶水，还有耳塞里流淌着的音乐，无不惬意。哦！闻足了枝叶的芬芳，享受了这样的时光。看画展、观名人故居、沐浴南塘的风光，领略南塘夜色的醉美。从阳光到夜色，时光就这样年复一年，在任性中悄悄地溜走！

赶紧拽吧，能拽多少算多少，拽一点家乡的风情，拽一抹家的记忆，捧一泓血浓于水的甘泉，沁入心田……

年过了，人们来匆匆去匆匆，每逢过年，无论路途多遥远多艰难，唯一的愿望：回家！忙碌的人们等了一年甚至更长，白发娘望儿归，小候鸟盼爹娘。挂着泪花的笑脸，久别深情的相拥，定格在那一刻。相聚的分分秒秒，珍贵且无情，短暂得还未回首就已溜走，道别思念再相逢。过年真好，一场中华亲情大传递！

长寿有识

看望了几位姨妈与舅舅，有居家的、有住院的、有老年痴呆的、有中风的，当然也有寿星。老人见到我们情景不一，但一种共同的表情：高兴！就连那已不认得人的也能像孩子般地冲着我笑，以示高兴。他们都有儿女，我们虽然没这份责任与义务，几十年来或探望或予以经济支持等，但关爱老人是每个人乃至整个社会所应具备的品行。其中一位是先生的姨妈，今年 97 岁了，三年前还独自出门买菜，目前无任何疾病，除听力差点，思路也清晰，还能说出外甥的出生年月呢！这位姨妈个子瘦小，四世同堂，儿孙绕膝，自年轻就一直爱动，姨夫主内她主外，用了一辈子的 11 路车。说起姨妈的爱动，想起去年带我们游玩南京的那位胖子司机，30 多岁，人挺好。有些景点让他跟我们一起游玩，可他没走几步便气喘吁吁：“阿姨，我还是回车里等你们吧！”说自己很少动也不爱动，吃中饭还专拣肥肥的大排吃，这不胖才怪呢！熟人中几个活到九十几的老人，其家务大多自己做，动筋骨保苗条，还可不受气。坚持干，到七八十还能动；早不干，五六十就动不了，还说能防老年骨质疏松呢！

上周在楠溪江遇到一位 90 岁还在河边洗衣服的老婆婆，与她聊了一会儿，得出健康长寿的秘诀，除了爱劳动与空气好等外，重要的一条：“早睡早起”，尤其是早睡。当然乡村生活其压力、花样及诱惑比城市生活要少得多，但事在人为，靠自己去把握。乡村的清新与静谧，我们暂时无法移植，但“早睡早起”的好习惯还是可以做到的。

除了“多动”与“早起早睡”，还有一点，那天见报百岁奶奶比百岁爷爷多一倍，长寿村永嘉县 107 位百岁老人中，其中男寿星只 34 位，且 104 岁以上的 9 位寿星全是女性。其因除了男女的正常寿命趋势外，男性的性格脾气通常都比女性易怒，上面提到的 9 位金牌女寿星其共同点就是性情温顺，始终一张灿烂的笑容。所以敬请那些想长寿的老爷们，千万别动不动就大动肝火哦！

文化面馆

新城有家“十八家面馆”，店铺不大，但很有特色，生意也火。进了这家面馆，以为误入20世纪70年代，“团结、紧张、严肃、活泼”，这条当年最时兴的语录让那个年月的氛围扑面而来；满墙的老门牌让你寻着它去追很多很多已消失在漫漫岁月中的痕迹。时代的变迁，它们已不会再现，好多路如今早已没了，但我们确是踏着那些路走过来的，那个“瓯江电影院”的牌子让人想起来当年的那场大火。餐桌的玻璃板下面摆放着好多老照片，反映了那个年代的国情与世态万象，人们的生活与风貌等。见那些计划经济时期的粮票，想当年自己这个代课的，属编外人员，被划分为“无业”，每月只能享有24市斤的居民口粮。老头子有个工作，政府赏他27市斤，也不够吃，每月买私粮，如今丰衣足食，这些泛黄的粮票看着也亲切。那张“一对夫妇一个娃，少生优育为四化”的照片，想当年那些为“逃生”转战地下，穷乡僻壤隐姓埋名、重金受罚义无反顾，如今高堂奖励一百万也甭叫我生。还有那几张黑白结婚照，虽然有点像证件照，但那份简单与幸福感在当下这豪华婚纱照的承载中却难以寻觅。这些“证件照”大多能白头到老，而如今的华丽婚纱未必都天长地久。再瞧那个铝制的饭盒，那时单位食堂蒸饭，每人按各自的饭量在饭盒里淘好米放好水，放入大蒸笼。怕被弄错，盒盖上写有自己的名字或记号，因有些饭盒没盖紧，盖子移动，开饭时大家找自己的饭盒，弄来弄去将盖与盒张冠李戴，结果张三吃了李四的饭，王五吃了赵六的饭。我这个24斤的要是错吃了27斤的，算占了便宜，而那个27斤的就亏了。待到感觉撑肠拄腹或食未果腹，才发觉盒与盖被张冠李戴，弄得啼笑皆非。

这儿的面也挺好吃，还有那碗“生地猪蹄汤”，黑乎乎的，老头子说大约在半个世纪前吃过，老母亲常做这道菜呢！呵呵，这家面馆，卖的是面条，更是文化，一种文化经营与商业模式的创新！

教师节感思

退休在家竟忘了今天是什么日子，收到好些学生的短信才知又是一个教师节。这辈子很简单，小时候玩过家家当老师，后来出了校门又进了校门，除了校门没进过别的门。这三尺讲台一站就是三十几年，不知不觉退休了，沉淀下几十年的师生情。

每年的这天，是赞美师生情的日子，借今天说段师生情。我读高中时，有位陈老师，患糖尿病多年久治不愈，病情恶化，前不久切除左小腿，且祸不单行，其妻又遭车祸，头脚被撞，躺在同家医院。此时的陈老师依旧那么乐观，因为在他身边，一拨又一拨的学生，有给他擦嘴洗脸翻身的，有帮他处理各种事情的。看着老师残缺的身体，学生们抽泣抹泪，但更多的是给了他战胜疾病的勇气与情深义重的师生情。那一个个感人至深的场面，留在了瞬间的定格中，这是最美的师生情。在今天这个学生对老师的一片感恩声中，向老师表达敬意的日子里，也让老师对学生表达一份谢意，一份感恩！让曾经微不足道的付出化作涓涓细流，无声无息。感谢一路上扶我引我的每一位老师，感谢赋予我快乐与慰藉的学生。

每年的今天，总沉浸在一拨又一拨的问候与感动中，但每一个今天，我最感恩的莫过于那份启蒙。那些老师，给了我们打开知识宝库的第一把钥匙，是人生求知的第一引路人，他们是老师亦是慈母慈父；他们给了我们童年与少年的滋润与关怀，直到如今我花甲一个，还能得到启蒙老师的关爱与交流，实乃人生一大福分。从树苗的发芽到长大，我们吸吮了老师灌注的甘露，点点滴滴，凝聚一片感恩，一腔深情，献给我的老师。一个人未来的每一次掌声、每一朵鲜花，都得益于启蒙老师的汗水与栽培，就连习主席也借教师节回到自己当年就读的小学与中学看望白发苍苍的园丁，怀念那段珍贵的岁月。

“随风潜入夜，润物细无声”，桃李满园，芬芳九州，愿那些当年将自己的青春赋予我们且一路相伴至今的老师，晚年健康幸福！

同学会

借此同忆思

一堆花甲聚集一堂，笑侃岁月，还好那神态与言表与花甲还不怎么匹配，当年学堂上的嬉闹和纯真都已成为今日的稳重与沉淀。这人，经历了不惑，越过了知天命，当攀上花甲，多少悟出点道理。这一路上的沧桑便是：人生在世，五湖有长，四海有兄；茶有知己，饭有安福；书有明理，乐有籁音；家有天伦，外有驰骋，坦荡于其中，不亦乐乎！路有顺道有逆道，人有旦夕祸福，若幸运垂青与你，笑之；若不幸降临于你，淡之。将存在看成美之，舒也；将世道沧桑都视为悲之，那就惨也！莫管过“重阳”还是过“五四”，将来的老头老太都唱着：“年轻的朋友来相会”……

每相隔一年半载，我们又一次相聚，但每次都是那样的期待，那样的留恋，当年的那群小子与妹子，如今已花甲一堆。一位作家曾说过：“童年是一场梦，少年是一幅画，青年是一首诗，壮年是一篇散文，老年是一套哲学。友谊是人生旅途中寂寞心灵的良伴，同学间的友谊更是陈年老酒，越久越醇香甘甜。”看看对面的你，瞅瞅身边的我，我们老了吗？或是，但心依旧。忆往昔，恰同学少年，我们相知相重，经历了人生最纯净美好的时光，如今友情已如绿水长流，浩然成湖，那份清澈在这多元而浮躁的社会里显得弥足珍贵！如果有人提起那些已袖手长空无法与我们共享今日的友人，也不必回避，那是一种怀恋与提醒，“珍惜”，加倍珍惜，往日、当下与未来。近半个世纪前我们相识在书桌旁，若干年后，或许相聚在敬老院，沐浴在晚霞中……

别样学生同学会

学生同学会，在台州举办，这个班级是 25 年前，大家来自浙江的四面八方，成为同桌的你。现在每四年举办一次同学会，举办地轮流坐庄，当地的同学当为东道主，负责其张罗，每次时间两至三天，聚会兼旅游。九年前欢聚在楠溪江边，四年前会聚在西子湖畔，这次在美丽的椒江。下一届，嘉兴申办成功，还真有点像开奥运会呢！也算是一种传承吧，20 多年过去了，今天依旧能感觉到当年的那股班级凝聚力。我对他们说：“今天的你，无论当了多大的官，发了多大的财，但在同学面前，你还是当年的那个小子和妹子，这就是无瑕的同学情。”

跟着大家玩了两天。昨天去石塘出海捕捞，我向来喜欢大海，第一次当“渔民”挺兴奋，也算是经风雨见世面了。昨天气温不高，不到 3 字头，只因海面风力有七到八级，所以凉快。刚上船，个个兴致勃勃，拍照喧闹。没几下便风大浪急，情绪告急，我是第一个栽的，于是前赴后继，全船三十来号人马，除五位壮士外，其余的全趴下。舱内呕声一片，个个吐得脸色惨白、泪眼婆娑，面面相觑、哭笑不得。有人叫道：“我要回去，生不如死，我是不知情上了这‘海盗船’。”哈！当时的共同愿望便是“快快折回”，可是打鱼的人儿啊，你已出海，茫茫大海，不是你要回就能回的。一个半小时后，迫不得已缩短里程，提早收网。没捕着正经八百的鱼，却捞了不少虾兵蟹将。见到战利品，狼狈不堪的“渔民们”才恍过神来，嘿嘿！不是人儿见了鱼儿笑，而是鱼儿笑人儿。这体验真够刺激的，撒网收网与惊喜，有几个还当了一回舵手，最刺激的还是那翻江倒肚的滋味，忘不了。还好趁花甲体验一把，要不到了古来稀的份上，就没资本折腾了，这罪受得也值。一位学生深有感触地说：“往后买海鲜不还价了，太辛苦了。”是啊！任何事只有体验过，才知其中的味！

打鱼过后，参观潜水艇。这是一艘二战时期的潜水艇，第一次钻这家伙，进出有点难。潜艇虽小，但也算是开了眼界长了见识。一个个舱门爬过去，深感潜艇兵的辛劳，尽管外面是浩瀚的大海，但要封闭在如此狭小的空间里生活作战，就如那句温州俚语“螺蛳壳里做道场”，怪不得都说潜艇兵是最辛苦的兵种。这是此次学生同学会的体验之一，安排得很好。

每次这个班级同学会，我总会带上那只奖杯，这是班级毕业前一个月获得的最后一个奖杯。一支小小的足球队，一个不起眼却又有点分量的校球赛冠军杯，一份集体凝聚力的象征。他们明知一月后将分道扬镳，还是竭力拼搏。奖杯底座的四个面上刻下了九位队员的名字、班级及时间，留作永远的纪念。毕业时恋恋不舍，决定让班主任保管。至今 25 年，其间我搬了三次家，都没将它弄丢，每每同学会带上它，如回到往日的时光，真是见物犹当年。

二孩的那些事

连日来，大江南北，一个最热门的话题：家庭人口方程式由 1+1=3 可演算为 1+1=4。原以为会欢呼雀跃积极响应，可调查结果，志愿者仅为 50%，都说是太辛苦，不愿再吃二遍苦。说来也是，这是桩最吃力不讨好的活。且又说那大家庭吧，首先袁隆平深感压力，其次医疗、教育、家政等等忙于备战，最拍手叫好的还是那些商家，这“催生”还真能“催化”呢！只是可怜那光荣一代，柔弱的肩膀，本已为那 1+4 而气喘吁吁，却要为 2+4 任重而道远，当然还有些老黄牛也多了亩“田地”踏踏……

政府通过了计生法修正案，二孩政策全面落实，再生育还获延长生育假的奖励或其他福利待遇，尽管如此，也还有婆婆奖励一百万也别想叫我生的媳妇。想当年，计划生育当作头等大事抓，铁打的国策，政治试卷里，从小学到研究生，这是道不可缺的试题。邻居一男孩那年背高考政治：“计划生育……”随手将讲义一扔，嘟囔道：“这和我有什么关系？”那年有个词儿叫“逃生”，这可不是遇什么自然灾害时的逃生。想再生个娃，逃深山躲老林，乡下亲戚成了香饽饽。改名换姓，改迁户口，生下的孩子不敢公开，有一公职人员，二胎寄养乡下且不敢联系，一次孩子危在旦夕，寄养的人家跑来单位找孩子父母，结果秘密被暴露，党籍公职也难保。生娃丢饭碗，是那些年的常事，有人为让孩子能光明正大地来世，在阳光下成长，辞掉公职下海去。不过城市倒不是主力军，农村是个广阔的天地，超生游击队声东击西，诞生了一个又一个“海南岛、吐鲁番”，这些孩子也有了时代的身份：“黑人”，于是上学、医疗、就业等，或多或少遇点“种族歧视”。后来实行罚款，少则几万，多则几十万，有人戏曰这些宝宝是“金元宝”。随着改革开放，“逃生”也变得高大上，跨大洋，越香江，一些小家子里有国人、有美佬，还有港澳同胞，活像个小小联合国，且大多是不管生在哪却养在中国，成了“出口转内销”。

那些年，那些事，还有牺牲与代价，控制人口是国家一时不得已的需要，民族的使命。如今我们的人口结构呈以老年人为基座的金字塔形，而印度则相反，呈以年轻人为基座的金字塔形，这是他们可喜的未来。我国现在修订人口计划政策，势在必行，政府还让一千多万户的“黑户”予以摘帽。如今，不管合法的或曾经“非法”的，不管“国产”的还是“转内销”的，只要能茁壮成长，都是国家之栋梁。就劳动力而言，现在是劳动力过剩，结构性短缺，所以未来几十年，重点不是劳动力数量的短缺，而是要提高整体劳动力的素质。

也说儿童节

今天是孩子们的世界，儿童乐园里一片欢乐的海洋，如今的孩子真幸福。不过孩子们，不妨也换点花样玩玩，平日里找点“苦”吃，也别有一番乐趣哦！据说日本的有些家长都花钱给孩子买“罪”受。俺家里的那位小家伙，今还只10岁，人挺瘦耐力却不错，6岁那年就随其父身背行囊，雪地里徒步、头顶照明灯夜行军、睡帐篷吃粗食，翻越几十里大山，特爱爬山骑车击剑等玩耍，其中的滋味、意义与收获是游戏机里没有的。孩子们，放下iPad，拥抱大自然，锻炼身体，磨炼意志，茁壮成长！

当然，一大早还是收到一位同窗的致电：“祝你这个超龄儿童节日快乐！”顿时笑之乐之，这老顽童从六一节走到重阳节，还能这般童心未泯，喜之。小时候，我们的儿童节都是与小伙伴们自得其乐，因为我们的父辈当年只知道“忘我地工作”。告别自己的儿童节，后来再忙也都陪着孩子与其同乐六一。年复一年，因为不愿将孤独与失望带给这拥有“光荣证”的一代。如今的六一，一片欢乐的海洋，大的比小的玩得更起劲，还有老的来凑合。只因如今养儿放飞，飞得很远很久。据说现在有些养老院与幼儿园挨在一起，这就叫：儿童节重阳节同乐。

童年，是人生最灿烂、最可贵、最炙热发光的开始，最惹人喜爱的花朵，每个人的人生未来都建立在童年美好的梦景里。怀念童年，那肆无忌惮的玩耍的童年，总能勾起我们美好的回忆。沙地、城堡，是很多孩子的象征，更是怀念童年的容颜。在人生命运的征途上，是童年铸就了纯洁的灵魂。孩子们，多彩的童年，快乐的儿童节！

在自然中阅读

老天爷的高烧终于开始退了，秋也渐渐露脸，经数月的煎熬，缓缓地吐出一口气。这个酷暑，几乎都花在了读书上，贪婪的程度也超过以往，似乎要将那么多年因忙于赶路而冷落了那页页书卷的热情给追回来。它还能占据烦恼，撵走忧伤，岂不安详！可是越读越感到自己无知，就如陈道明所说：“越读越感到自己没指望了，因为太浩瀚了。”我想人类感受过的最大的欢乐之一是：走到无知中去追求知识，而对无知的最大乐趣是提问与思考，即利用别人的头脑来取代自己的头脑，自己思考出来的东西，尽管不见得严密紧凑，但总有脉络可循。如果仅靠手不释卷的孜孜勤读，将自己的思想放逐到僻静的角落，那未免也是种罪过。不要因年龄的追加而失去无知感，更不能将不断增长的年龄看作是无所不知的源泉。还记得么，苏格拉底之所以以智慧闻名于世，并不是因为他无所不知，而是因为他 70 岁时认识到自己什么还不知道。

天凉了，该走出书本，阅读大自然，也将墨香一路喷洒，那更是一个取之不尽用之不竭的大书库，那里丰厚洋溢，五彩斑斓。让群山赐予怀抱，让云彩带走纷扰，让生灵抚慰心灵，哪怕是一种向往！

当我流连在山水间，会被一种生命的景象吸引，被一种生命的声音打动，这就是“自然”。徜徉于自然界，往往断绝了追求物质的欲念，生活的意义只在于质朴与平和，道德与真情，似乎有一种良知的声音在感召世道人心。有人说“风景美如画”，其实这也狭隘了，画是静的，自然的风景是活的、动的。除了视觉还有听觉的感受，它超出人所能创造的境界。有时老头子戏曰我：“读个书也要跑到公园里读，也真是……”殊不知，这读书也有多种意境，与自然交融，溜达在字里行间，仿佛有忠诚友善的陪伴，让人在平静的时刻发出欢欣的感叹：只要有自然，就没有自暴自弃的理由，荡漾心灵让幸福来感受。

诵之乐

当年学生时代，有点爱好朗诵，记得参加的第一次朗诵表演，是在小学三年级，那首小诗选自小学的语文教材，题目是《春雨》，头两句是："滴答，滴答，下吧，下吧……"上中学后，有被老师点名朗读，印象比较深的是那几篇：高尔基的《海燕》、普希金的《致大海》，还有毛泽东诗词《沁园春·雪》与《长沙》等。那些年，乔榛与丁建华是我的偶像，还买了好些他们的朗诵磁带。

后来几十年没玩，两年前一次在三亚，阳台上除了远处传来的阵阵海浪声，很静。手捧那本《唐诗宋词》，不由自主地读出声，哇塞！何尝不玩个配乐诗朗诵。说干就干，两部手机，一部放音乐，另一部录音，合成出来，效果还行，但算不上满意。那是心血来潮，无任何准备，更不用说对其内容事先的理解了，甚至有些字的读音还冒名顶替瞎读。但那次后，有了一种"捡回"的感觉。前不久读了刘再复的散文《读沧海》，文章对大海的赞叹丰富而博大、充满生机与希望，且熔哲理与思辨为一炉。那个激动与兴奋啊，就冲着这沧海，又玩起配乐朗诵。这次有备而来，先理解文章的内涵，然后准备好舒伯特的"梦幻曲"，钢琴与提琴轮奏，调试好音乐的音量，可不能喧宾夺主哦！为能有个安静的环境，等到深夜零点半，关上所有的窗户，怕有噪声连空调也不开。尽管如此，青蛙与知了的蝉鸣还是融入了我的"杰作"与夏夜里。闲时放上一段听听，配上好的音响，效果更佳；或一时来兴，再给炮制几出，自娱自乐！打那以后，对阅读便一丝不苟，遇读音没有把握的字，绝不蒙混过关，认真查阅，准确发音。

最近一个节目《朗读者》很红火，让很多人感受到朗读与文字的魅力。朗诵是一门语言艺术，名篇佳作的音韵美、节奏美、气势美，只有在诵读中才能真正感受到；文章的起、承、转、合，只有在诵读中才能深刻地体会到。朗读者在欣赏自己声音的同时，也如同感受一首优美的乐章。叶圣陶先生曾经说过："吟咏的时候，对于探究所得的不仅理智地理解，而且亲切地体会，不知不觉之间，内容与理法化而为读者自己的东西了，这是最可贵的一种境界。"

求教

玩电脑30来年了，除最初请家教打底后，每遇问题都是临时请教学院的同事，逮住哪位问哪位，人人都是我的老师，日积月累，零打碎敲，攒了不少知识，退休了，也就没了这资源。偶尔电脑店里来换个配件什么的，便趁机讨教，可总遭冷落歧视，人家见你这般年龄不该问应由他们这些老师们解决的事。除非等你蹦出几句内行话才转头斜你一眼，刮目相看后应付几句。自从有了度娘，都向其讨教之，有啥碰磕，拜访度娘，马上OK！

这度娘实在好，百科全书指南针，还免了求人的尴尬被数落。上周换了台电脑，咱这岁数每每去买这玩意儿是最让小青年白眼的。那些程序想让店里给弄好，瞧那小伙对我的一些要求弃之不理还讽刺之，意思是你老妈子懂什么，我给你弄成啥就是啥。其实小子，俺20世纪80年代开始玩286的那会儿，你妈还是姑娘呢！拿回家一看，不行，全给卸了，自力更生从头来，再说也不是第一回了。从新系统到驱动程序、应用软件等的安装及运行全搞定，当然少不了度娘的帮助，长了知识也长了志气。那被淘汰的电脑本想扔掉，想想还是放着给自己当学习机拆拆弄弄，也学点硬件方面的知识。

聊到玩电脑之事，想起20多年前，任我家教的小杨老师。初学那会儿同事给我介绍了师院的一位大学生，他比我儿子大上几岁，那同事对我说，他还是个学生，你别称其老师。我说这不行，知识面前不分年龄，于是我便杨老师一个劲地叫。那年每逢周六下午，我都洗耳恭听不耻下问，通常以我问他答为主。当时Windows系统还没上市，用的是DOS系统，连文档编辑也还是WPS软件。他计算机知识挺不错，可偶尔也会被DOS系统那满屏的英文怔住，我一个初学者，虽不大懂计算机，但能就英文说出个大意，懂行的人一听就明白，于是就互相切磋。说好一次两节课，结果每次都是一个下午，也没让另加学费。平日里给儿子买东西时也都顺便给他带上一份，后来Windows系统上市，学了基本操作与应用软件及日常问题排除等。他建议我再学点计算机语言，于是跟他学了点 FOX，编了几个简单的程序，好开心。可那编程的枯燥与费力，加上工作与家务的重担，我对计算机语言只舔下舌头便拜拜了，同时再见的也有小杨老师。后来就断了联系，说实在的，如今的这点电脑玩技，也是当年小杨老师给打的基础。20 来年了，小杨老师，你都可好？还有今天的钢琴老师，她说我与她妈同岁，她是老师却视我为长辈，有时逢佳节倒是她先短信祝福于我，我这个学生还慢了一步。我尊敬她，也将她当孩子。呵！一路上，对每一个相遇的人，每一个帮助过我的人，都说声“谢谢”！不管课堂内外，不分年龄大小，为我师者，都乃我良师益友！

又一位老来伴

玩钢琴三年多了，咱这号人“开工”晚了点，没丁点童子功，严格讲谈不上学，只能称其为玩。每天雷打不动地练，尤其夏天练琴也多了几分罪，全身黏糊糊的，焦躁难忍，还为了那五线世界的光芒，头顶上的台灯直烤得额头上的汗水时不时地挂落眼眸，模糊了对那一个个小蝌蚪的赏阅，那黑白地带沾满了十指跳跃落下的汗迹，偶尔还有蚊子伴上嗡嗡的和声。尽管如此，还是乐此不疲！

很喜欢上琴行上课，那些琴童是我的学友，有时还未下课，他们会在门外踮起脚尖，朝门上的那块小玻璃，时不时怯生生地朝我张望，或许在嘟囔：“这位奶奶级的同学咋还不下课啊！”好一个萌！有时也会碰上同龄人，当然他们是陪孙辈而来，那就搭上讪了，他们对我聊起自己在“老年大”的那些事儿，还羡慕我跟小屁孩闹一块儿。说实话，去上课，除了讨教，还有讨压力，讨乐趣！感谢我的老师，平时碰到问题，就将曲谱拍下来，连同提问发给老师，老师就通过微信指点我，或将自己的示范拍成视频传给我。

老年人学钢琴很有益处，除了愉悦心情丰富老年生活外，还有练心脑的两大好处。双手不同乐谱的弹奏能锻炼左右脑，同时看两行不同的五线谱能锻炼目击力，都说双手击键对心脏很有好处，十指连心么，怪不得经常看到有些人在做一种十指碰触的健身动作。乐心又健身，何乐而不为！钢琴，成了老年爱好者的另一位老来伴。

夕阳

夕阳甚多彩

说到老了，都不免掠过一丝悲凉，但细细想来，老了，有啥不好？

咱如今，睡前不闹钟，睡醒不看钟，早餐不顾钟，走路不用急匆匆！寒冬里，上班族、读书郎粘着被窝直叫苦，今却与俺无关。风萧萧，雨哗哗，不必再勇往直前，“帘外雨潺潺，春意阑珊”，那个“春眠不觉晓”，好一个朦胧！黄金周里，人山人海，我自岿然不动，错峰出游，优哉游哉！旅途上，手持“长枪短炮”的，大多是银发族，他们用深邃的目光、用积淀的感知，去捕捉人间与自然的点滴，或珍贵或平凡，每一个定格都是一份承载。什么学历职称头衔，统统见鬼去！再怎么折腾，也是过眼云烟，如今都老头老太一个，怀揣淡泊与宁静，天马行空。一声爷奶，荣升晋级，也天伦之乐。广场上，大妈们舞起来；公园里，大叔们天南地北侃起来。涂脂抹粉，走台亮相，当年是妹子们的份儿，如今婶子们也靓丽登场，不输给妹子。老年大里，一席难求，老有所乐，老有所学，雅兴时兴！呵呵，最情有独钟的莫过于——阳光里，灯光下，捧着书，聆听着音乐，奉上我的一往情深。

这一派景象的纷呈，当年哪有这等闲份！老了，有啥不好？依恋你，天边的那抹晚霞……

永远都不晚

浙南地区“试管婴儿”创始人之一叶碧绿教授逝世，享年 81 岁。前不久，叶碧绿奖学金和档案捐赠仪式在温州医科大学举行，层叠的红色证书、老式的英文打印机、泛黄的日记本和剪报等吸引并感动了大家。其中最让我吃惊的一段报道：“68 岁那年她考取了驾照，带上家人出行旅游。79 岁，她报名学习弹钢琴，‘碧绿钢琴笔记’上娟秀的字迹、五线谱音符都是手写描录上去的，这是她有生之年的最后一本笔记。”

79 岁开始学钢琴，且从五线谱着手正经八百地学，不可思议，钦佩！我 57 岁也开始玩弄黑白键，看着曲谱上那繁杂众多的小“蝌蚪”，着实眼花缭乱，左右手各弹各的，还得配合融洽，真有点老了难以中用的感觉。家里那小子 30 多岁开始学，也直呼“晚了”。相比之下，还能说什么呢！叶教授有句话：“做什么事情只要你想做，永远都不会晚！”是啊，学什么，年龄与成功与否都无关紧要，重要的是，从中学会一种“精神”！

这让我想起几年前的一场演出，本市 64 年前的“雨声”合唱团和当下晚霞歌咏团联欢，场面很感人。“雨声”团现在的平均年龄 83 岁，最大的 92 岁，目前还在世的 24 名队员全部隆重登台。如今的歌声、当年的旋律，看着台上一个个白发苍苍，还有轮椅上的但又精神抖擞的老人们，谁说他们风烛残年，他们用对生活的热爱找回当年的风华。夕阳要想霞光万丈，就得不服老，只有不服老，才能心态好，只有心态潮，也就不算老。

虽已夕阳心如晨

高考结束了，又是一个“鸟儿出笼”的季节。过去说是“养儿防老”，现在是“养儿放飞”，年轻时飞出便乐不思蜀，饮水思源的寥若晨星，就算归巢也不在同一片天空下。想至此，当今的老家伙们应开发自己的生活，老有所学，老有所乐，时尚达人在招手，与时俱进拼一把。又说那看电影、购物下馆子啥滴，少的是家常便饭，老牌也不是没这经济实力，只是观念未变。老家伙们，也来潇洒走一回，为吃过的苦拿点回扣。让“希望寄托在下一代身上”，化作阳光洒向通往夕阳红的路上，投向老年人的心上！

犹是一片云彩

山中深居简出也挺好，遇上出家人，便想起他们行内的那句话：“放下。”这当然指世间烦扰，如是快乐，定会说“留下”。细想来即便是烦扰，仅“放”还真不够，得“抛”，抛到九云霄，云散烟消。只见云彩在山峰上飘浮，就在眼前却又忽地溜走，等不上让你说“请留步”。不是吗？这人就是地球村的匆匆过客，悄悄地来，带不来一草一木；轻轻地走，像一片云彩……既然来也匆匆去也匆匆，那一路上的云朵便弥足珍贵！

孟德精神为我师

特朗普要上台了，说的不是他的经历与财业，也不是他与希拉里角逐的花絮，倒是那个70的年岁，说来也是个古稀老人了，还刚登上美国的第一把交椅，待来日大展宏图。与他年岁不差上下的希拉里虽败选，但雄心也堪称女杰一支秀，瞧这俩人的拼劲还真感到自己年轻了不少，按中国人的话叫作“老骥伏枥，志在千里，烈士暮年，壮心不已”。曹操在《步出夏门行观沧海》中的这几句诗脍炙人口，流传至今被世人传诵，内蕴着一股自强不息的豪迈气概，深刻表达了老当益壮、锐意进取的精神面貌。都曾说“人生七十古来稀”，可如今时代不同，观念转型，虽“夕阳无限好，只是近黄昏”，但黄昏已不再悲凉与消极，它引领我们去领悟人生的宁静与淡泊，让烦躁的心情趋于平和，在美丽中寻找积极。喜爱黄昏，只因它以最短暂的绚烂，最美丽的色彩结束了一天的繁忙，踱进天幕，等待黎明！投给你一个“老牛自知夕阳晚，不待扬鞭自奋蹄”的夕阳情怀。

白头老翁重征程，暮年有志担星月，老骥伏枥任狂飙，我们还年轻着呢！童心未泯俗世荣，当年苦辛成旧忆，夕阳晚晴景似锦。

第二辑

花絮朵朵

古诗词之魅力

日前，《中国诗词大会》繁华落幕，收视率的火爆出乎意料，可喜可贺！“赏中华诗词、寻文化基因、品生活之美”，完成了一次跨越千年、沟通古今、领略中华优秀传统文化魅力的精神之旅。

我向来喜欢诗歌，无论中西。我们这代人，当年在课堂上，除了毛泽东诗词与鲁迅诗集外，西方诗歌与中国古诗词，均属“封资修”，哪像现在的孩子，开始接触语言就“床前明月光”。待到“封资修”被解禁，又为生计疲于奔命，即使读过一点，也是碎片，因此要说真正的阅读，仅发力于退休后。

曾一度偏爱西方诗歌，从《荷马史诗》《罗兰之歌》到《神曲》《浮士德》《唐璜》等，以及《莎士比亚/歌德/拜伦/雪莱/海涅/屠格涅夫/普希金诗集》……尽管这些诗歌热情奔放，直抒胸臆，尤其雪莱在《西风颂》里的“如果说，冬天来了，春天还会远吗？”普希金的《假如生活欺骗了你》里的“一切都是瞬息，一切都将会过去；而那过去了的，就会成为亲切的怀恋”，尽管这些诗句多少年来给了我勇气，让你拨云除雾，迈过道道沟坎，漫漫长夜等天明。但是，当你捧起《诗经》《离骚》《人间词话》《唐诗宋词》等等，顿时一股千年沉香沁人心脾，仿佛放下咖啡，捧起了绿茶，进入那个理想古朴纯美的世界，灵魂找到了寓所。只因那是一种意境美，或托物言志，或借景抒情，诗人的情感永远深藏于诗词之中。李白、杜甫、白居易、王维；苏轼、陆游、辛弃疾、王安石等，各路诗仙让你空明澄净，悠然自如；尘虑皆空，爱不释手。是呵！咖啡，喝过就了事了，而佳茗却能品出陈韵，吟赏烟云，回味无穷……

中国诗词用自然清新、明艳清丽的语言描物写景，抒情表意，创作出形神兼备、情景交融、诗中有画、言有尽而意无穷的澄明性灵境界。比如同样写“送行”，王维的“劝君更尽一杯酒，西出阳关无故人”；李白的“桃花潭水深千尺，不及汪伦送我情”；高适的“莫愁前路无知己，天下谁人不识君”。这三首诗由于构思和表现手法不同，各自创造了不同的意境美，字字平淡无奇而境界自出，其中蕴含着一种特殊的艺术魅力，其妙处就在于所显示的是那样一个令人自然而然，为之吸引的意境，它的美在神而不在貌。

煮一盅香茗，手捧经卷，在沉香弥漫中，品中华千年文化之精髓，叹历史千古人物之风骚，韵在字里行间洋溢，感悟其美，赐力量于己。诗词大会的一位参与者，与诗词结缘后，就让癌症在诗词面前甘拜下风，真是“胸藏文墨怀若谷，腹有诗书气自华”。这样的一档节目，未必能立马助你成为诗人，但它可以带你体会最经典的中华诗词风范，闲暇之余，若能陶冶心灵，岂不妙哉？

余光中曾被记者问到：“你的乡愁，是大陆还是台湾？”他说：“我的乡愁，不是这里，也不是那里，是中华文化！”

喝茶与茶文化

别样文化

宴会与茶会都属社交方式，但茶会比宴会要实惠且文雅些。友朋相聚，主要为叙旧谈心或交换意见，可宴会上满桌的名酒佳肴往往会喧宾夺主，桌上杯盘交错热气腾腾，即便邻座也难以深谈，倘若中间再隔数人，除了频频举杯遥遥表示友好外，无法攀谈。茶会则不然，到会的不会埋头大吃或捧杯牛饮，谈话是主题，且话题的切换能让茶会热烈融洽。茶会上能让人学得风流倜傥，几个志同道合的能在茶香四溢中你调我侃，也乃人生一大乐趣，但还是要根据社交的对象、内容与需求而选择不同的方式。

喝茶，本是日常生活最普通的事儿，可如今的喝茶已成为一种意境和文化。茶叶的甘醇，让人修身养性，体验享受和思考，在遐想中体味自我；以茶会友，交流让心情舒畅或豁然开朗，乃为友谊的桥梁。有时在茶水与心情共鸣的瞬间，让清新的空气吹过，淡雅中不乏激情，让你更加清醒。这种意境，也是陶醉……

喝茶亦等级

应邀观赏了一款茶艺表演与传授。那茶艺师泡好茶，只听得一句：“冲泡完毕，下一个环节是奉茶，如果有领导在场，得先奉给领导。”听来有点不自在，哪儿的条文啊？喝茶还分大小先后，这等级观念、阿谀奉承的奴性竟然渗透到茶道里来了，趣事，憾事！喝茶本乃休闲之地，以茶会友，畅所欲言，品茗甘醇，洗涤身心。这愉悦的时光如还受这般羁绊，那便大为扫兴。再说这领导不领导的，跟喝茶有何相干？还说这是日式的茶道，真不敢相信日本人会有这一招，大概是中国人自行给篡改的吧！

品饮文明

老外挺欣赏中国人的茶酒享用之术，一口一口地喝，且啜一口吃点东西，不像他们那样捧杯大饮，这也算是中国至今还尚存的饮酒艺术与礼乐传统。如今我们还懂得一点茶酒的享用之术，但一般的生活之艺术渐已失传，也就是所谓的“礼”也逐渐消失。旅游团在境外购物，凡中国人得分期分批地进，因为你们在公共场所大声喧哗；又据最新报道，瑞士增开中国人专列，因为你们太脏太吵干扰他人；航班上多次闹事，脸面扫尽；有吵架声的地方，不免有我们的同胞……

生活是一个建设与破坏、进取与付出的循环，或像动物那样，自然简易地生活；或把生活当作一种艺术，微妙美丽地生活，这就决定于民族的集体人格。其实这生活的艺术在有礼节、重中庸的中国不是什么新奇的事物，只是被当下的物欲横流吞噬。当然也有人说老外的礼貌有点虚也，就算“虚”，也还知道要脸面，如果连面子都不顾，那还不如“虚”上一把。建立中国的新文明，走向复兴，就要从生活的每一个细节做起，找回礼仪之邦的流风余韵，让人家像羡慕我们的茶酒享用风度那样，尊重我们的生活之艺术。

寄情夜读

每天忙碌过后，最惬意的歇息是入眠前的阅读，那是一天中最幸福的时光。阅读，有多种方式，它像一道道美食千滋百味。图书馆的书海里，浓厚的读书氛围让你专心致志；自家书房，信手拿来一本，拾捡人间故事，求索人生智慧。沐着阳光，时而赏文阅句，时而合书闭眼；或流淌于青山绿水捧书而读，或随静静的湖面凝思遐想；或闻着花的芬芳，化作书香沁人心肺；或在雨打芭蕉声中领略字里行间的宁静与恬淡；或身临大海与海涛相伴，感受书中博大的胸怀；或伴着列车的呼啸感受文字的力量与激励；或捧书腾云驾雾翱翔蓝天……可是啊，最美不过那夜深人静的夜读，沁着浴后的舒感，枕着柔软的床榻，一杯茶或一段舒缓的乐曲，进入另一种意境的阅读，一种何等的悠然神往与享受！

叶灵凤说："封了炉火，在沉静的灯光下，靠在椅子上翻着白天买来的新书的心情，我是在寂寞的人生旅途上为自己搜寻着新的伴侣。"看前辈文人竟都如此地沉迷于夜读。是啊！夜，以它独有的静谧与柔和慢慢展开，万籁俱寂，身心如水，脑无杂念，心无旁骛，跃入文字的海洋中倾听智者的心灵之音，吸取他们的思想精华，欣赏、咀嚼、品味，一字一句如一泓清澈、甘美的泉水在心里流淌，一章一节似一袭芬芳、浓郁的花香在脑中萦绕，这种"精神按摩"的愉悦无法言表！而让我感受深刻的是，此时的读书，对书中内容印象清晰，即便过了很长时间，仍能毫不费力地在记忆中搜索到它们的"身影"。

培根说过："读史使人明智，读诗使人聪慧，演算使人周密，哲理使人深刻，伦理学使人有修养，逻辑修辞使人善辩，总之凡有所学皆成性格。"多年的静夜阅读已成了我挥洒心境的一种美好习惯与享受，而这种习惯与享受也是生命旅程中长久的风景，它带着宁静、无所欲求的心情，从流走的岁月里，翻开的书页中，感受一丝丝的清静与愉悦，积攒智慧，铺设道路。

只叹那时光太短太快，每每是一不留神，时针将跃入翌日，呵呵，健康第一哦，合上不舍的书，很快入眠，还真不失为一种无任何副作用的安眠呢！

还记得英国作家萨克雷的那段话：“播种思想，便收获行动；播种行动，便收获习惯；播种习惯，便收获性格；播种性格，便收获命运。”养成读书的习惯吧，只要你坚持，命运定会因此而改变。

读书与思考

在北京雕塑公园里有一尊雕塑，一本石制的书被打开，里面立着一个呈思考状的人，雕塑取名为“思考”。当时其创意与构思立马打动了我，“读书与思考”，是啊！当我们走进书香的世界，宛若走进人类心灵的家园，展书而读，生活就多了一种滋味，多了一抹亮丽。读书与思考如同孪生姐妹，如影随形，如果读而不思，那便觉乏味；如思而不读，则成了光说不练的假把式。孔子说过：“学而不思则罔，思而不学则殆。”思考，是人的高级生活形式，要想让书里的东西活起来，就得思考，且抽丝剥茧地思考，慢慢咀嚼消化，剔除糟粕吸收营养，让精华变成自己的知识。鲁迅先生说过：“读书应自己思索，自己观察。倘若只看书而忽略思考，只能是算个书橱了。”所以在读书中学会思考，心系社会与他人，才能一步步走向成功。平日里如果光读书，感到很惬意，是我休闲的时光；如果去思索，或来点自己的东西，那就得出点力，但每每这种费力会带来丝丝的乐趣与快意，因为那是在唤醒书里的“睡美人”与自己共舞。有读书，就会有进步；有思考，就会有创造！

读书，从本质上讲，是读者与作者之间的心灵互动，读书的真正意义就在于读到了自己内心所感，是一种心与神的享受。读书是件苦差事，但对勤奋好学之人来说，读书是件极其快乐的幸事。巴尔扎克说：“一个能思考的人，才是一个力量无边的人。”善于思考，善思慎行是一种智慧的无敌力量，在安静的书斋中静静地思索，言之有理，书之有物，探索价值，这是思考的伟大与不朽。

韩愈说：“业精于勤，而荒于嬉；行成于思，而毁于随。”思考关系事业的成败，在经济全球化、竞争越来越激烈的今天，要读书，更要思考，思考，再思考！

思考是人的高级生活形式，思考是智者的生存功力。善于独立思考，具有自由精神的人，在苦思中追寻真理的亮点，在净心时得到生命的升华。智慧源于读书与思考。思考是读书的深化，是认知的必然，是把书读活的关键。但丁说过："我在悲痛时，想在书中寻找安慰，结果不仅是慰藉，而且是深深的教诲，就像有人为寻找银子竟然发现了金子一样。"但丁讲的就是知识的力量，也是思考的力量。

因此，我认为读书是自由的个性化的私人空间的最佳生活，它可以容纳你的心灵，丰富并充实你的精神。读书是亲历文字之后的玩味、赏析、思考，是超越人类文化精品的活动。在读书中，我们得到心灵羽翼的丰满飞跃升腾。

书本与音乐

书本与音乐，我最挚爱的朋友，最宝贵的精神食粮。每天柴米油盐叮当声后，扫把抹布挥舞过后，最迫不及待、穷追不舍的是它们。

一本好书如一杯香茗，清新可口，解渴消乏。深夜挑灯，执书一册，那种陶醉、逍遥的乐趣，如要在众多的爱好中细数风流，则当推为嗜书。

读书，可投心其中，也可走马观花，如遇好书，视为精读，细品慢嚼后贪得无厌地消化吸收，往往不同时期可获不同收益；如遇“营养”不足、空乏有余的书，便可泛读。当然，读书并非只乐无苦，在读那些味同嚼蜡的专业书时，若想将这些书本知识占为已有，达到挥洒自如、举重若轻的境界，那就得“夏练三伏，冬练三九”。水到渠成时，你便拥有了一种无形的财富，拥有了乐，品出了甜。读书也有选择，绝非盲目全盘照收，而要学以修身养性，学以致用。或居家或出游，或茶余饭后，或晨曦初上，或夜色阑珊，一卷在手，其乐悠悠。

倾听音乐，更是人生一大享受，对音乐的倾听是我们对心灵的张望，对尘世的逃离。当人的身心疲惫无处逃脱时，音乐就是安详甜蜜的家园，置身于那个山明水净的音乐空间，一切烦恼、喧嚣与不安，都会消退于千万里之外。那些或激扬澎湃或轻柔舒缓的声音，搅荡起一种梦幻般的魔力，让人久久沉醉其中。

对于音乐的理解每个人各得其所，每一曲音乐的演绎都自存千秋，但有一种通感与生俱来，它能直达人的心灵，属于心灵的声音。古往今来许多真正的音乐大师，他们灵感所至涂抹的音符似漾动人心的精灵，他们创造的声音似乎代表了全人类的声音，因为只有它，没有国界。这种种植在心灵上的美丽，只可意会，不可言传，除了倾听与陶醉，还能做什么？

书本和音乐，让人们耳闻目染，它用文字和音符诠释人类的精神文化和智慧，流芳百世，它让我们感受真善美，荡漾心灵。多年来，它是我生活的左右手，赋予我睿智，沉稳和力量；当路遇险阻，它是桥，让我在上面走过；当受挫无助，它的旋律让受伤的心有了着落。这双眼睛和耳朵，用它的无价之宝提升了人类的生活质量。

书本与音乐，奉上我的一往情深……

简单乃美好

有一种人很老实，老实得办不了啥事，在当今的社会很 out，但也很可爱，只是因为简单。不会说太多的话，不会作茧自缚，不被琐碎纷繁的事物羁绊，更不会有什么莫名其妙的想法，只有知足和谅解。简单是一种朴实、美和宁静，它让你拥有稳定的性格。想得多痛苦多易糊涂，也会让自己过得很累，让别人望而生畏。

见周围有些人一旦满足了物质生活，同时也饱受厌倦了那些煎熬与烦琐，于是会去追求一种简单生活，而简单生活也并非物质的匮乏，但它一定是精神的自在与心灵的单纯。一个清洁工和一个公司总裁同样可以选择过简单生活，同样可以充分吸取生活的养料，造就快乐人生。“简单”其实是一种全新的生活哲学，关键在于自己的选择和内心的感受。轰轰烈烈也好，平平淡淡也罢，只要从平常心来驾驭，用一种新的视野观看生活、对待生活，你会发现许多简单的东西才是最美最真实的，而许多最美的东西正是那些最简单的事物。很多事物的演变都是由复杂到简单，如甲骨文到现在的简化字，越变越简单；从屈原的《离骚》到唐代的格律诗、到宋代的长短句、再到元曲以至现在的自由诗，形式越来越简单，则写作的队伍却越来越庞大。

幸福不是财富，而是简单快乐和健全的心理。当你为拥有一套房、一辆车而拼命，为一次小提升赔尽笑脸，为无休止的约会强颜欢笑，甚至为某个目标搭进性命，到头来如果面对的只是一个苍白的自己，那真该扪心自问：它们真的那么重要吗？你会说不要，我要的是简单并快乐着。就像晋代的陶渊明，看透了那种复杂的官场生活，是对人生的摧残，对生命的消耗，他卸掉七品官衔，回到乡里东篱采菊，南山种豆，在简单的生活中体味生活的美好。

宁静以致远

每天，当喧嚣离去，夜幕下，有了安宁的感觉，万籁俱寂，只有思想还在活动，此刻你会意识到：这便是宁静。在这静谧的气氛里，你可以依随自己的爱好，品一口好茶，读一本好书，与古今中外的智者交流；或静静地聆听美妙的音乐，或专注地画几笔水彩，甚至翻翻影集，寻觅往日的足迹，想念一番遥远的朋友，这些都不失为宁静的快乐。庆幸生活给予我们宁静的时光，正如水库是在宁静中积蓄力量，瀑布在热闹中宣泄势能一样，一个人应该在宁静中丰富生命，拾一份心静，聚集心中的热情来驱散烦恼。

心静使我们理智，不会去絮叨命运的不济，机遇的是非，从容地面对现实权衡利弊，理智地分析自己的优劣，从蜘蛛网似的尘世中挣脱出来，开一朵属于自己的花。心静让我们充实，因为知足才能快乐，而现代人的通病往往对未得到的孜孜以求，对已拥有的漠然处之。我们也许永远也不能改变生存环境，但可以尝试着去改变自己，让心走向宁静，容纳淡泊。

人有时会向往独处和思考，因为人在喧闹的交往中难以辨认自我，只有在宁静的独处中才能清晰地辨认自我和他人。如果一直在别人目光的注视和外界环境的干扰下，还能恬然沉思、捕捉和记录自己的细微感受吗？“人生最好的境界是丰富的安静，安静是因为摆脱了外界虚名浮利的诱惑；丰富是因为拥有了内在精神世界的宝藏。”

“淡泊以明志，宁静以致远。”

以书为友

沉醉

守着那片屋檐，手捧王国维的《人间词话》，一杯香茗，醇芳飘弥；走进大师编织的意境，陶醉、逍遥……

《人间词话》是王国维的经典之作，是中国近代最负盛名的一部词话著作，其中有些观点让人耳目一新，为之折服。早年曾翻了一下，因忙于赶路，且这种营养超值的佳作不是让你信手拈来，走马观花的，故搁至如今，清闲了，再将它细细品味，慢慢咀嚼，静静地体验那种化腐朽为神奇，真实与虚构，理想与写实，优美与壮美的境界。

凡古诗词类的，阅读通常分三步玩。首先清扫生字生词；二借注解理解其含义，有些注解也甚是精彩，让人得以领会诗人对宇宙世界、人生本质、人类命运的终极关怀与体察；三为吟诵，如不过瘾，或配上心仪的乐曲，让思绪缥缈在诗人营造的情景融合的意境中，在吟诵中感受细雨流光。罢了，合上书，闭上眼，让耳朵，让心灵，享受一段自导自演的吟诵：

昨夜西风凋碧树，独上高楼，望尽天涯路。

衣带渐宽终不悔，为伊消得人憔悴。

众里寻他千百度，蓦然回首，那人却在，灯火阑珊处。

怎读——才算读

长期来，读书看报，对一些生字，或好多已懂其意也能用之的，但不知其准确读音的，不是跳过就是蒙混瞎读。从最近开始，不管老字生字，对读音怀疑的或还不认识的，全部查字典逐字读准，不漏掉一个。有时两天下来就一堆。攒多了，没几天又忘了，只好弄个生字本，连续记、读、书写三天，便不易忘了，几月下来收获不少。这几天两本《中华文化史》与《中国文脉》读下来，就纠正且含新学的生字一大摞。《新华字典》，翻开任何一页，都有生字，真是活了大半辈子，连汉字都还没认几个，我国一个高中毕业生的汉字量只有 5300 个左右，可怜兮兮。再说那英文，当年也下了点功夫，箩筐里装了几个，离开讲台后，那箩筐也越来越轻了。前天老头子说，你现在得读英文原版的书，不然再下去就完了。哇塞！读原文，有那么爽么，当老花眼在蚂蚁堆里游离，生字接踵而来，那滋味实不好受。确实好久没读英文原版的书了，昨天信手拿一本翻看了几页，发觉阅读能力也下降了。年龄大了用得少了，没先前那么用功了都是原因。但有一点，刚入门那会儿学的词，就连几个已近 50 年都没用它的政治术语，如"帝国主义、修正主义、无产阶级、资产阶级"，至今还记得一清二楚倒背如流，可现在，昨天刚见面的常用词今天就忘得一干二净了。俗话说："年轻是个宝，老了是根草。"但这老来学，也得与老来乐挂钩，要是形同当年寒窗苦读，岂不太亏待自己？丢就丢几个，剩多少算多少，这活到老学到老，岂不就图个乐吗？

时间

感觉刚转个头，这年一半已溜走，仿佛元旦还在昨天，这一半，感觉就那么一眨眼，是啊！再眨一眼，就要拥抱下一个元旦。时间在飞，它不会停下脚步让你追赶，任凭你怎样呼喊请它慢些走。时间如同指缝间的细沙，你怎么拽，它只顾无情地滑落，还不知不觉，每一个过去时都总是几多得失，几多感叹，几多期盼。如今每天按部就班：读读写写练练琴，家务劳动健健身，欣赏音乐散散步，简单而不失去其丰富，来去匆匆，巴不得将秒当分用。尽管每天的内容几乎一个模板，但每天的感觉都是全新的，每个清晨都是一个新的开始，有这么多的项目在招手。不求过得怎样五颜六色，只愿活出一种好感觉，一番好心态。

现在每天最不够花，最不舍的是时间，人一生最宝贵的也是时间，无数个 365 天，我们就生活在时间里，它是那种当你注意它时却往往已消失的东西，人生的全部学问就在于怎样与时间打交道。

假如忘记时间，那也是一种快乐，无论是忙得忘了时间还是玩得忘了时间，或是幸福得忘了时间。很多人享用过时间也浪费过时间，但最终都被时间征服。时间无尽无休，生命前赴后继，生命永远感到时间不够用。时间无偿赠送给生命，但时间并不代表生命的价值，所以大多数生命并不采取与时间竞争赛跑的态度，而是根据生存的需要，有张有弛，有紧有松。时间的含金量取决于生命的质量，人对时间的感觉取决于生命的长度。有什么样的生命，就有什么样的时间；有什么样的时间观念，就会占有什么样的时间。时间，让你幸福快乐的是它，将你变苍老的是它，让你赢得辉煌的是它，让你在不知不觉中蹉跎一生，最后后悔不迭的也是它。

哦！时间，我最珍贵的朋友，从生命诞生的那刻就成为终生的朋友，随影相行，成全了一生的梦！

心灵与精神之享受

最近在读肖复兴的作品，一种美的享受，文笔行云流水纯情华美，尤其他对音乐的造诣之深，令人叹服不止。试想文学与音乐的结合，那是一种怎样的美。当然文学这块，也喜欢余秋雨的，他的作品像只万花筒，知识面广热点多，博学多才，可谓散讲大师。至于人生哲理，爱读周国平的书，一个学者，哲学家兼散文家。你想哲学和散文融为一体的文风，那种感觉和获益，沁人心扉。深刻而不枯燥；华丽且不空洞；雅致清晰言简意赅。当然也喜欢罗素的作品，受益匪浅很感慨，它给人以清爽的精神享受与哲理探索，真是好货。特别是其《论老之将至》一文，以清新朴素的语言、崇高的境界，向我们传达了精神自由的快乐和使生活本身获得解放的思想。罗素是位英国哲学家与散文家，我越来越感到略知点哲学很有好处，它会帮助我们渡过难关，达到某种精神升华，这就像有些人借助宗教精神给自己以力量。从小时候学毛选运动中最初接触到的《矛盾论》与《实践论》，到后来父亲推荐的黑格尔的东西，我一直觉得哲学枯燥乏味，后来也慢慢喜欢上了。他们用优美的语言诠释人生哲理，让你在享受诗意美的同时明白许多人生道理，从而你会豁然开朗，会越过急流险滩，会变得坚强。偶然也看过一点尼采的东西，但感觉不是很上口，还有丰子恺虽然不是哲学家，但他笔下探讨的人生经验、人生态度与人生哲理实让我爱不释手，且语言诙谐幽默酣畅淋漓。他们的特点都是毫无障碍地走进大众，亲近普通人，与之产生相通的心灵共鸣。不用多，能喜欢上三五个就行了，从中感悟智慧，让自己过得更好。

节气抒情

立春

今日，还未待我解下寒冬的襟围，就要领略初春的妩媚，承接季节的轮回，迎来春的开始。昨夜的滴滴细雨敲响了春的钟声，只见绿草钻出地面，嫩芽挂上树梢。春雨的抚摸、滋润和沁透，托起春的笑颜与希望，串起春的牵挂与眷恋。虽还是春寒料峭，乍暖还寒，但这时冷时热似乎是春之神的有意安排，让人在感触冷热无常的变化中，体悟春的博大情怀、曲折深邃。当阳光明媚铺洒万物，那是春的气息，勃勃生机。在它蓬勃的律动里，我们将昨天丢给残冬，迎接春的回归，演绎春天的故事……

惊蛰

“雷惊天地龙蛇蛰，雨足郊原草木柔”，惊蛰——这个被岁月漂洗得泛白却依旧清新如初的节气，在春风醒转里将生命唤醒，令万物为之苏醒为之沉吟。惊蛰过后，清晨的阳光，挥甩着寒气，轻盈的步子踩着大地上复苏的音符翩翩起舞。在感知这个万物开始萌动的时刻，你会发现，此时冷暖空气交汇，两头有点凉，中午的阳光会很暖。人们开始挑选优良的种子，待春分过后，洒下辛劳，种下希望，在下一个季节收获幸福。惊蛰过后，春天的脚步会更快，有人开始书写新的篇章，挥洒奔放的色彩，播撒一年的希望，春的记忆也将与我们开始约会。

雷动风行，在春雷的呐喊声中，愿鸟鸣虫叫，欣欣向荣，也愿那些被泯灭的社会良知与人性能被惊雷唤醒，不负春雷第一声。

谷雨

细雨如约而至，像是一场季节的约会，原来今日是谷雨。望细雨飘落，烟雨如梦，思绪摇曳，我想雨和人一样是有生命的，雨在奉献自己滋润万物；人也一样奉献自己，创造财富回报社会。生命有时微弱得不及路旁的小草，却又异乎寻常的顽强，在梦想不断的破灭中又不断地萌生新的梦想；雨历经电闪雷鸣、狂风吹袭同样坚强。谷雨淋漓，万物洗礼，冲刷尘世的喧嚣，它送来的不单是春雨，是上天赐予的点点滴滴，是清新、是希望。谷雨是春天里最后的节气，是春姑娘幸福的泪，伤感的泪。谁都明白，春姑娘将完成这一年的使命，返回天庭。哦！迈过谷雨，下一站便是立夏了。只叹“时间去哪儿了？”时间像指缝间的细沙，怎么抓也抓不住。快来抓——春天的尾巴，守望这四月最后的天空，守候一生的春暖花开。

立夏

深春，叩开立夏的门环，在万物生机勃勃、争奇斗艳中悄然逝去；南风轻轻吹，夏日款款来，又到与春话别的时候，愈加怀念春的清爽与宁静，大自然赋予季节的魅力，给了我们无尽的感受。大地还是那片春天的绿色，只是这绿厚重了许多，好像是为今天的立夏而铺设的地毯。春天的花还在开着，夏花却已展露花蕾。初夏的风，更是带着春的暖和，爽爽地吹拂着，生出些许惬意，驻留在我们脸上。初夏是短暂的，烈日炎炎的季节必将一如既往高歌猛进。夏天来了，星星开始亮起黑夜里的导航，风儿开始歌唱、雨儿开始弹曲、知了青蛙也拉开了交响的序幕……

在春夏秋冬的四季轮回里，夏天是成长的季节；在生命的长河里，夏天是人的青年时代，是人生热情奔放的时刻。在生命的夏天里，珍惜与努力，不要为自己碌碌无为虚度光阴而懊悔。多少年后，当迎来人生的冬季时，自己在生命的夏天里蕴藏的热量将会温暖那个属于自己的冬天。

春天离我们远去了，面对步步逼近的燥热，我们抗拒不了大自然的规律，只能开启心灵的空调，以冷静豁达去迎接阴晴冷暖、平抑世态炎凉，让生命的春天在心中永驻。时光荏苒，日月如梭，争日抢时，时不我待，在这个初夏的季节，蓄势待发，用真诚和耐心，充实每一天的生活，不浪费每一刻的时光。

夏至

昨夜，池塘里蛙声阵阵，蝉鸣聒躁，搅得人夜不能寐；清晨，睡眼蒙胧中，只听得鸟儿对唱，引吭高歌。窗外，绿叶滴出了油，浸染了一片树荫，樟树的叶子将泼墨般的绿洒向每一个角落，夏风唤醒了冗长的夏，原来今日夏至到。这个节气，让一页日历开始发烫，热气腾腾……真正的盛夏宣告来临。夏，你是气候王国里最不受欢迎的一位，从你到来的那刻起，人们就盼着你快快离去，只因蓬勃的热量是你的气息，速来忽去的热带风暴是你的脾气。然而，葱茏的草木，池塘里舞动着裙裾的荷花，还有人们餐桌上丰盛的时令果蔬，水中嬉戏的童趣……呵，你也不错！

这些天，有点阳光，不太酷热，暖洋洋的；也有微风，隐隐约约地，时而拂过；偶尔一场阵雨，淅淅沥沥地，来得快也去得快，还不时滴洒出悦耳的曲子。花园里各种各样的花，暗香浮动，有抽蕊的，有长新叶的，有含苞待放的，特别是玉兰的芬芳弥漫得只让人一个劲地深呼吸，还有那已熟透的杨梅，掉了一地，煞是可惜，前日友人来摘采，趁机也乐了一把。

夏至，乃夏之初，阳光充足，雨水充沛，绿意豪泼，夏绿的健壮带给人们生活的激情与力量，它的豪气不输给蓝天与海洋，因为它来自生命的执着。真想让这遍野的生命之绿，从头到脚，从内到外，彻底浸染，在这初夏的可爱中，迎接仲夏的华美！

立秋

灯光下，温度计上高昂了两三个月的水银柱开始向人们低头致意；窗外，淅淅沥沥滴滴答答，伴着桂花香的弥漫，将人带入数月来最酣畅的梦乡……朦胧中，秋风瑟瑟凉意丝丝，秋，你真的来了，你是人们一年中最盼望你到来又最舍不得让你离去的季节，因为酷暑和严寒都不受欢迎。你虽然没有绿意盎然，但金色是你的主调，金色的麦浪、金色的落叶、金色的桂花……你举目投足都在告诉我们，你的名字叫“收获”，收获果实，更要收获一份好心情！

处暑

处暑，夏日里的夕阳，夏与秋的交接在这天完成。过了今日，黑夜将被拉长，可触摸到秋的薄凉。秋凉了，日见天高云淡，夜觉月光亮影，清辉如洗，知了蛙鸣，声声入耳。这光与影、声与色，是夏日里的天籁，这些声音让人感知昨天的馨味，光阴里那些鲜活的故事，还有明日的梦。炎夏，或最不招人喜爱，但凡老天要你尝的，你都得品；品多了，知其味，便也习惯了。秋渐行渐近，虽近在咫尺，却非触手可及，还要领受夏的余韵与秋虎的做客，才能将秋的收获迎抱。处暑：“处，去也，暑气至此而止矣。”哦！送走苦夏，“若无闲事挂心头，便是人间好时节”。

白露

昨夜一场秋雨，今晨晴空秋日，色彩斑斓托着丰满成熟，溜达于花园，发觉裤裙已沾上露珠，原来今天是一个叫“白露”的日子，一个与夏告别的日子。露从今夜白，月从秋夜明，沐浴着阳光，凉风拂面，那份惬意驱赶了夏的狂热烦躁，也怀恋夏的瑰丽绚烂。好一个秋！循着秋韵，修心养身，褪去秋燥，也要摆脱尘世的浮躁。秋日如尘世，同样风雨无常冷暖交织，起落沉浮逐渐成长。让沉淀化为智慧，濡染出精美的人生秋画，借着“白露”弹一支委婉的曲子，琴声悠悠，随着秋风去，追逐那一片天上的闲云与心中的淡定……

当土地进入初秋，如同一个人行进中年，放慢了脚步，从容了。所谓争先恐后，说的是春天，每个时辰都冒出一朵花，每朵花都在报春信，争春呢！夏天的茂盛，万物已不怎么争了，无边的生长，都有了一席之地。初秋不是丰收的时候，要的是定型，让那些称为果实的东西由稚嫩变得坚硬。人也如此，踏入秋的门槛，那个叫“青春”的名字便渐渐逝去，闻着秋的气味，双脚向晚秋迈去。初秋只是短暂的过渡色，就像今天的白露，很快中秋将登场，喜庆锣鼓会敲响……

立冬

秋雨淅沥的温柔，裹挟着冷风，渐渐换了季节，立冬了。树叶簌簌而下，画着美丽的弧线随风飘落，叶子变成了金黄色，一地灿烂，冬天就要来了。

立春、立夏、立秋、立冬合称为四立。古人有“贺冬”和“拜冬”的习俗，汉朝人会备好佳肴酒酿，拜谒君师耆老；宋朝人则更换新衣，庆贺往来，礼节之盛，一如新年。平民老百姓虽没有细致闲淡的过冬雅兴，可粗糙的生活中却见尘世烟火味的温情，秋收，冬藏，辛劳一年的人们，会在立冬这天好好休息一下，犒劳全家。在这个古时探望尊师的日子里，向每一位培育过我的老师问声好！

南方的立冬还略带暖意，但落叶已是眼前最壮美的画面，看不见风，但只见它将树枝摇晃，将绿叶吹黄，零落成泥碾作尘，表白对岁月的眷恋。如今站在冬的门口，回眸已淌过的春、夏、秋，选择淡化，寻找凡世之乐，把熙熙攘攘的生活看作童年的往事，如捧一杯白开水，亲切而淡然；看淡红尘牵绊，便豁然开朗，清风明月，蓝天红日。

冬至

冬至节气到，阳光对你笑。在这灿烂流年里，过了这个最短的白天最长的夜晚，我们将踏满一个完整的圆，与它相遇。这个每年的最后一个节，似乎有点沉，想留谁也留不住，都说天要冷了，吃汤圆暖暖。哦！圆便暖，这叫抱团取暖；若为国家建设，或劳燕分飞或长翅高飞，那天各一方就自主取暖。早年每每冬至搓汤圆，手发僵，如今暖洋洋，说是地球变暖，不过这不重要，重要的是让人心变暖。一大早，小朋友吃了汤圆，蹦着嚷着“又大一岁了”，是哦，未来的花朵刚起步；大朋友们怕吃了汤圆又长一岁，不大情愿，只因他们还在赶路；老朋友们则是一派淡定，吃了这汤圆，暖暖身子准备“过冬”。虽然每年冬至的汤圆让人感到丝丝的不太情愿或无奈，但给你捎上的却是日积月累的成熟与积淀，还有对曾经拥有的珍惜！

过了今朝，寒冬叩门，有一拨尚未“入冬”的，还拽着秋的尾巴，上有老，下有中和小，还要让自己过得好，练就的能耐也不小。冬至里回头望，怀揣五味瓶，走过春、夏、秋，如今站在冬的门口，跨进去，“暮色苍茫看劲松”……

哦，阳光

夜里，还是那声声滴答，湿气弥漫，花园里池塘边蛙鸣阵阵，好不容易有点迷迷糊糊，三点多隔壁三只猫齐闹春，那尖叫声此起彼伏，这年代也真是连猫也流行三角。无奈点亮灯赶走了猫，四点半鸟儿开始练声，还遥相呼应。先是独唱，接着二重唱，后来干脆大合唱。五点多因小区乱停车，早出行的人，那喇叭声……

哇塞！雨公公终于累了，太阳公公上班啦！阳光照，起得早，鸟儿吱吱叫，久违了，阳光。主妇们开始忙活了，洗呀晒呀，不失时机不亦乐乎。阳台上星罗棋布，迎风招展，煞是一道风景；孩子们出来撒欢，边追边跑，雀跃嬉闹；老人们时而漫步，时而眯着眼睛懒洋洋地与阳光做伴；连小狗小猫也出来凑热闹。年少的也乘机将该办的事儿赶紧办，真是一份阳光一份好心情。

每每太阳公公红包大派送，爱打理的主妇们总是闹得欢，洗洗晒晒，腊肉飘香。不过晒年货这项目，多年前我就移风易俗了，那刷刷晒晒绝对少不了，不给累趴了似乎便宜给了太阳，与邻居女人戏言，咱这号人物大概只有停电停水，老天下雨才有歇息。不过这太阳天除了劳动妇女的乐趣，更有另一番美妙。阳光下，品茗赏书画，静观杯中片片绿叶，沁着茶香，伴着书香，翩翩起舞。还看阳光投向那黑白世界，让琴键生辉，无线王国里的小蝌蚪们也沐着阳光，似乎与琴键一起跳跃，跳跃的还有一颗快乐的心。

近日，太阳公公告退，霾来了，腾云驾雾，气势不小，虽少了那份清新与明媚，但也给劳动妇女送上了福利。歇几天吧，太阳很快会出来，因为霾靠冷风吹，霾靠阳光散，生活靠阳光来沐浴！

苦夏其苦

酷夏，其别名：苦夏，刚拉开帷幕，正以它鼎盛时期的威力，肆无忌惮，重头戏还在后头。每年此时，我们怀念温和的春，灿烂的秋，肃穆的冬，这苦闷的夏，巴不得它快快走，免去这无休止的煎熬。可季节的变换不以人的意志为转移，四季的轮回有它的法则：起始如春，承续似夏，转变若秋，合拢为冬，这才是地球生命完整的一轮。为此，天地万物无不遵循这一节拍，无论是自然界的虫草百兽，还是我们这漫漫人生，这苦涩艰辛的夏是我们生命的必经。

谁也逃脱不了夏天的酷热与艰辛。除了熬，别无他法，生活也如此，许多事，熬出头，便是一片天。还有那个被称之为“台风”的朋友，苦夏里也会发点脾气，偶尔来访，打搅几下，送上暴风雨的洗礼，让你明白，生活原本就是这样。年轻时体会不到夏的煎熬，一路上，当快乐把时光缩短，苦难把岁月拉长，才体味到这苦夏的滋味。这滋味，火烧火燎，苦涩难当，因此也领略到了一个“苦”字的分量。苦，是生活中的蜜，一切收获都压在这沉甸甸的“苦”字下面。“先苦后甜”“一分耕耘一分收获”，于是懂得了这苦夏——它不是无尽头的暑热的折磨，而是我们顶着酷暑，默默坚忍地苦斗。农人“锄禾日当午”，收获盘中餐；学生们吃苦夏令营，感知课堂外的精彩；还有每每这苦夏，乃我读书、写作、练琴的“农忙季节”，那贪婪、那愉悦、那汗水，将苦夏融化。哦！苦夏的真谛是生命的真谛，感受苦夏，感受生生不息的生命，感受艰辛，诠释“生如夏花”的蕴涵。

夏若不狂热，何来热烈与辉煌？窗外，烈日炎炎下，那一个个汗流浃背的身影：建筑工人、电力工人，还有城市美容师……他们，用生命的炽热，超越苦夏，超越平凡的自我！

夏韵

这天，算是热爆了，今年夏姑娘的拥抱太热烈了，夜以继日还闹持久战，其辣度为历史之冠。张口 40 摄氏度，没丁点不好意思，对人毫不留情，连鱼儿也不放过，3 万斤鱼活活被烤死。清晨太阳公公还没上班就已气闷难当；夜不能寐，有人调侃，一觉醒来，凉席成了电热毯。“热”，成了热门话题与见面语，当年 30 摄氏度为高温报告，如今为 30 摄氏度欢呼，冷空气来了。于是对付老天爷的绝招也层出不穷，人们钻进了当年备战备荒挖下的防空洞，在里面喝茶打牌阅读聊天；隔壁小女孩打开冰箱，在冰箱门前席地而躺……除了熬，别无他法，有时巴不得将七、八两月从日历上抹走，可它就像一路上的心烦沟坎，煎熬、跨越是唯一的面对。

这行情，大动作的不看好，也就蜗居练琴读书，年轻时疲于养家糊口，相夫教子或侧重专业，虽读过一点但少之甚少，如今清闲了，一为爱好，二来也算作补课。老头子两三天一本，我就慢多了，约一周一本。不过读法不同，他是从思想范畴着手，我是从语文角度下手，不放过一个生字词汇，一个读音，重点还画线摘记。如遇好书，视为精读，细品慢嚼；如遇“营养”不够的，便可泛读。且非但看书，而是读书，或称其阅读，通常为轻轻地读，遇上好的段落便朗读。乐此不疲，不知不觉中，将夏姑娘的热情融化。

如一时不过瘾，再跟音乐与画做伴，也甚是惬意乐之。同为艺术，各有特性。画，再有名气再贵重，也只能或遁入宅邸或藏于博物馆；而文学虽有其不可估量的魅力和感染力，但多少因语言分界点的影响而难令世人共享。只有音乐，没有国界，能在世界的每一个角落流淌，让不同肤色的人都欣赏。它是滋养心灵的一种生活内容和方式，以如此的超尘脱俗提炼情感的涌流，让我们急骤后得以放松和喘息，不同际遇得以抚慰和鼓舞。只有音乐，能将我们内心的话语深情表达，让漂泊的心灵有所依托。

大地，被炙烤着，热浪滚滚；河流、树枝，静悄悄，俨然一幅夏日里的油画。“油画”下面，沐着桑拿，只听得蝉鸣阵阵，书声和悦，琴声悠悠……

雨水　雨声

甘露滴滴

久违了，雨水。昨天中午老天爷终于大发慈悲，下了一场雨。虽然这雨忽来速去，但也给大地草木披上了湿衣，作物昂起枝头尽情地吸吮，措手不及的过路人飞跑着去躲雨，跑得那么欢快，满脸的雨水挂着喜悦；有些干脆就站在雨中淋，想冲掉身上被太阳烤炙的痕迹，留一份神清气爽。

清晨，朦胧中感觉没有了往日里那份刺眼的阳光，只听得忽而滴答，忽而哗哗，哦！又是你，雨水。此刻你像音乐的小精灵发出最受欢迎的声音。窗前，听着你的韵律，看着你给万物的浇灌，吸着被你冲洗过的那份清新。呵！此情此景中，迎来了一顿久违的有雨水雨声相伴的早餐。

真是最渴望最需要的往往也是最珍贵的！

春雨韵悦

雨公公精力充沛，日复一日地劳作，霏霏烟雨，浓浓寒意，连同挥之不去的阴霾，真有几分惆怅、几分无奈；残冬也发着威风来助兴，前日还体验了一把十年里最冷的元宵。好一个早春二月，你瞧那春雨，淅淅沥沥，似雾非雾，飘落大地。远看，蒙蒙的春雨好似飘浮在半空的丝绸；近看，宛如天女撒下的花瓣，让万物吸吮着它的营养。细听那雨声，落在叶子上、打在屋檐上、滴在石头上、发出不同的音韵；飘飘洒洒的雨丝，像轻捷的手指将草丛与泥土当琴键在上面跳跃，那是一曲美妙的交响乐。春雨又是缠绵的，像是天空对大地的倾诉；也仿佛是一位美丽轻盈的仙女，在这特定的轮回中滋润着大地。真是“好雨知时节，当春乃发生。随风潜入夜，润物细无声”。这种美，是一种心境、一种发现，哪怕生活平淡得如同蒙蒙烟雨，只要留一份好心境，也会找到清新淡雅与生气，感受大自然的神奇与对生命的珍惜。

春雨绵绵　人也绵绵

哗啦啦，春雨下不停……

上周，太阳公公上了几天班，又正逢冬春交替，我们这拨爱打理的主妇洗洗晒晒忙了好几天，好一个累！倒是眼前这春雨捎来了悠闲与惬意。

听着雨声，伴着雨水，雨中阅，雨中书，雨中琴声悠悠，这雨中的日子，也一个“醉”！春雨总是迈着轻盈的步子悄悄地走来，清晨，醉眼蒙眬中，“帘外雨潺潺，春意阑珊”，够味！淅淅沥沥的雨丝似轻纱，似精灵在空中穿行，给万物披上缥缈的纱衣，清晰可人。飞溅的雨花打在花园里那几张芭蕉叶上，奏出优美的音符，深邃透彻且洒脱奔放。如今的我们，梦远去了，豪情不再，但任凭风吹雨打，听雨的情致不减。是雨水洗涤了世间的尘埃，让我们化为一条溪流，经春雨洗礼，涨满活力，任其缓缓流淌。就这样静静地，感悟着洗尽人间铅华的雨，真是一种陶冶，一种享受，让大自然特有的恩赐洗涤不快，抚慰疲惫，细细地品味和享受生活所赐予的每一个清新美妙的时刻。

我借着春雨的思绪，放飞对春的渴望与赞美，静静地收藏这一路上最美的时光。雨，只为有心的人飘洒，为用心的人释然，它是自然的精彩、岁月的涤荡、生命的美丽与永恒！

风轻轻，雨绵绵，我携着雨丝捧着书，或享受春雨带给我的歇息与吮吸，或让灵感自由地挥洒在翰墨雅韵中；随着雨声，或让舒缓的旋律弥漫，或让指尖在黑白键上跳跃……

自然不自然

年底以来，老天爷算是给足了面子，暖洋洋的冬日让你着实过了把“春节”。花晕了，争相怒放，本该梅花傲雪，如今却见茶花傲雪；人也醉了，以为春来到。嘿嘿！还早着呢！那只是老天一时的糊涂，这些天不“返璞归真”了么？前日还吟着“飞花令”，昨日咏起了“飞雪令”，断崖式的速冻，还自然以真面目，给你个措手不及。昨见那几朵雪花，喜出望外，只因物以稀为贵，它是南国的稀客，只可惜来到市区羞羞答答，如“昙花一现”。说什么“这些天要抖着过日子”，这倒不至于，你愿动，怎会挨冻？况且还可保暖应付之。寒冬，有人怀念酷暑，可咱这号闲不住的，相比之下，怕的是酷暑，那小子让你逆来顺受，奈它不得！

冬日，就该有个冬日的样子，这才叫合乎自然。可如今，人与自然，也有点不正常，花儿患了季节紊乱症，人也做了些不是人做的事，什么诈骗、制假、拐卖等，五花八门层出不穷。一旦偏离轨道，便会乱套，天亦人亦。老天动不动张口患了厄尔尼诺，人可不能厄尔尼诺，否则便无规可言，无律可循。让四季分明，谁做主，都真真实实，洒脱走一场！是春，就给人间带一片生机与希望；是夏，就用你的血气方刚，让生命更加鲜活；是秋，就给世间万物奉上成熟与收获；是冬，就教会人们顽强的意志与品格。是人，就该像个人，说人话做人事，地球上走一圈，不污染，不伤害，播撒和谐，留下芬芳……

明后天就回暖，渐渐地冬去春来，循规蹈矩，欣欣向荣。但乍暖还寒，不过再怎么折腾终有底线，飞雪送冬归，迎春到！

出淤泥而不染

台风过后，三垟湿地有点被“劫后”的感觉，好几处被刮倒的树挡住了去路，还有那满地的残叶，游人也少得可怜。绕着小道，弯曲迂回，拐进一处林子，有点暗，周围的景物若隐若现。走出去，豁然开朗，前面是那片最爱的出淤泥而不染。放眼望去，一片青绿，真是“接天莲叶无穷碧，映日荷花别样红”。虽已过了那种含苞待放的盛景，但依旧婀娜多姿在风中摇曳。行在偌大的荷花池边，宛如身临仙境，万顷碧荷，有几朵展露荷尖，对着我依旧绽笑。坐下来，望着它，追着它的品格，静静地赏，深情地赞，赞其高雅圣洁，坦荡磊落，愿人当如荷。

再看那翠色欲滴的荷叶悠悠闲闲地漫游池内，行踪漂移不定，宛如一个个大圆盘，浑圆、厚重。荷叶，在荷花那耀眼光芒之下何年何月何日才有出头之地？谁知道呢？荷花原本就是美丽而洁净，有了荷叶的衬托，更是亭亭玉立、婀娜多姿。如果它失去了荷叶的陪衬，孤独无依地站着，便失去原有的光彩。荷叶，是清晨露珠的摇篮，是炎炎夏日下鱼儿们嬉戏时的遮阳伞。它可作为药材，去热清火；作为特别的包装材料，不怕水浸油污；作为清爽可口的粥，碧绿馨香。但在百花园中，没有荷叶的地位，可它从来不计名利、默默奉献，这种品格，更令人敬佩！

歇息了许久，走出湿地，忽见那宽阔静静的河面，令我驻足流连，那份出奇的宁静仿佛在说：弃一份追逐，拾一份淡泊！

啊——我的花园

果子有尝

柚子熟了，个头不大也不算小，滚圆滚圆地穿着粗糙的外衣，一副憨厚相。真是看着它长大，春天当柚子树开花，满树白色的小花像朵朵茉莉花，微风吹过，清香扑面，小花随风飘落，地上铺上了白色的地毯。夏季，拳头大的柚子挂满了枝头，小的掉下来，你一拍，它一跳，像个皮球。秋天，柚子熟了，个个像足球，挂弯了树枝。你瞧，还有瓜熟蒂落自个儿滚下来的呢！这棵柚子树有几个年头了，今年长势不错。同年栽的还有石榴、杨梅与橙子，可惜石榴树没成活，最漂亮的还是那两棵橙树，头两年轮到登场时，满枝头金色的“小灯笼”让路人驻足，赞叹不已。只可惜这些家伙都好看不大好吃，个个酸得如柠檬，说是土壤不好。呵呵！反正当赏货不当吃货给供着，是花园，似果园……

生命力

一株小草竟长在家屋外墙的花岗岩石缝间，奇怪的是，石块拼接处无大缝，更甭说有泥土了，可这株小草竟能在缝间扎根生长，迎风招展，且不怕日晒风吹，如此茂盛，毅然挺拔，其生命力之强盛令人叹服！更可敬可畏的是那“夹缝中求生存”的姿态，更是那自食其力的精神与勇气！

杜鹃伴我二十年

花园里有株杜鹃，是 1996 年一位友人送的，至今已 20 多年了，当时栽在缸里置于室内，搬家后我将它请出温室，扎根于土壤，回到自然，每年它曾那么娇艳怒放。半年前燃气管道改装，那些人嫌树枝茂盛，施工不痛快，不问一声，噼里啪啦将好多树枝折断给扔了，成了如今的这个“小不点”。惜也！20来年了，它随着我东搬西挪，跟着我茁壮成长，却一下子断送在几个不负责任的人手下。其实一株花是小事，如今有人遇大事或人命关天之事，也拿责任开玩笑，那就非小事了。

茶花盛开抒我情

花园里茶花怒放，还是隆冬时节早就蓄苞待放，只待稍稍转暖她们便毫不犹豫，肆无忌惮地绽开，在阳光的照耀下，更显得妩媚动人。茶花有粉红色的、猩红色的，一朵朵，一簇簇地矗立在枝头上，迎着寒风，尽情地摆弄着娇艳的风采，如一个个春的舞者。走近看，树上的山茶花有的被嫩绿色的花托包住了，有的含苞欲放，有的绽放，露出鲜红的笑脸，像害羞的小姑娘，把自己鲜红的笑脸藏在绿叶后面，偷偷地笑着。一阵微风吹过，山茶们翩翩起舞；风过了，收住了舞步，静静地站在树上，像亭亭玉立的少女。她们千姿百态，或靠在枝条上，用露珠打扮着自己；或立在枝条上，神采奕奕。她的色彩犹如天边的朝霞，红色是她的主调，但我还是喜欢那几朵粉红色的。花瓣里缀满了许多金黄色的小颗粒，柔软而有弹性，像婴儿般甜美的笑脸，展示着她的快乐，围绕着娇嫩的花蕊，上面缀满厚厚的花粉，塑造了她柔美的身姿。小巧的花苞像襁褓中的婴儿鲜嫩可爱，有的刚刚绽放，形态各异；有的含羞待放，格外娇艳，微风拂过，淡淡的清香沁人心脾。

在花园里观赏山茶，让你流连忘返。前日，绵绵春雨中，我赏着她，那大红色的花朵垂在绿叶中，像几只大红灯笼，仿佛给清纯的雨涂上了一层淡淡的，粉红色的胭脂；细雨为她披上了薄纱，她含笑矗立，娇羞欲语。只可惜那阵阵春雨让她凋落满地，没事，凋谢是为了明年的绽放和那无限的憧憬。今日，我赏着她，伴着彩虹，花瓣上的水珠映射出红光，即使你闭上眼睛，也会感受到：啊，多美的山茶花啊！

我喜欢花，无论是秋雨中的菊花、还是风雪中的梅花、或是夏日中的茉莉花……但最喜欢的是山茶花，对她怀着一份特殊的感情，因为她是我们的市花，它是繁荣与富贵、热情与生机的象征。

花园里，春暖花开，那是春姑娘睡醒来敲门了……

珍惜

读到海伦·凯勒的一段话："我是个瞎子，我对有眼睛的人只有一个建议：我要劝告愿意充分使用视力这种天赋的人要像明天你就会变成瞎子一样充分使用你的眼睛。同样的设想也可以用于其他的感官要像明天你就会变成聋子一样，聆听话语中的音乐，鸟儿们的歌唱和交响乐队雄浑的乐章。要像明天你的触觉就会消失一样去抚摸你想抚摸的一切。要像明天你就会失去嗅觉与味觉一样去品味花蕾的芳香与食物的美味。"我反复读了三遍，她向我们揭示的只有两个字："珍惜"！虽然简单，但源自心灵的感受足以触动人的每一根神经，每一个细胞。只有失去曾经拥有的人才会有如此深切的体会与呐喊，黑暗会使人更加懂得视力的可贵，寂静会教育人懂得声音的甜美。可有时我们面对青春、拥有、亲情与良机等，或是漠视或是错失，就是没有珍视。

我想起一个画面，孤儿院的一个小女孩，在地上画了一个"妈妈"，然后脱掉鞋子，走入画中，躺在"妈妈的怀里"睡着了。我潸然泪下，或许小女孩渴望梦中感受一番"有妈的孩子是个宝"。

前日友人小聚，说起某人和 80 多岁的母亲发生口角，母亲跑回了娘家。听起来这母亲也真是，都风烛残年了有点磕碰还跑娘家。可你想过否，这老太婆也太有福气了，80 岁了还有娘家可走，还有一个 99 岁的老娘等在家里听她唠给她叨。这福可不是人人都有的啊！所以当我们还拥有这份福的时候要加倍珍惜。

又见报道，最近不幸接连发生：鲁甸地震、昆山爆炸、新疆恐怖分子作乱等，还有骇人听闻的埃博拉。真是天有不测之风云，每一个今天不知下一个明天。面对从天而降的灾难和那一条条突然间消失的生命，你还会再去计较平日里那些微不足道的恩怨和纷争吗？还会不去珍惜命运赋予你的恩赐和缘分吗？

有许多眼前的美景或许明天就会消失，你今天的拥有未必明天也属于你。珍惜，就得不失时机，看成明天即将失去那样去珍惜！

清明

一年一度的清明节又在浑然不觉间悄然而至，同样的哀思与追忆，陵园里，活着的一拨接一拨前来缅怀已故亲人，场面热闹且悲伤。有神情肃穆发呆的，有双手合十呢喃的，他们有的在向亲人倾诉挫折与失意；也有的在向故人报平安，愿他们天堂安乐。他们或许在怀念亲人操劳一生却将爱留给了他们；或许在后悔“子欲养而亲不待”；或许在忏悔为了自己所谓的“事业”，将陪伴父母的时间大打折扣；或许在愧悔没有牵着父母的手，在绿树成荫的公园里散步，给父母肌肤相拥的慰藉；或许在负疚没有与母亲琐碎而温馨的话家常；或许在自我反思当父母生病，某些药品因报销问题需要儿女垫付，却没有给予及时的支持……然而所有的忏悔对逝者而言，徒劳无益。

想来父母生前能给予我的就是谆谆教导，走时给我留下了享用一生的唯一财产——人生好声音，这声音是力量，是知足，是富有。想当下有些年轻人只要父母钱，不要父母言，跌跌撞撞中，如果有一天父母突然走了，迷茫中或许会感到自己是世界上最孤立无援最穷的人。所以朋友啊，不在于每年这一天对逝去的追思，重于平日里对还存在的珍惜，尽自己的所能诠释亲情的真谛，别让人生留下太多的遗憾和后悔。祭奠先祖是一种对先人的怀念与敬重，也是对长辈的另一种感恩。常回家看看，多陪陪家人，人生是一种减法，过一天少一天，见一面少一面，许多时候再见却是再也不见。清明，我们缅怀，但或许更多的是忏悔！感恩方知足，关爱则付出，舍得方无悔，珍惜则幸福。在这个特别的日子里，让我们对生命，对亲情有一份新的认识。

感恩示人

滴水之恩　涌泉相报

山东省临沂市兰山区人民政府法制办公室行政复议应诉科科长朱观景，读高中时，租房居住在朱大娘家里。朱大娘一生悲苦，中年丧夫，老年连丧两子，独自带着幼小的孙女艰难度日。在租房的一年时间里，朱大娘不但从未收取水电费，且每天早晨给朱观景烧好稀饭。天冷的时候，她还主动给朱观景加上一床麦秸做成的垫子。

高考结束后，朱观景考入了中国人民大学，留在了北京市政法系统工作。2001年，朱大娘患心脑血管疾病，生活渐渐不能自理。当时的朱大娘已是古稀之年，孙女刚上小学，生活异常艰辛。朱观景知情后，经再三考虑做出了一个决定。他瞒着家人辞去公职，揣着多年来的积蓄，来到朱大娘家赡养老人、照顾孩子。这一照顾，就是整整九年，九年里朱观景把全部的时间和精力都用在了朱大娘和其孙女身上。

那几年，朱大娘每年几乎都要花一半时间去诊所输液，朱观景总是陪伴在朱大娘身边，寸步不离。2003年的一天，朱大娘住院，朱观景日夜陪护、喂水喂饭。乡亲们都说：“朱大娘真有福气，捡了个好儿子！”

对朱大娘的孙女，朱观景也给予了父亲般的关爱，主动负担其学杂费，还亲自接送孩子上学、放学，晚上还耐心为她辅导功课。2010年，大娘的孙女长大成人，能独自照顾大娘了，朱观景才开始重新规划自己的人生。朱观景说：“对当初的选择我并不后悔，朱大娘待我不薄，滴水之恩当涌泉相报，照顾她是我应该做的。”他用善良与感恩酿造了一壶道德的美酒，将芳香与大爱洒向人间。

倡感恩　弃负义

感恩节，又收到了十几年前资助过的一个贫困生的短信，这是她十几年来每逢佳节送上的，已记不清是第几个的问候与祝福。我们曾接她一起度圣诞共进晚餐，十几年后的今天她还满怀深情地说：“寒冬里，那个圣诞，那个夜晚，温暖了我一生。感恩你们为我付出的一切！”为感恩而感动。

感动之余，更多的是感叹，如今这样的人已寥若晨星，大部分的都是人间蒸发。且还消失一阵后，突然收到短信，我明白，新学期来临了，该继续接力了。就这样，年复一年，当你发现其彻底消失，才明白原来上次是其学业的最后一个学期。曾资助过一个高中生，三年没音讯，临近高考突然接到其电话，寒暄一阵，我明其意，承诺如能考上大学，将继续予以接力，学子欣然。不过最后也是彻底蒸发，估计后来没考上。也有更滑稽的，蒸发多年后，突然有一天，不知从哪里冒出，打个招呼，套个近乎，于是乎：路遇寒流，望赐冬天里的一把火。不过这些算小菜一碟了，还记得那个流传多年的真实的故事，沈阳一位 84 岁的老人王儒臣，十多年来，先后资助了 40 来名贫困学生完成学业，其中有 10 名是大学生。当他双目失明，卧病在床，却从未收到受其恩惠而完成学业的大学毕业生的来信，更甭说问候或探望了。当然最刻骨铭心的是那位爱心大使丛飞，其悲壮与寒心令人泪奔！这些大学生或许也会唱《感恩的心》，但他们确确实实不懂得感恩。如今，知恩的少之甚少，忘恩负义的倒层出不穷。

古人曰：“滴水之恩，当涌泉相报。”施恩的人，未必图报，但受恩的人，应心存感激。明代民族英雄袁崇焕去世后，佘家义士“冒死葬忠魂”，子子孙孙，17 代人为他守墓 370 多年。几十年前，金训华在与洪水搏斗，抢救国家财产的同时救了陈健的命，出于感恩，陈健在金训华烈士的墓地守了 36 年，当选为 CCTV2005 年感动中国人物。

不求大举大义，但求从小事做起。学会感恩，才能承担起对父母与自己、对他人与社会的责任，才能成为一个对社会对家庭有用的人；才能成就事业，传递幸福与快乐。切记：学做事，先学做人！

谢谢你，做我的爸爸

“谢谢你，做我的爸爸”，发自肺腑啊，感动成千上万！父亲不辞辛劳开垃圾车为儿子赚取学费，泰国名校男生在父亲脚边跪谢。“谢谢你当我的爸爸，谢谢你的支持，还有你的眼泪，我想与你分享共同努力获得成功的喜悦，爸爸，我以你为荣。”感恩，是迈向成功的起点，做人的基点，如不知感恩便不成人，那还能成事么？这个孩子怀一颗滚烫的感恩之心为自己打开了通向成功的大门，命运会眷顾每一位知恩感恩的人。

做人，一定要懂得感恩，感恩是一种珍惜，也是良心的体现。贫困受到资助，不要认为那是你有钱；人家雪里送炭，不要认为弱者就该得到；父母对你的无私爱护，更不能看成是天经地义。学会感恩，一生无憾事；懂得感恩，就会拥有一颗爱心，付出的同时你也会得到另一颗感恩的心，也营造出社会的和谐与美好！

知恩图报

见报：一猴子五年前被人救起，五年后带着全家来谢恩。钦佩！深思！我们的祖先能如此懂得感恩，可如今的有些“他们”却不如“它们”。

有这么一个故事，一辆军车要穿越一沙漠地带，路遇一老乡要搭车。途中车轮突陷沙坑，动弹不得无法前行。天越来越黑，只听得阵阵狼声，不一会儿，几只狼将军车围住，一个战士欲开枪，老乡忙阻止使不得，如杀死一只狼，会引来百只狼。老乡让战士们将车里准备自己吃的肉往窗外扔，肉被吃光了，狼还不走，战士们只得将仅有的几包饼干继续喂狼。食物已一无所有，狼还原地不动，战士们想：今日被喂狼是笃定了，正打算坐以待毙，奇迹发生了，只见狼用爪子在刨沙坑，刨出了一块平地，军车见机一跃而起，乘机夺路，这几只狼目送着军车离去望着军车扬起的沙尘，这些狼或许在想，如今有些人心还不如它们呢！都说如今好多人不懂得感恩，其实这已不稀罕了，也算好的了，可恶的是那些非但不感恩还恩将仇报的。人来到世上，聚在地球村，是一种缘分，谁也不认识谁，谁也不欠谁，出手不是人家的责任与义务，接手也不是你天生拥有。如蚕丝，如蜡烛，默默倾吐燃烧，那是人家积的德；道声谢记份情，那是该修的行。如知恩图报，那这人做得也值了；如受涌泉之恩未滴水相报，还刀剑伤人，那岂不白来一趟还遗臭万年。

寄语学子

一

又一批莘莘学子跨入大学校园，其中不乏有为能像鸟儿一样离开父母的管束，摆脱那喘不过气的高中课堂而兴奋，打算迎接自由自在、好好乐一把的生活的。此时或许有人早已将父母的期盼与社会的责任抛在了脑后，当他们被抛入社会大染缸之际，只想告诫几句：没有耕耘就没有收获，农夫播下的种子可能被别人收割，但谁也掠不走你脑子里的知识。任何机缘、逆运与不幸都不能让脑中的知识丧失，丰厚的知识才是你将来取之不尽用之不竭的财富，只有你自己才能享用。不要为少时没享乐而悲，要为老大徒悲伤而悲，虽然时代在前进，观念在蜕变，但珍惜光阴、发奋努力、锲而不舍，永远不会过时。

二

新学期在即，有准大学生装备“苹果三件套”“新五大件”上学的；有为省车费，节俭男孩徒步上学，脚起水泡仍步行的。老天既然不公，让不同的命运降临给这些孩子，那便是有福就享，有难得受。寒门学子的脚泡会磨出意志和承受力，还有将来对家庭和社会的责任感，苦水里泡大的或许比蜜罐里长大的人生更精彩。祝福又一批贫困生在爱心的沐浴下展翅飞翔，祝福他们茁壮成长。他们都有着各自的不幸，但又都拥有同样的有幸。愿他们好好学习天天向上，立志成才，成为一个有社会责任感，对国家对家庭有用的人。在不久的未来，像初升的太阳，将爱和感恩的光芒洒向人间，成为慈善队伍的一名接力者！

三

新学期在招手，在外求学的学子们即将返校。都说要常给父母打电话，可当下有些小青年，尤其是在校学生往往是有事禀报或有难求帮，家里的电话铃才响。甚至有当父母拆开孩子的来信，映入眼帘只有一个偌大的“钱”字，父母哭笑不得。你们想过父母的感受吗？有父母总结道：没电话就好，说明一切平安无事，有电话就有事了。此“经验”听来有点心寒，望能给那些年轻人一个启迪。学子们，身在校园，可别乐不思蜀哦！

孩子的背影

又一次读到朱自清的那个父亲的《背影》，让我想起人世间的另一个背影——孩子的背影。

望着那个小不点迈出第一步，那是一个踉跄蹒跚、歪歪斜斜的背影，跌倒了，又爬起来，开始了这一路上的摔滚，背影后面是爹娘的喜悦与希望。慢慢地，那个背影又蹦又跳，第一次投向集体的怀抱，背影有时转过身来，或依恋或泪眼婆娑，后面是爹娘的鼓励。时光流逝，阳光下，投下了那个背着书包，脖子后面露出红色三角的背影，12 个 365 天的目送，承载了爹娘多少的殷殷期望。陪着寒窗下那个苦读的背影一路走来，烈日下风雨里，望着那个背影大踏步地走向“人生难得几回搏”的考场，身后是一双双焦急期盼的目光，一份份心底的祈祷。呵！又一次望着那个背影，一个即将展翅远行的背影，从此一次又一次的目送、叮咛承载着多少难以言表的关爱，投向那个影子。多少次，窗口或门口、村口或路旁、月台或航道，目送着那个背着行囊的背影远去，消失。恨列车，恨机翼，如此无情地一次次载走背影后面的那一份份朝思暮想、牵肠挂肚。渐渐地，背影变得伟岸或婀娜，望着那个背影，走向红地毯，身后是爹娘的祝福与托付！远去的背影，偶尔会转过身来回眸一笑，或是头也不回勇往直前，留下了那一头头苍苍的白发与一双双几乎凝固的眼眸。有一天，当这些背影转过身，突然发现身后曾经的目送、期待与挥手或早已成了永远的定格！

呵！晨曦中灯光下、雨里雾里泪光里，在地球村的每一个角落，穿梭着一个个孩子的背影，消失在滚滚尘世里……

白发

从理发店出来，回到家镜前一照，嘿！一笑：一头“乌黑的秀发”，挺耀！马上就 3·15 了，这打假是否该从自己头上开始。其实这造假也有着隐隐的凄然与无奈，正如我们无法将地上的落叶抛回到树枝上去。当人生入秋，生命的深林便开始落叶，黑发如同绿草，散发着生命诱人的气息，白发却如枯草晃动着刺目与枯竭，这是生命走向衰老的标识。当染过的头发看上去一片乌黑青黛，没多久其根部又一片雪白，任你怎样去遮盖，它总是一茬茬地涌现！前日外甥女与我聊起一件趣事，她第一回见到准婆婆，发现老人家一头黑发，头顶却一片雪白，过后对男友说：“你妈怎么不洗头，头顶一片灰尘。”哈哈！当然最糟糕的是那黑白相交，好似一幅秋天的斑斓。这不黑不白的，最不是滋味儿，还不如待到人生入冬时，晃一头纯净的银丝，也帅！那可不是假冒货，货真价实呵!

说来好笑，当年在学堂里打点，那地儿论资排辈是绝对的，咱老大不小了，可人家看你的模样还一副年轻相，于是“被瞧不起”什么滴，自然少不了。过了不惑之年，突见几根白发，那个兴奋啊，像是捞着了几根资本稻草，偶尔也会撩起外面的黑发，将埋在深处的那几根白发让人瞧瞧，似乎在向人宣布：我也有白发了，别再小看我。呵呵！到了知天命的年岁，那白发如雨后春笋势不可当，不是以根来计数了，那下可慌了，再不敢在人前炫耀白发了，再也不愿去撩拨遮盖在白发外面的那几根珍贵的青丝了。渐渐地，我加入了染发的行列。

“青山遮不住，毕竟东流去”，时光流逝，不可逆转，染出来的黑发是经不起岁月打磨的。有时梳头，或者用手一捋头发，只见染过头发的根部又一层白色倔强地长上来，生命要恢复原本的色彩，还是还我庐山真面目。

圣诞节感思

圣诞节，这个西方国家的传统节日，让我们多了一个欢愉的机会与平台，这本是好事，可现在似乎有点变异了，宗教的色彩越来越淡薄，到处是商家的一派吆喝，早在圣诞到来半月前，就提前进入“狂欢”状态。打着圣诞的幌子，商业广告铺天盖地，促销大战此起彼伏，街道张灯结彩，小红帽、圣诞树璀璨多姿。幼儿园的孩子们围绕圣诞树载歌载舞，盼老师分发礼物；学校里“圣诞舞会、联欢”的海报占据了抢眼的位置；网络、报刊、电视、电台充斥着各种圣诞信息；数以万计的圣诞贺卡与短信满天飞舞；连菜场也跟着起哄，昨天大幅抬价，理由也是过圣诞，甚至骗子也趁节打劫，演变出一种具有“中国特色”的圣诞文化。可你如果随便找几个为圣诞而兴高采烈的人，问其为何过圣诞节，估计十有八九说不出个模子来，反正看别人过也跟着凑热闹呗！相比三天前的冬至，是每年的最后一个中华传统节日，却显得那样的不起眼与被冷落，当然还有端午中秋乃至春节，都成了二三类货，对洋节的追捧与打造已超过任何一个自己的传统节日，可见西洋文化在中国就某些方面已从“微风细雨”演变成“狂风骤雨”。西方人过圣诞节在欢聚一堂时，想到的是基督为人类受难，有一种超越自我、超越利益的净化作用，那《平安夜》的合唱声，更是让灵魂得以升华的圣歌，很美很协和，但愿国人狂欢之际，也能找回圣诞本身的那种庄严与圣洁！

抗霉人生

接连忙了好几天，筋骨活动够了，人也累趴了——抗霉，是每年这个时节的重大项目。当春天离去，初夏时节，梅雨飘然而至，烟雨迷蒙的江南虽美，但也有美丽的忧愁。伴着梅雨，结出的果实，除了杨梅还有“发霉”，一个空气潮湿、细菌滋生、霉变高发的时节，尤其是一楼，更是叫苦不迭。本市后天出梅，洗洗理理算除霉，年年如此，便也习惯成自然。过了抗霉，接着便是抗暑、抗台，或许还有意想不到的……

这人出世，似乎就冲着“抗争”而来，做人往往是痛苦烦恼大于快乐幸福，一丝乐得吃一堆苦，享受成功的喜悦仅那一刻，而为这一刻付出的却是无数的艰辛与痛苦，所以人来世报到的第一声是哭声，而不是笑声。那婴儿落地，便是啼哭中挥舞着四肢，一副活脱脱“抗争”的模样。《阿甘正传》，诠释的也就是人生对命运的抗争。阿甘，傻人做着傻事，总是以一颗平静而坚定的心去对待生活，看起来不幸和愚笨的他，却创造了一个又一个的人生奇迹。其实每个人都在跟自己的命运较量，在这大千世界里，我们该守些什么，做些什么，都值得每个人去解答。人生应该去抗争，为它增添绚丽的色彩，而不要被命运这看似巨大而无形的东西绊倒压住，只有有勇气去抗争它的人才知道人生的意义！也许正如阿甘一样，用淡泊的心态和坚定的信仰，脚踏实地地生活。

一路上的抗争，免不了躲不了，只有接招；心平气和地接，一个个方程去解，将一元二次或二元二次都看成一元一次去解，梅雨过后是阳光！

养孩经点滴

吃相

孩子吃饭，大人受罪，这是共同的养孩叹苦经。友人说起孩子小时吃饭的情景：奶奶喂饭爸爸拉琴妈妈手舞足蹈。见过邻居的孩子边吃饭边跑，爷爷奶奶端着饭碗在后面接力赛。记得儿子小时一口饭含在嘴里半天不咽下，他爸说，“儿啊，我吃了你能长大我就替你吃。”这些招都出自城里的孩子，山村的苦孩子可没这些招啊！

想起一则故事：汤姆是穷人家的孩子，安迪是富家独子。心理学家让他俩看一幅画，画里一只小兔子站在餐桌边哭，兔妈妈在一旁板着脸孔。叫他俩说出画中的意思。汤姆说：“兔子为啥哭，是因吃不饱，兔妈妈也很难过。”安迪接着说：“不是这样的，兔子哭是因不想再吃东西，而兔妈妈强迫它吃。”可见环境对人生影响的重要性。

肺活量强有术

现在的孩子都被父母爷爷奶奶捧在手心养，婴儿时期让其哭是绝对舍不得的。其实孩子只要不对着风哭，没哭得气不顺，哭他几下真的没啥，还能增加肺活量，都说 baby 哭哭当唱歌。我的孩子小时候因条件限制没有闲人抱他，几乎就是哭大的，邻居都说你家小孩一天的哭量给我们家孩子有一年哭了，这户人家的孩子众人抱。后来我的孩子从小学到高中，每次体检其肺活量都是全班第一。

抵抗力何处来

前不久跟两位年轻妈妈聊上，她们各有一子且都由孩子奶奶抚养，A 奶奶整天将孙子捧在手里包得严严的，从不把孩子抱出门生怕着凉，属于地道的关养鸡。B 奶奶只给孩子穿必要的衣物，整天让孩子在外面撒欢任凭风吹日晒，是地道的本地鸡。结果，A 奶奶的作品三天两头跑医院，B 奶奶的作品基本安然无恙。看来这抵抗力不是靠保养而是靠培养的。

乐在厨房

我是家里首屈一指的厨娘，油盐柴米醋酱，围着锅台打转，锅碗瓢盆交响，呵呵！这厨龄都 40 了。哦不，成女主人前就是小厨手了，家里老大，别的事一下子轮不到，烧饭倒首当其冲，算起来厨龄与年龄也相差无几。

一天三餐，确实麻烦，有时想哪年哪月，让我不守厨房？可你细想，人食五谷杂粮，享受的就是忙碌一天全家在一起吃饭那种温暖的氛围，一桌家庭菜，四溢飘香，就有了家的味道。生活，一日三餐，就是这么简单，平淡且快乐着，于是做饭就成了一种追求舌尖上的幸福，一种乐趣与享受的过程，那一饭一蔬里，有着浓浓的化不开的亲情。想当年，我们家常吃的一道菜：腰花炒木耳加马蒂，为爸的在外忙碌，吃饭总是迟到，儿子特爱吃腰花，每每腰花被他消灭光，为如何向老爸交代犯愁，就让我别对他爸说这道菜是炒腰花，就说是木耳炒马蒂，还问："妈，有没有专门木耳炒马蒂的菜谱？"笑得我们那个乐呵。

现在大多数的年轻人很少下厨做饭，做饭被视为一种负担，找出各种理由，工作忙或太烦琐等，饭店成了其座上宾，常来客，或者多了些对父母的依赖。当你觉得亲自下厨是一件既麻烦又耗时耗力的事情时，可曾想过父母为我们做了几十年的饭菜，劳累辛苦，从未有过怨言。是游子，都曾感叹：很想吃妈妈烧的菜。如果有一天，父母年老体弱不能再为我们下厨，我们将会很难再尝到"父母的口味"了，再不易尝到家庭饭菜的味道，我们的下一代也许会渐渐与传统式家宴告别。这份家庭的温情将会逐渐淡出我们的视线，这何尝不是一种让人悲哀的情怀和遗憾。

其实我觉得，全家人一起吃饭是一种增进亲情感情的良好方式，而做饭也是一种制作美食过程的享受，也有着无穷的家庭乐趣。也许你所做的菜式很简单，但吃在嘴里乐在心里，这毕竟是自己的成果和精心料理，这是去任何高档酒店都感受不到的快乐和情趣。

厨房是制造快乐和为爱添彩的地方，因为这里最能体现原汁原味的生活。

爱厨房，爱生活，爱家庭，爱父母；学会下厨，展示一下自己，把做饭当作一种乐趣，一种自身修炼，让生活多一些润滑剂，更是对生活的一种积极向上的态度。

小小家事

动手有乐

捣鼓了三天，出品了几条裙子，镜前转上几圈，满意度不错。当然其做工不及买的，但其味在于 Made by myself。缝纫机 20 世纪就给请走了，剪剪缝缝，一针一线，也其乐无穷。有人会说啥年代了，商店里琳琅满目……可动手的乐趣非同一般。再平淡的生活也处处有乐趣，只在于自己的开发与认可。譬如烧了一桌菜肴，或隔三岔五出一块文字豆腐干，或学奏了一支新曲子，或打理出一派整洁等等，出手过后都有一种微不足道的成就感。哦！新裙子惹人爱，可更喜爱的是自己动手的乐趣！

洗衣有经验

天气转暖，收拾过季的衣服，干洗还是水洗，是主妇们的纠结，在此不妨晒晒本主妇的洗衣经。我从来不将衣服送店里洗，只因那是交叉污染，越洗越脏。故也便从来没让一件衣服干洗过，包括几千块的西服甚至貂皮的，一律水洗。因为所谓的干洗，药水涂涂蘸蘸，达不到去污杀菌的效果还残留化学污迹，但水洗决不能搓、揉、绞，通常平放于浴亭的地上，先用淋浴喷头将衣服打湿，再用洗衣液轻揉，然后用喷头冲洗，再将衣服套上衣架整理好，如是貂皮类的，还得将顺毛理好，再顺水势自上而下地冲，让脏污与洗涤剂顺水冲下，但须一气呵成，浸水时间不能过长，再让其自然晒干。最后经熨斗加工，穿出来保你整洁笔挺，丝毫无损。这洗法都历经几十年了哦！

红薯成趣

红薯，又名地瓜，可做成丝或片，具有不错的营养价值，其地位如今也升级了。想当年吃红薯是跟“贫”字挂钩，计划经济时期，十斤的粮票只给你八斤的大米，有两斤就是被强制搭配的地瓜干，口袋里有时还能抖出几根地瓜干。一次自助餐，儿子取了一份红薯汤，连说这东东好吃得不得了，估计你老妈子这辈子至今还没吃过。就像昔日的一些野菜如今被当山珍捧上桌，更有趣的是，温州人对“公公婆婆”的称呼也以它而命名，一个响亮的名字“地瓜爷、地瓜娘”。

创新

想来也滑稽，现在有些东西一直当宝的突然间变草了，比如牛奶向来当好货，不知哪个门派将其说得一无是处且还害人匪浅；又听说茶叶与鸡蛋相克，不能同吃，那茶叶蛋的悠久历史该咋考究呢？等等。这年头，诸如此类的标新立异、推陈出新，还真让人不知该听哪家的。

贵族保姆

前日窝在里面挺背时，听人说现在的普通保姆，月薪4500—4800，包吃住，加起来起码6000，还不含节日红包，只负责捧一个小孩，不烧饭不扫地，主人双休出去游玩还得带上她共享。真是开了眼界，天下哪来这么好的职业，不用寒窗苦读、不问学历职称、不被评估鉴定、年初不订计划、年终不写总结、不用打卡签到、不用起早摸黑风里雨里，豪宅佳肴、夏天冷气冬天暖气，洗衣还机器。要待就待，说走就走，雇主还得巴结她，怕万一来点恶作剧，实为不敢得罪。换成单位上班的，哪有这等待遇，受这般尊重。女主人就职还养不起一个保姆，且招惹是非的保姆也不鲜见，怪不得日本有那么多的全职太太就过着相夫教子的生活。中国的保姆，让人羡慕，下一步恐怕就是拿出劳动法，让雇主替其缴纳养老金了。

趣事几桩

打折

办公室聊天，一位说："超 28 岁的姑娘找对象要打折了，另说 40 岁女人豆腐渣。"殊不知正有打折的和豆腐渣在场，当时那刺激甭提了。那有幸被说成打折的决心不磨蹭了，机不可失就眼下这个拿下了；豆腐渣也立马出炉美容养生规划。后来，那姑娘过得挺不错，那四十不惑的也越来越年轻。只是我们说话要注意场合，说者无意听者有心，更要考虑他人的感受。

二奶是啥小童知

一位小学生的母亲每天去学校接孩子总是打扮得非常漂亮。一天这孩子突然说："妈你以后别来学校接我了。"母亲问为何，他说："你每天打扮得这么艳，同学都说你像个二奶，我好没面子啊！"真是笑煞人。这年头，连小屁孩都知道有二奶这词儿，也知道不光彩，还都晓得要面子，偏有些为官的大人却厚颜无耻，全然无感。

妈妈的白头发

一个女孩问母亲："妈妈你头上为何会长出白发？"母亲答道："因为女儿不听话，妈妈头上才会长白发。"小女孩似乎明白了什么说："现在我知道了，为什么姥姥的头发全白了。"这则幽默提醒我们，对孩子说话不能随便张口。

误认有趣

提起双胞胎，一次在机场遇一邻居，得知他有车停机场，就说搭他车回家，他似应非应，然后坐一边也没与我们搭讪，只见他在打了个电话后就突然热情起来，跟变了个人似的请我们搭车。路上我提起他女儿平，他说平不是他的女儿，是侄女，我那邻居是他双胞胎的哥，他刚打电话问过哥。哈哈！小区门口我们道谢后下车，经过那邻居家门口，又看见一个一模一样的站在那里。

《秘密》的童真

最近，一小学三年级的小朋友写的一首题为《秘密》的童谣在网络走红："妈妈说我是捡来的/我笑了笑/我不想说出一个秘密——怕妈妈伤心。我知道/爸爸姓万/哥哥姓万/我也姓万/只有妈妈姓姜。谁是捡来的/不说你们也明白。嘘！我会把这个秘密永远藏在心中。"多好的童谣啊！满满的童真与爱心，一张毫无瑕疵的白纸。我欣赏它的真，喜欢它的纯，这就是至真、至美、至纯的童心！那种近乎透明未被污染的、原汁原味的东西，它可以是忧伤时的一个滑稽鬼脸，或失落时的一个淡然微笑。想当年韩寒出名时也还是个十几岁的孩子，但其作品像是小人在说大人话，与经历、阅历、年龄都不大相符，缺乏童真的珍贵。现在有些孩子的作文也模仿大人的口吻与角度，装腔作势，像这样纯粹的孩子视角与语言，真是难得又可爱。

剪报读写当有获

每天，除了一定时间的读书练琴外，阅报是每天雷打不动的项目，其次还喜欢剪报。剪报，是我几十年的习惯，一直没变，可有一点却变了：过去剪报用剪刀，现在剪报用鼠标。用剪刀常为收集、分类、查询犯难，如遇搬家难免还要忍痛割爱；用鼠标可真是无论哪个环节都游刃有余，分类、归纳、收集如鱼得水，年长月久积累下来也是一笔财富。数字信息化改变和丰富了我们的生活，试想现在如没有了鼠标，那地球该怎样运转！

阅读之外，玩点写作，也是一番乐趣。平日里，写微文几乎成了生活的一部分，曾有人说，写多了，话题总会写完。是啊，也曾想过如长年累月地写，哪有那么多话哦！可现在发现，生活虽每天按部就班，但每天都是全新的，新的内容、新的感发、新的收获。所见所闻、所感所思、青菜萝卜、说三道四。在这里，或作乐或消愁，或分享或交流，学习体味也是种玩法。点点滴滴，是心声、是脚印、是乐趣、是积蓄。只要还活着，就有内容；有内容，就有可圈可点，关键在于学习与观察，吸收与挖掘，让对生活的新鲜感随年龄的增长而增长。曾有人认为“上亿人在写微博微信，将来有谁的微文能留下来，真没啥意义”。其实并非如此，先抛开微文的信息传播与互动价值，它是一张很好的大众写作平台，能提高全民写作水平。微时代，畅所欲言，架起一座沟通的桥梁，展现一幅祖国文化的画卷。

读读写写，乐趣无穷。当然，“习字”也是一大玩点，它集身体和精神之愉悦为一体，修身养性，养成观察处理事情的敏锐和宁静，还能促进血液循环，有时写了几笔，原先冷冰冰的手脚便感暖乎乎的。汉字是中华民族文化的根基，可当下不少人打字会飞、写字会爬，认为只要鼠标一点哪种字体没有啊？这就狭隘了，殊不知这习字还有着育人和健身的深刻内涵啊！

五四重阳同媲美

又是一个“五四”青年节，虽早已说再见，但还有点怀念，不过据联合国世界卫生组织对年龄的新划分，似乎还能沾点边。在那毛主席语录不离口的年代，每当背道“你们年轻人，好像早晨八九点的太阳，希望寄托在你们身上”，感觉特自豪，如今虽没了这份儿，但“莫道桑榆晚，为霞尚满天”。黄昏来临之前，我们拥有过朝气与活力，成熟与闯劲，以往积蓄了青春的热血，如今早沉淀在成熟的岁月，这难道不是人生再创辉煌的黄金季节吗?

当今社会正逐步进入老龄社会，越来越多的老年人“老骥伏枥，志在千里”，他们或秉烛夜读，丰富知识；或热心公益，服务社会；或用其所学，教育后代；或习文弄武，老有所乐……在我们的生活周围，老年人受到了普遍的尊重和关心，老龄问题得到了广泛的重视。加鞭不下鞍，即使进入垂暮之年，也是美丽的，只因最美不过夕阳红。

仿佛刚过“五四”，不知不觉中，重阳节，有份儿了。摊上重阳，虽与“老”字挂钩，但也未觉其老，反颇感欣慰，至少起床不闹钟，吃饭不看钟，走路不用急匆匆，旅游不用去挤拥。我们远离“压力山大”、世俗纷争，好惬意！谁说老了是根草，我说老了是个宝，可谓“沉淀宝”吧！如今老友、老屋、老钱是我们的三宝。甜酸苦辣的品尝带走了青丝，磨砺了容颜，却给了我们淡泊与宁静致远。活到老，学到老，乐到老，是我们的努力与追求。或许我们会渐渐成为医院的常客，但这扇大门会让我们更加珍惜生命，善待自己。回首望，没有对不起社会，对不起工作；也没有对不起父母，更没有对不起子女，有的只是对不起自己。如果我们因爱因责任，曾将弥足珍贵的岁月失在了一些徒劳无益上，那就赶快补回来。要问今日重阳有何感：健康至上，时间比金钱更重要，夕阳或比朝霞更美丽！

赏画

赏画有益

又去看画展——“永远的徐悲鸿”，纪念徐悲鸿诞辰120周年暨徐悲鸿亲友及学生作品巡回大展。我对画一窍不通，只是先生喜欢看，每每有画展，几乎都有他观赏的份儿，即便旅游，撞上哪个城市有好画展，也不落下。多年来，跟着看多了，便学会了赏，偶尔也略带点品。尽管不懂画，但美术欣赏也是一种特殊的精神活动与享受，在接受美术作品的过程中经玩味与领略，会产生喜悦与爱好。它对于提高人的艺术素养，陶冶人的思想情操，开阔视野，扩大知识领域，具有重要作用。

赏画所想

看到列宾的名画《伏尔加河上的纤夫》，便不由自主地想起那首耳熟能详的《伏尔加河船夫曲》，当然也有我们的《黄河船夫曲》。在这些艺术生命力的感召下，劳动者的艰辛与坚强、悲壮与伟大，撼人心魄，也向人们发出了良知的追问。如今，当越来越多的人把目光投向当红影星歌星，投向高档的消费与娱乐时，却忽视了还有被称之为“弱势群体”的那些生命，正在为生存而挣扎。这让我想起几天前的环卫工人节，那也是一个值得敬重与关爱的群体，一批值得追的明星。对他们的关爱是社会的良知，也是这些音乐与画卷带给我们的思考。

观“赵瑞椿画展”有感

观赏了“赵瑞椿八十”画展，很震撼。特别是那幅《永嘉旧事》的油画长卷，其艺术成就与历史价值不可估量，得到其导师黄永玉的高度赞扬与评价。他从

2007 年开始闭门谢客，潜心创作长达 8 年之久，完成了这幅高 0.8 米，长 18 米的长卷，画面布局恢宏、层次丰富，被称为永嘉的《清明上河图》。画面中活跃着 374 位人物与数百只畜禽飞鸟，与永嘉山水、民居建筑有机组合，用写实的风格反映了永嘉楠溪江沿岸千百年来的风土民情、耕读传家、与世无争及安居乐业的环境，那种山水之美与生态之美，令人叫绝。我不懂画，但无处不感受到画家的执着与毅力及个中的甘苦，为画家对艺术的精益求精与一丝不苟所折服。

看到画家的那幅旷世之作：《大卫》，还有个精彩的故事呢！（用他的自述）“我把写生大卫雕塑看成是半个世纪的基础工程。1998 年 11 月，我来到了文艺复兴时代伟大艺术家米开朗琪罗的家乡——意大利佛罗伦萨。在佛罗伦萨学院里，我站在大卫雕塑前，如同礼拜圣人。我从事美术近半个世纪，向来都是从印刷品、照片上解读米开朗琪罗的作品，从来没有想到零距离接触之后，竟有如此强烈的震撼力，从而真正认识到雕塑大师的伟大，决定通过写生进一步领悟伟大的作品。于是向有关当局申请，并得到了许可。我也成了写生大卫雕塑的第一人。历经 30 天，终于完成了 80 厘米 ×140 厘米的大卫雕塑素描写生作品。后来，黄永玉先生得知此消息后，要我回国一定要给他看。抵京后，我一下飞机直奔黄家，他看后认为是‘壮举’。”据说赵瑞椿当时写生大卫时，引来了不少欧洲画家的围观与赞叹，当得知是中国画家时，无不为之震惊。

观油画　赏国画

春暖花开，温籍旅俄收藏家带来了红色经典绘画，“十月回眸·苏联十月革命和社会主义建设题材油画作品”。随着苏联的解体，“社会主义现实主义”已经淡出了美术史，但那个时代留下的美术作品不仅具有高超的艺术价值，更具可贵的历史文献价值。虽观摩的人不多，但对我们这拨当年看着影片《列宁在十月》《列宁在一九一八》过来的，还是有点兴趣滴。

画院坐落在墨池公园内，这园子玲珑雅致，亭台楼阁、画院、墨池及后门的“东瓯王殿”等，也彰显文化元素。不负春光，遛它一圈，这儿原是市府大院，想当年为讨份工作，曾在这里求爹爹，告奶奶，时光一晃 30 多载！

观毕油画，意犹未尽，去衍园美术馆观赏名家国画。此画展由温州收藏家沈国林先生主办，以私藏为主，都为近现代名家书画作品、工艺美术作品和温籍名家书画作品为特色，共有300多件精贵藏品。其中展出了张大千的《仿高房山方从义两家笔意》、黄宾虹的《拟李檀园青绿山水》、齐白石的《荷塘蛙声》、徐悲鸿的《大吉图》、黄胄的《丰收图》、刘海粟的《鹰击长空》、任伯年的《松风高士图》、丰子恺的《驻马青山图》、溥儒的《碧湖垂钓》、吴昌硕的《行书诗》及沈一默、梁启超等大佬的名作。面对珍宝，垂涎不已，大饱眼福了！

书画艺术集高雅、艺术、休闲、放松于一身，正在被越来越多的人接受，欣赏书画能陶冶性情，玩物明志，潜移默化地将自己培养成理性与感性和谐的人。书画是历代书画家呕心沥血的产物，天灾人祸，只会损毁，不能再生产。幸而存世者，吉光片羽，能不珍贵？

书画收藏与欣赏是文化，是学问，也是乐趣！

阳春白雪洒舞台

遇知音 起共鸣

钢琴协奏曲《黄河》与交响乐《梁祝》听过 N 次了，但多少年来一直停留在屏幕上，昨晚北京交响乐团在本市大剧院演出，谭利华指挥，编员有百来人，高水平的演奏很震撼！百听不厌，脍炙人口，流芳百世，作品蕴藏着中国情与民族魂，除了这两大曲目，其余的也全是各有特色的中国曲，不再是那条在乐坛上流淌不息的《蓝色多瑙河》与《波尔卡》。昨晚就座率近九成，是近年来欣赏过的所有交响音乐会场面最热烈最享受的一次，掌声如雷经久不息，落幕后返场加演次数空前绝后，竟长达半小时之久。我们看到谭利华先生很激动，满脸的喜悦溢于言表，从他脸上，看到了他对温州听众的评价以及给他带来的巨大惊喜。交响乐本是阳春白雪，平日里观众也是稀稀落落，如此受欢迎除演奏水平外，关键是曲目，文艺演出面对的是大众，不是某号评委，如果所选曲目都是冷门的洋曲，能引起共鸣吗？连爱好者都一头雾水还谈何普及？只有走大众的道路才富有生命力，凸显其提高民族素质与欣赏高雅艺术之魅力的水平。其次是价位合理被市场与大众接受，北京交响乐团的价位比温州城市交响乐团还低了近四成，其水平与档次却是不能比的。晚会在耳熟能详、欢快雄壮的《红色娘子军》乐声中结束，他取代了老套的《拉德斯基进行曲》。意犹未尽之际，感觉掌心作痛呢！是啊，掌声是一种肯定，一种兴高采烈！

中场休息时，遇上一拨老琴友，寒暄一番，一声感叹：都老咯，但对音乐的痴迷依旧。音乐是上天给人类最大的礼物，让人深在浮世中，却有皓月当空，清风徐徐之感；音乐是记忆，是灵魂，懂得音乐，更能懂得生活。

“音准先生”独奏会

吕思清小提琴独奏音乐会，又在温州大剧院上演。真不愧是魔弓，浪漫又感性的演奏，惊艳四座。好多年前，吕思清曾来温州演奏过，当时在温州歌舞团的排练剧场里，那次买不到票，我们站在剧院外的马路边听了半场。这次在大剧院亲聆，又是一次超级的享受，棒棒哒！高超的技艺与专注体现了提琴家对艺术的执着与一丝不苟。那首圣桑的 A 小调奏鸣曲，高难度的技巧被演绎得令人叫绝；《查尔达什舞曲》的那段人工泛音被他拉得如此的天衣无缝；对演奏过成千上万遍的《梁祝》小提琴协奏曲，每一弓每一指，没有丝毫的马虎，还有高音把位的音准被拉得这般的无可挑剔，太服了！难怪老外称吕思清是音准专家。现场气氛安静又热烈，返场达数次，可见艺术的感染力与市民对高雅艺术的追求与欣赏在逐渐提高。

吕思清是继盛中国之后的一代提琴家之一，当然还有个愿望是一直想感受一次薛伟与宁峰的演奏，我还是他俩的粉丝呢！他俩都是梅纽英的学生，且宁峰是梅纽英的关门弟子，观其貌，或许难将他与顶级艺术家挂钩，但听他开口，顿为其艺术修养所折服。他低调不造声望，是继薛伟、吕思清之后的一代新星，演奏细腻深情是他的特点。咦！说吕思清，咋扯到这边来了，聊起这些就是不着边。可惜啊，现在要是让我摆弄这小提琴，恐怕连那副架势也成了摆设，只有洗耳恭听，聊聊过瘾的份儿啦！

别具一格，维纳斯女神交响乐团

欧美六国 58 位古典佳丽联袂巨献的欧洲“维纳斯女神”交响乐团音乐会，很震撼。女子交响乐团，本身就别开生面，很有吸引力，现场对传统交响乐在舞美、服装、灯光等添加了些许现代元素，恰到其分地做了创新，典雅而不媚俗，将人们认为枯燥的交响乐演绎得如此熠熠生辉，炫彩斑斓，堪称视觉的盛宴。譬如一首长达十几分钟，已听过无数次且有点生厌的《蓝色多瑙河》，在如此唯美的交融中，感觉瞬间就流淌得一曲终了。演员不仅艺术精湛，且敬业投入与热情也很感人。这绝对是一种绝妙的创新，一场成功的演出。

交响乐团，城市品位的标识

温州城市交响乐团首次发声，可喜可贺！该团由国际著名的指挥家、作曲家、美国格莱美奖评委池如淮先生担任团长兼指挥，各种乐器演奏的首席都是由具有硕士学位或以上的国内外音乐学校毕业生组成。它是浙江省第三支交响乐团，也是第二支市一级交响乐团，采取“双管制”60 人编制，计划将逐步发展为“三管制”80 人编制。早在 1998 年，当著名女指挥家郑小瑛在厦门组建了爱乐交响乐团，那时我就想咱们城市要是也拥有一支交响乐团该多好，可感到那是一个梦，一个遥远的梦。就音乐渊源，我们与厦门是无法比的，如今我们梦想成真，这也是我辈高雅音乐爱好者梦寐以求了几十年的美梦。作为全市人民的文化大餐，它让我们多了一个尊贵的朋友、一份情操的陶冶、一座城市的美化，它对城市品位的提升起着不可估量的作用。

交响乐以丰富的想象力给人以无限的空间，将你带入一种意境，用音符诉说人间的悲欢离合。虽然多数人只能以音乐为友，难以为业，但艺术不是特殊人的需求与炫耀，当它融进所有人的血液里，就像真善美的翅膀在城市上空飞翔。一个国家，一座城市，艺术的价值表现在整体的氛围中，它像花香融化在空气里，弥漫在整座城市。我们将用跳动的音符与心灵的感受，击破那些说我们只盛产“土豪”的偏见。当时我想这支交响乐团，或许前程还扑朔迷离，或许航程还有激流险滩，但至少，美丽的鹿城，交响梦已从这里启航！

数月后，迎来了该团的第二次演出，与首场不同的是，这次是有偿演出，且票价也不菲。对这次演出，不说失望至少也遗憾，距开演只有五分钟了，台下几乎还满场虚席，乐队编员与乐器配备也显得小局。演奏水平一般，曲目安排与气氛营造也实在欠佳，这阳春白雪欣赏的人本来就少，还演奏的几乎是不太熟悉的洋曲，除了《命运》与《浪漫曲》被大众熟悉外，其他的连交响乐爱好者也感陌生，且有些曲目过长达半小时。最败笔的是最后的加演——《致爱丽丝》，这本是钢琴曲，除了几把提琴上岗外，其余的全下岗，加上这曲子本身的斯文相，整个氛围在一派冷清中结束。如果加演一首中国曲，《茉莉花》或《北京喜讯传边寨》，那结尾绝对被推向高潮，留下意犹未尽的感觉。

交响音乐本源自西欧，属高雅的艺术，它是“阳春白雪”，欣赏它的人需有很高的文化艺术修养和个人涵养。乐团所演奏的曲目绝大部分为欧洲经典作品，没有一定文化与音乐底蕴者，很难接受，尤其是那些无标题作品，如巴赫、亨德尔乃至冗长的瓦格纳和无调性著称的勋伯格的作品，使交响乐粉丝们都望而却步。因此我认为，乐团和媒体应先做一些普及工作，多演奏些音乐会小品为好，然后再推出一些中国作曲家的交响曲目，如《节日序曲》《黄河》《梁祝》等，能让大众所接受，再少量加些西方古典作品，尤其是俄罗斯，以此来培育听众，来立定乐团的脚跟，进而提升城市的品位与档次。

另外一个致命伤是票价太高，超出了国家级大型交响乐团的票价，不易被大众接受。一座艺术欣赏水平本不高的城市，一门本是少数人欣赏的艺术，一支刚起步的乐团，只有先放下盈利，以大众为起点，尤其在曲目安排上，千万不能全进口，更不能进冷门货。以民族化、大众化来培育市场，提高城市的文化水准，才能成长壮大。

多彩民族乐团音乐会

欣赏了中国民族乐团演奏的一场音乐会，听中国民乐，能在民乐中感觉其超脱与飘逸，淡雅的意境与深邃的艺术精神，也非听喜是喜，听悲是悲，悲喜之外是身心的愉悦。一首《十面埋伏》，感觉寒风萧萧，金戈铁马，十万大军在娴熟的手指间奔腾而来，刀光剑影，惊心动魄；一首二胡齐奏的《赛马》，直觉万马奔腾，忽地跃起，你追我赶，气势磅礴；也有从弦上缓缓流出，让你反复咀嚼，在唇齿间游弋的心绪。特别是这场音乐会的独到之处在于每首曲子演奏之前，都对不同乐器的历史及特点做较详尽的介绍，当“笙”上场时，还穿插了“滥竽充数”这个典故。一场音乐会下来，欣赏了音乐还长了见识，这对普及大众音乐，提高民族素质，起了很好的推动作用。

遗憾的舞台

当今的舞台也真有点倒胃口：跳来跳去不是那几只老天鹅就是万泉河边的几个娘子军；听来听去不是那条蓝色的多瑙河就是那两只飞蝶；唱来唱去不是茶花女卡门就是刘三姐；话来话去不是莎翁的那几大菜就是老舍老曹的那家

茶馆和日出……“文革”期间出了一拨样板戏，当年还算家喻户晓脍炙人口，几乎男女老少都会哼上几句。如今也已基本淡出人们的视线，还能流传至今的几乎只剩那条黄河了。百花齐放百家争鸣，还真想来点鲜货尝尝。然而，近二三十年来，优秀的舞台艺术作品，且成经典能流芳百世的实在少之甚少，想不起，道不出，也许是过分市场化、商业化的缘故吧，实憾！

听魏松歌声引聊

被称为中国的帕瓦罗蒂，魏松与他的学生们昨晚在温州大剧院小型音乐厅闪亮登场，这么小的场地太委屈人家大师了。魏松说：“今晚是我演唱生涯以来，场子最小且气氛又最热烈的一场，观众对高雅艺术的欣赏与热情令我们热血沸腾，引吭高歌，赶跑了连日来白天天上飞，晚上台上转的疲劳。”是啊！昨晚是我看过那么多演出至今场面最热烈的一场，歌唱家精湛的声乐技巧、对艺术的热爱与认真对待令人钦佩。无数次掌声雷动，经久不息，我忽而全神贯注屏住呼吸听，忽而卖命似的鼓掌，忽而又做贼似的偷拍几张照，从来没这么兴奋激动过。下半场的中国歌曲引发更强烈的共鸣，尤其是魏松戏言的山寨版的三大男高音组合演唱的《鸿雁》，那个声部处理与配合啊，说什么呢，反正整场音乐会 wonderful！昨晚以男高音为主，还有中音及几位女声，要是再有个男低音，那声部就更丰富了。不过男低音是稀货，中国好像还没什么国际水平的男低音，早年的寇家伦也已上了年纪。最熟悉的还是那黑人罗伯逊演唱的《老人河》，据说他的音最低可至低音提琴的 G 音，奇货。哇塞！七拉八扯不着边了，聊起这些话匣子自动开闸。

末了，提及一位重量级的声乐教育大师周小燕先生，她为中国与世界的声乐教育事业做出了卓越的贡献，别的不说，就大家最熟悉的两位，现任上海音乐学院院长廖昌永与上海歌剧院院长魏松。魏松昨晚谈到对恩师的感激感染了全场，想起多年前廖昌永在一次个人演唱会上提到恩师泪流满面。这越来越让我感到，成功眷顾与属于那些知恩感恩者，他们以昨天的努力与永远的感恩获得今天的喝彩，音乐会在《今夜无人入眠》的歌声与雷鸣般的掌声中结束。夜深了，久久难以入眠……

极具匠心，G20 文艺晚会

G20 文艺晚会“最忆是杭州”惊艳世界。

这场晚会确实很震撼，无论从艺术或政治意义都独具匠心。首先看其曲目：《春江花月夜》代表古老而繁荣昌盛的中华；《采茶舞》与《梁祝》代表浙江；《高山流水》寓意遇知音，在座的不少亦为我知音也，两首歌曲抒发对中华民族及祖国的深情。其次几个大国与强国，美国与英国还真没什么经典音乐，西部牛仔与摇滚在这种场合是拿不出手的，那么，《天鹅湖》代表俄罗斯；德彪西的《月光》代表法国（起先我纳闷为何不选贝多芬的《月光》）；而结尾那曲贝多芬的《欢乐颂》则代表了德国，下一届 G20 东道主；末尾的《友谊天长地久》不仅代表了英国，也代表全体与会国的祝愿，晚会被推向高潮，向世界传递了人类共同的情感与美好愿景。

再看编配与演绎，《高山流水》让古琴与大提琴同台演奏，它俩从乐器分类上牛头不对马嘴，但感其用心，中西合璧，融合共处，让中华拥抱世界，引领世界，让世界聆听中华，地球同此凉热。还有让廖昌永与小姑娘同唱《我和我的祖国》，向世界展示中华儿女，无论男女老少对祖国的一往情深。当然昨晚被称为中国西湖版的《天鹅湖》是最惊艳的亮点之一，我打趣当时镜头画面怎么不切换一下普京的表情，俄罗斯的巅峰之作竟被中国人造化得如此美轮美奂，连总统也不得不赞叹也！不过唯一感觉有点遗憾的是那《采茶舞》，原曲源于浙江越剧音乐元素，为杭州最有代表性的民间小调，轻盈典雅，极具江南韵味，表现农家女采茶的那种喜悦与欢快，原舞蹈版本 20 人左右，而昨晚的《采茶舞》动用了 300 多名舞者，恰似奥运会的场面，有点失其原味，大概张艺谋擅长造势。还有《春江花月夜》原曲二十几分钟，肯定剪辑，但感觉短了点，除琵琶独奏，其中交响乐最高潮的部分没有展现，有点可惜。

总之，这场艺术盛宴，绘一幕光影山水卷，汇一首世界交响曲，遐想联翩，回味无穷！

多彩央视元旦晚会

平日里几乎不看电视，但每年的元旦晚会必看，启航2017音乐晚会，大部分节目都好棒，感觉特好的是《我爱你，中国》的演唱和大提琴演奏的几首蒙古歌曲。

《我爱你，中国》，这首已让全中国人民感动三十来年的经典老歌，脍炙人口、久唱不衰。从原唱马来西亚归侨歌唱家叶佩英，至今已经有无数歌唱家的演唱，但今年晚会的亮点在于由美籍歌唱家朱丽叶·帕翠斯同台演唱，一个外国人，能如此饱含深情，用心去演唱这首歌，实为感动。这首歌由瞿琮作词，郑秋枫作曲，词曲浑然一体，旋律流畅优美，抒情又热烈。《海外赤子》一部很普通的电影，却因这首歌而轰动，叶佩英也因首唱这首歌而一举成名。郑秋枫作的歌曲不是很多，但仅这首就够分量的了。作曲家用对祖国母亲的无限深情，从内心深处流淌出的音乐拨动了人们的心弦，在高音时奔放的赤子情怀如同汹涌的海浪真挚热烈，低音部分又像潺潺溪水般舒缓含蓄。这首集词、曲、唱俱佳的经典名曲，之所以被称之为经典，是因为它有别于庸俗的那一份赤诚、坦然、直接，能让人容易领会它的内涵，随之而沉醉，犹如醇酒，越陈越香。

大提琴演奏的《鸿雁》，似天籁，从遥远的北国传来，缓慢悠长，悲而不哀，凄而不惨，自有一番沉郁悲壮的味道。乐曲如水，婉转凄清，在静夜里更加悄然而至。大提琴那悠扬的音色，时而轻盈如风，时而肃穆庄严，深情脉脉的韵律托起一只只鸿雁的思乡之情。人们仿佛看到：一轮泛起红晕的落日，忽然传来一阵阵久违的声音，抬头望去，一群结成人字的鸿雁，飞往远方。那些可爱而又神秘的精灵，安静得像一幅油画，美得像春天的诗意。

突然弓峰一转，只听得粗犷、热情，土风舞野味十足的节奏，大提琴曲《努给日勒》，将一幅热烈奔放而富于激情的游牧民族的劳作生活的生动场景展现给我们。这首曲子没有《鸿雁》那么家喻户晓，但这部由世界著名大提琴大师大卫·格林加斯委约中国著名青年作曲家方岽清创作的大提琴重奏作品，堪称中国当代大提琴作品上演率最高的作品，自2008年年底深圳大剧院中国首演后，先后又在日本东京音乐节、北京现代国际音乐节、国家大剧院、北京——费城友好建交高端峰会、2013年CCTV“光荣绽放”系列十大大提琴演奏家音乐会以及2015德国科隆音乐季上演。乐曲刚柔并济，将音乐抒情大线条和节奏性膨胀的力量诠释到极致，那段拨弦的旋律，撩拨起内心的兴奋与喜悦，将冬日的严寒驱赶。起舞与欢呼恰似万马奔腾，驰骋在辽阔的草原，乐声时而激情四溢，时而温婉动人，置身其中，感觉美不胜收，兴奋不止。

当然，还有那个美女竹笛演奏家的一曲《乌苏里江》，那优美的旋律伴着她甜美的微笑，连同晚会的每一个乐声与音符，化作了音乐的亲和力，留在了人们的心田里，写就了岁末的尾声，启航新年……

学音乐的益处

好多孩子学琴不是他要学，而是大人要他学，有的视练琴为苦差事，甚至有的敲着带泪水的琴键。真是可怜琴童也可怜天下父母心。学琴是苦，特别是钢琴和提琴，但我想要孩子“练琴”，得先让他们“恋琴”，不要逼练，先让他们多听，或多接触音乐的氛围，从激发兴趣着手，让孩子耳濡目染，接受熏陶。孩子们觉得好听就会想尝试，慢慢地恋上琴，才会自觉去练琴。

当下不少孩子学琴，大多开始是被父母赶鸭子上架的，至于父母们的出发点，各自不一。如只想着成名成家，那追求的价值就非音乐艺术的价值；如孩子真爱音乐且有强烈的感性，还愿意做这苦差事的“奴隶”，那更是好事。学艺术一定要出于对精神境界的追求且一辈子不计成败地献身，假如父母们带着这样的出发点，即使孩子成不了一个专业的音乐家，可也拥有了一个精神世界让他遨游，构成人格修养，这是一种很大的幸福。因为艺术代表着一种精神价值，提升孩子们人生的精神价值也是一种大爱！

路过一音乐学校门口，见玻璃门上写着“学音乐的孩子不会变坏”，颇有感触。此话不假，因为音乐成了他们追求的目标，树立了好的理想，即使成不了音乐家也至少会成终生爱好，便也无暇顾及歪门胡闹。试想这世界如果没有了音乐，我们的生活会变成怎样？代替它的将会是刀光剑影和轰鸣的枪炮声。音乐本身就是一种高雅艺术，对它的热爱会提高人的情操，丰富生活内容与情感，使灵魂得以升华，从而走向真、善、美的彼岸。

第三辑

若有所思

希为贵，悠着点

早餐吃馒头，不小心掉了些肉馅，觉得特可惜，想必要是一大碗肉，吃剩倒了都不觉可惜，这大概就是所谓的“物以稀为贵”。是的，稀则贵，多则贱；事如此，情也如此。为何有人会说，自己付出的爱让苍天感动，对方还是麻木不仁，因为你释放得太多，是毫无保留导致了毫无价值，所以就会有诸如不屑一顾或热脸贴冷屁股等现象。也常说父母对子女的爱是最最无私的，不错，完全正确，但正是这种倾其所有的无私熏陶出了子女的自私，这只是一种人性而已，未必是值得推崇的为人父母者的优良品德。助人也如此，帮一辈子或被唾弃，帮一次或被牢记。外交上也不例外，援助一两次，稀为贵，视友谊，多了便贪得无厌，甚至反目为仇。且说去一些部门办事，遇上服务好的，万分感激，连声道谢；致电某热线，遇上态度好的，也不胜感激，按照指令，按下满意键。按理说，“为人民服务”是政府官员的职责，态度好也应在所不辞，为何每每遇上好的会受宠若惊，感激涕零。待细细品味，原来也是“物以稀为贵”。

“勿太过”历来为道家与儒家的格言，主张不及比太过好，不做比做得过多好，因为太过就会适得其反。所以，无论亲人还是友人，小家还是国家，让你的付出留着点，悠着点，洪流敌不过涓涓细流。让爱像那馒头的肉馅，就这么一丁点儿，还真舍不得让它掉呢！

养老

前天报纸上一篇有关法医工作的报道，讲到两个案例，一个是一位老人为媳妇投鼠药所害，原因是不愿负担老人住在公寓的费用；另一个是老人为保姆所害后再被分尸，原因是与主人发生口角，类似的也常有所闻，寒心彻骨！另有报道，一位保姆为早点拿到工资，一人害死十几个老人，直至最后一个案发才被其家人怀疑。骇人听闻！相比之下，那些无缚鸡之力的老人如仅受保姆虐待，算走运了。如今这人性怎会堕落到这种地步！

养老，向来是个热门话题。居家吧，现在大多是鸟儿东南各自飞，且独鸟一只不回巢，甚至有老人不堪孤独，养了一大堆猫狗，与猫狗为伴将其视为“儿女”；也有老人走了，关在里头好多天没人知晓。请保姆吧，没人监管，万一遇上个丧尽天良的；待养老院吧，大集体相对保险些，但养老院里被虐待也不是啥新闻。一个孩子，会被全家大小老少逗着玩，一个老人会没人管。这人哪，走过一丈，然而，这最后一寸，该去何方？

打造养老事业，迫在眉睫。每个人都会衰老，每个家庭都有老人，我国正在迈入老龄化社会，养老产业也因此备受关注。然而，面对蓬勃发展的银发经济，人们还在摸着石头过河。发展养老业，不应是简单的地产化或提供一流的硬件设施，而是服务理念与人性关怀，诚信重诺的社会责任心与爱心。养老事业的核心在于服务，一切服务应以老人内心最渴望的需求为出发点，满足老人的物质与精神文化需求、心理和情感慰藉等多方面的需求。当然，每一位儿女也都应是养老事业的一员，义不容辞，敢于担当，养老乃是社会与家庭的共同责任与义务。

都说产房是最令人欢悦的地方，是啊！我们满怀喜悦与爱心迎接每一个生命的到来，也应满怀敬重与感激关爱每一个生命的老去！

换位思考

公园里两位大妈在聊天，其中一位说："养儿子没用，女儿就是好，我那闺女有点东西都往家里送，啥事都想着我这个妈。那媳妇就不行了，家里的东西都往娘家拿，一心只想着自己的妈，哪还有我这个婆婆啊！"嘿嘿！大妈哟，你的女儿不就是人家的媳妇么？

生活中，人们常常忽略换位思考，而总是把自己的利益放在第一位，那是因为不一样的生活环境，不一样的性格造就了不一样的思考角度。论语中的"己所不欲，勿施于人"、伯林在《自由论》中的"只知己而不知彼者，对己亦知甚少"，都告诉我们，要学会换位思考。

学会换位思考，你就不会面若冰霜地从乞丐的脚边走过，你就不会鄙视马路上的环卫工，你会感到"劳动光荣"。但换位思考不是简单的四个字，学会它要有广博的胸怀，非凡的气度及一颗体贴入微的心。人生观与思考方式的不同、生活环境与身份的不同决定了思考角度的不同。当与对方发生冲突，如设身处地地替对方想一想，涌入内心的埋怨与愤怒或许会消失。换位思考的实质是对交往对象的切身关注，深入对方的内心世界，它是一种理解，也是一种关爱，多一分友善就多一分爱心。人都有被误解的时候，如果都耿耿于怀，心中就有解不开的疙瘩，如能体谅对方的内心世界或许能达成谅解。多一分理解，少一分误会；多一些理智，少一些盲目，乃为人与人之间交往的基础。

请拿出虚怀若谷的胸襟，学会换位思考，你会发现，世界原本可以如此美丽，生活原本可以如此丰富，精神原本可以如此充实。只要你、我、他，大家都用换位思考去想别人，世上将少些憎恨，我们都将生活在爱的乐园中！

婚姻人生知多少

婚姻生活的智慧

今天，2014年1月4日，说是“爱你一世一生”的谐音，年轻人扎堆登记，图吉日讨个好彩，似乎想在这天领证都期盼爱你一生一世。祝福他们！但年轻人，为了明天更美好，泼点冷水提个醒：“恋爱，是和一个人所有的优点在一起；结婚，是和一个人所有的缺点在一起。”准备着，锅碗瓢盆交响曲将拉开序幕，而且我们经常提的“经营”这两字，它涉及事业生活等，往往最棘手的就是对婚姻的经营。当你跨入围城门槛的那刻起，就下决心一定要好好经营。一旦涉足，便觉没那么简单，不是靠嘴上说心里想就能成的。你要有很多很多的付出和牺牲，包容和适应，忍让和担当；要有境界、智慧和能耐，更要有一副好心态，围城战役其实是一场心态的较量，一份守护与执着！

所有的人都期盼婚姻幸福，都想拥有一份高质量的婚姻生活，可现实中越期盼高质量越不容易满足，往往要求越高的东西越难满足，只有降低期望值才会有满足感和幸福感。为何非要追着那杯美酒喝，人间哪有那么多的美酒，白开水也不错，只要你觉得味道不错还能喝，只要不是苦水就行，平平淡淡才是真。满足白开水，容易心相随。

常见一些小夫妻为点小事小题大做，芝麻当西瓜，伤了和气甚至还破了感情。生活本由琐事组成，真没必要这样。小小的事儿，小小的你我，千万别拿鸡毛当令箭。两个人，要想真正走到一起，不能让一个人走向另一个人，只有两个人都往中间走，才能到达爱的彼岸。这一路上的每一个脚印都是包容理解、忍耐付出和搀扶的见证。如果非得让一个人走向另一个原地不动的，那么，行者将举步维艰。

点赞为佳

朋友圈里有见夫妻互相点赞的，这种相处之道值得提倡，这不是作秀和爱听好话，也不是普通的点赞之举，是建立幸福婚姻、维系婚姻的重要配方之一。同一个屋檐，柴米油盐，磕碰难免，如有风雨来临，不要互相埋怨与打击，更不能歧视与记恨，而要互相鼓励，就算责备也要给予肯定，给对方一个心理平衡点。因为赞美是让人变得更优秀和完美的动力。如果风调雨顺，偶尔的互相吹捧，或许是洒向那片屋檐的一道阳光，让人倍感温暖，就像朋友圈里那一朵朵夫妻互赞之花，因为每个人对这一礼花都怀有特殊的感情。

黑格尔在《生活的哲学》里讲过一个故事："一个被执行绞刑的青年在赴刑场时，围观的人群中有个老太太突然冒出一句：'看，他那金黄色的头发是多么的漂亮迷人！'那个即将永别世间的青年闻听此言，朝老太太所站的方向深深鞠了一躬，含着泪大声说：'如果周围多一些像您这样的人，我也许不会有今天。'"平淡地厮守，走到底都说婚姻最重要的是感情基础，没错！可哪个结婚时不说是因感情好而非要结，但半路分道扬镳的也不少吧，问题在于当初对感情的理解和后期感情的扶植。通常理性的婚姻比感性的婚姻要稳固，"感情"本身空洞无物，有患难见真情的，有青春的懵懂、单纯的异性相吸或臭味相投等都被视为感情，但在严酷的现实面前，苍白而脆弱。所以真正维系婚姻的不是什么信口开河的"感情"，而是道德的制约、成熟和责任、境界和谦让、良好的心态和上乘的经营技能。产生感情不难，难在呵护，但呵护也是一个彼此给予的过程，如遇那些自私透顶之人，那再无私的奉献与守护也将一文不值。

在菜场口遇一对人儿，手牵手提着菜篮子乐呵呵的，平淡得如一泓清水，这让人心生另一番滋味，这一蔬一饭里的天长地久有着如此的默契。相拥的那一对也许今晚就分手，但一鼎一镬里却有其朝朝暮暮的恩情！不要去羡慕那些豪华的婚礼，也不要相信豪言壮语，生活不是靠激情，也不是靠嘴巴，是过出来，守出来的。那些对天的发誓、美好的期许，或一文不值。守在一盏灯旁，在矛盾的碰撞和欢喜里，在知足感恩里细细体味每一个韵律。

现在有些人谈"爱"脱口而出，写情书，华丽夺目，可惜多为语言的巨人，行动的侏儒。当年的人羞于谈爱，但一切付诸实施。"爱"字本身空洞无物，一切靠做，行之才有效。窝在大山里的或目不识丁的，他们没有甜言蜜语山盟海誓，更不会写情说爱，但他们却在用行动默默地述说着每一个爱的故事，这些故事的名字就叫：理解付出，体谅牺牲和守望！

如果说家是什么？想必大概是：走着走着，一起变老；走着走着，陪你长大；走着走着，又陪你到老……

糟糠最珍贵

徐志摩的作品，断断续续，零零碎碎地读过一些，其内容大多是谈情说爱，风花雪月。梳理后便发现他用最赤诚的心、最热烈的激情、最动听的语言，写就最优美华丽的诗句献给了林徽因与陆小曼，却没有片言只语留给张幼仪。要说有，也只是离婚后的那首“笑解烦恼结”。为了陆小曼的花费，他加班加点，飞来飞去，结果……而张幼仪遭受遗弃、独守空房还力挽婚姻。徐志摩去世后，服侍其父母的是已被他离弃的白发妻；将他的文集整理出版的还是他原来的糟糠妻——张幼仪。这让我想到发生在身边的两件真人真事，两位老兄年轻时都是花前月下许终身，后来都外出打拼，春夏秋冬，花开花落，最初的花都被遗弃。为了那一次次的萍水相逢，倾其所有，奉其一生，结果一位老了病了回到老家，站在病床前的仅是那个被他休了的白发前妻；另一位年逾花甲还被后来的女人怂恿着去南非淘钻，虽赚了不少钱，最终都落入后妻的腰包，被挤干后又为此妇所弃，最后成无产者、孤影一个回到老家。没多久魂归天国，70 岁，不算老。告别厅里，送他最后一程的就是那个早已分道扬镳的糟糠妻及他们的结晶，此刻一路上摘采过的这花那花都带着收获的花粉，烟消云散。“情为何物”？一个难解的话题，但最怕的是错失、错爱与错恨。

解体的缘由

见报：“我国离婚率一路走高，据统计去年每千人就有 5 名，上海 2014 年 5 万多对离婚，意味着每天有 140 对以上；江苏平均每 3 分钟离婚一对；重庆离婚与结婚对数之比一直保持 1 ∶ 3。”触目惊心！

婚姻为何会如此脆弱，原因多多，除专家说的几大道理外，聊聊本人的几点草根看法。

首先，勿将婚姻比作殿堂，那样易有非分之想；如将此看成一道港湾，便会意足心满。其次，如一股脑儿冲着幸福迈进这门槛，那幸福未必眷恋于你；如果抱着付出牺牲与努力而踏上红地毯，幸福或许会垂青于你，但很多付出与牺牲，不是以天、月、年来计数，而是要用你的一生。这就像做一天好事容易，难在一辈子做好事。屋檐下，大多是芝麻，很少有西瓜，如常将芝麻当西瓜，动不动甩那撒手锏，那岂不都捡了芝麻丢西瓜。另外千万不要比，婚姻会因比而毙，更不要跟好于你的人比，否则自家的会被比得一无是处；要比跟差于你的比，你会发现自家的闪光点。别只见人家外部的亮丽，你可知人家内部的努力。维系婚姻的不是什么爱情，而是亲情，只有当那个华丽的辞藻升华为亲情，但这要经过漫长的、艰苦的跋涉，才能到达执子之手与子偕老的彼岸。面对离婚的抉择，不要理直气壮速战速决，静一静，自我反省查找原因，生活中见大多数的离婚者都是责怪对方，很少有人说因自己哪里不好而离婚。结束不幸的婚姻不等于已逃避不幸去接受幸福，只有追究导致其不幸的原因，才能避免重蹈覆辙，与幸福握手。其实，那些还续存的婚姻也未必都幸福美满，但不管怎样还能在每年 365 个日夜中走下去就融合了无声无息的爱。只要不是原则性问题，不是流氓恶棍、不是忠诚的背叛、不是金钱交易的鬼把戏等，人民内部矛盾，好说好说。对火头上的抉择，悠着点，如非大节大错，或许会在磨合、谦让、忍受中酝酿出日积月累的爱，这种爱比先前有了更多的积淀与真实。都说步入婚姻是恋爱结束了，其实是刚种下的一颗种子，是两个人真正的开始，开始栽培这颗种子，让其开花结果。婚姻是一个个人、家庭与社会的综合体，尤其是年轻的 80 后 90 后，跨入栖息港湾时别背着太多的爱之行囊，用平和去接受与驾驭未来。

涓涓细流才为长

日常生活中，有些人家不注意“量入而出”，不管手头多少钱，先大快朵颐，或月初王子，月底贫儿，结果不仅盛筵难再，且由于透支欠债，致使家庭失和。其实，家庭在经济上不能随便透支，在情感上也不能任意透支。

有些新婚夫妇将情感全部倾泻，甚至不惜情感透支，如为了对方忘却了自己的事业及其他责任，为爱情忽略了亲情、友情及其他情感，以为有了这样的付出，就能建成稳固长久的情感大厦，显然这是不可能的。人的生命是个细水长流的过程，构筑情感的工程自然也不可能一蹴而就。爱，需要疾风骤雨般的激烈，更需要涓涓细流的绵长，思念、牵挂、为对方着想等情感只有在婚后漫长的岁月里，在时时处处中体现出来，夫妻才能和睦相处。

婚姻如遭父母反对，没和父母沟通好硬来走到一起，甚至还有六亲不认的，要是这样也未必幸福。因为恋爱是两个人的事，婚姻是两个家庭的事。就算你俩好，而那个疙瘩是你心中永远的痛，且婚姻经营难度指数相对要高些。特别当小两口或与配偶家庭发生摩擦时，你失去了亲情的抚慰，你是孤单的，况且在某种程度上也易遭欺负。

人，是社会的人，仅凭“异性相吸”的简单自然法则是难以长久维持情感的。当失去事业、亲情与友情，两人世界难免崩溃。现实中，不乏初婚时两人如胶似漆，须臾不可离，时间一久，就不可挽回地分崩离析。从中我们不难发现，如同有积蓄的家庭能应付紧急情况一样，只有情感不被透支的家庭才能巩固与美满。

价值何在

常听说某女嫁对了人，很幸福，问幸福在哪里？“男人能挣钱，女人不用工作。”原来“全职太太”如此招人羡慕。说白了，就女性的自身价值与生活质量，本人极力反对一辈子都做全职太太。就算你只挣一块钱，这一块也得去挣，只因挣的不单是钱，是朝气与活力、自信与被尊重，更重要的是会拥有一副积极向上的阳光心态。当然职场的较量与竞争会带来烦恼，繁忙的家务会让身心疲劳，但只有与时俱进才能活出味道。或许有人会说日本妇女大多是全职太太，这有所不同，日本的全职太太几乎都是大学毕业，且有不少是硕士博士。她们相夫教子且不断更新知识，自身也经历一番“好好学习，天天向上”的过程，而不是麻将享乐，或闲着没事想法管男人。为何有些婚姻变故会发生在女性充当全职太太之后？只因你落伍了，外表的风光未必代表内心的快乐与生活的质感。

和谐在性格

有两口子经常吵架且动不动就说离婚的，偏偏这些人不容易离，而有些表面看上去很平静不大说话也很少吵架的，说离就离了，可见沟通是很重要的。因为那些几乎不吵架的有矛盾会在隐忍中积蓄，一旦爆发便不可收拾。吵架也是一种沟通的方式，生气时什么心里话都会说出来，希望人们的生活没有吵架或少吵架，但必须有沟通。

按常理，脾气暴躁易伤身，而温顺有益健康，其实从另一角度说，暴躁易怒是一种释放，而温顺却隐藏着很大的压抑。人不可能生活在真空中，不是所有的“好脾气”都能靠修养、自我化解和释怀造就的，很多时候是以忍让积气为代价，这对健康的损害不亚于暴跳如雷。因为它自己没有释放还要吸收他人的释放，这种平衡是一个极端痛苦的过程。所以，不应过度隐忍，该释放的还要释放。

现在年轻人找对象，讲实惠讲派头等等，当然人品第一，无可非议众人共识。只是往往都忽略了重要的一条，身体好是最大的资本，这不仅要拥有一副坚实的体魄，更要有一种健全的心理和良好的心态。

说和一个人生活，不如说和一种性格在生活。稳健积极快乐的性格是共同交流和幸福生活的保障，它能给人以幸福感和安全感，刮风下雨喜怒无常会让人叫苦不迭，好性格好心态是每个人每个家庭的财富之一。

七夕吐槽

七夕，几个年轻人与我聊谈对象。公认的条件：人品第一，再外加经济相貌等。我想无论啥条件，不可忽视“了解”二字。青梅竹马或同窗，一路走来了如指掌；媒妁之言也知根知底。只是萍水相逢，如果不知对方从哪儿来，一路上到过哪些驿站，还有其经济来源及家庭背景等。换言之，如果连对方的经历简历都几乎还是未知数，便满口的“爱”要一锤定音，这未免太糊太险了。都说最糊涂的是恋人，最清醒的是过来人。所以，年轻人谈爱，首先双方对彼此都要有一个详细明确的了解，这是基础，以免给今后带来不必要的麻烦。持有一份清醒，至关重要！

几日前读到黎巴嫩作家纪伯伦的几句话，也让它作为七夕里的一道声音："在我懂得爱情之前，我引吭高唱爱情的歌曲，但当我懂得爱情时，我口中的歌词却变成了微弱的喘息，心中的曲调变得深沉。爱情或是盲目的蠢行，它随着青春的到来而开始，又随着青春的结束而告终；它或是一片浓重的雾霭，把心灵团团围住，遮住它的视线，使它看不到大自然的如画美景，只看到自己倾斜的影子。纵使我满腹爱情，而爱情的真谛就是清醒！"

七夕里，也会收到各种信息：有告知终成眷属的，有无缘分道扬镳的，不管何种都属正常。成是缘分，不成也并非坏事，淡之。命运就爱捉弄人，从来都是几多喜来几多憾，擦肩而过也罢，与子偕老也好，都将留份珍惜在世上。只要是值得，这一天里所有的浪漫和山盟海誓，都将化作柴米油盐锅碗瓢盆谱写《命运交响曲》，唱着《欢乐颂》，走进每一个"平安夜"；陶醉每一块《田园》，抗争每一出《悲怆》，守望那最后一份坚守！

懂得如何比

生活中，免不了会跟人家比这比那，但“比”，也得讲点比法。人常常会羡慕人家的拥有，怎样摆脱对人家拥有的羡慕，那就“比”吧！以自己的亮点比人家的暗点，拿人家的差比自己的佳。都说幸福靠自己创造，其实痛苦也可说是自己“制造”的。如遇不幸，跟比自己更不幸的人比，就会满足；如都与好的比，便永不知足。

当感叹他有我没有时，想一想，我有的，人家或许没有；同样，人家有的，或许我也就该没有。老天是公平的，谁也无法驾驭自己宁要这不要那，或宁要那不要这，命运没能让你挑三拣四，失去与得到永远无法平衡，关键在于心理的自我调节与自我平衡。无奈，无处不在，有些东西既然可望而不可即，那就望而不触。有人说过：“只要有人比我贫困，我就是富有的人；只要有人比我走得早，我就是长寿的人；只要有人身体比我差，我就是健康的人。”一位盲人说得好：“和聋子相比，我能听见声音；和哑巴相比，我能说话；和瘫子相比，我能行走，我不感到痛苦，是因为我学会了放大自己的优点。”如此比法，坦然对之，越过道道沟坎，但这不等于没有进取心，那是一颗平常心。

我们一路走来，都在比赛与竞争中穿梭，人往高处走，水往低处流，这话也很实在。其实“比”的本意并不坏，也存有一点好胜心。但比也是一把双刃剑，如不留神，会刺伤自己，也会刺伤别人，所以要看和谁比，怎么比。如果拿自己的收入和世界首富比，拿自己的容貌与西施比，那岂不都没法活了？

总之，要懂得满足。满足，是精神层面的一种享受，是对心灵的一种慰藉，在某种情形下，也是一种道德的升华，修养的提纯，懂得满足就读懂了生活，也就明白了人生。

完美

追求完美，这仅是愿望罢了，世上本无完美之事，上天不可能将所有的美事都集中在一个人身上，也不可能将所有的不幸都给了一个人，往往给了你这却给不了你那，有所得也有所失才能平衡，平衡也是一种完美。别追着完美，你会心满意足有完美的感觉，如果追着完美，你永远不觉得完美，因为万物本身就没有完美。

每个人都有优缺点，不该过分渴求别人的完美。有时错误未必是坏事，有错误也表示一种进步，表示你正在努力工作，只有什么事都不做的人才能完全避免错误。以辩证法的观点，某人某事从某种视角看起来是缺点错误，如换个人或换个视角来看，则不一定是缺点和错误，甚至或许还是优点和正确的。

平日里我们说的“完美”，似乎只有完整与无瑕才是美，可是生活免不了有缺陷，它也无处不在。不妨把“缺陷”也看成一种美，一种辩证与自然的美，一种心理竞技的美。看各人的境遇，不是这儿缺就是那儿陷，事业有成的婚姻不美满、婚姻幸福却职场失意、有钱却生病、身体好的然而穷、大人好端端的则小孩不争气，等等。总之，生活就是一个充满缺陷的永久的未成品，再周全也难免有败笔，无瑕与万事如意只是一种理想与追求。所以有瑕疵未必是坏事，很正常，你去了这个痘或会长出那个痣。顺其自然，接受缺陷，认可现实，也能活出美丽，这就像我们不爱喝试管里流出的纯净的蒸馏水而喜欢含有杂质的天然水。缺陷，回避不了，只能迎接，因为路上有失策，有为难，有无奈，所以旅行才有趣味。

向往你，心灵的港湾

呼唤关爱

连日来，备受大家关注，失联多日的25岁姑娘唐洁冰，前日在瓯江发现了其尸体，根据迹象，警方基本排除他杀。据说出事当晚她参加某婚礼出来，曾给朋友打过电话，称“活着没意思”等（因感情的事），随即便失联。

25岁，豆蔻年华啊！痛惜之余，想必这姑娘平日里或许缺少与家人友人的沟通，或很少得到家人友人的关爱与温暖。轻生，虽然是积累已久的爆发点，但往往是瞬间一闪而过，如果有一个声音能对其心灵大喊一声，或有一只手拉她一把，悲剧或许会避免。或者说这姑娘曾试过交流，但不受欢迎或被漠视，要知道，精神上与心理上的求助要比阳光下的募捐艰难得多！倾诉，对己对人，是一种释放与信任，如果人家找我倾诉，我必洗耳恭听，因为接纳别人对你袒露的心声，是在接受一份信任与求助乃至托付，听者一定要耐心倾听，不经许可永远埋藏。不能将别人的心声当故事，更不能让信任你的人“一言既出，驷马难追”，或让人家雪上加霜，要对得起别人对你的信任。有些人信誓旦旦，天知地知你知我知，可刚摘下耳机，喇叭就开始广播，这是很不道德的。尽管有些事爱莫能助，但满足他人一种释放的需求、接受他人渴求的目光，这种爱或许比金钱上的援助更重要。就算一些闲杂碎事在有些人看来是垃圾，但如能温暖他人心头的积雪，那充当这个“垃圾桶”也是光荣的。有时候拒绝一个人的倾诉，或许正在拒绝一条生命。当一个人精神上举目无助时来到你的面前，你能不送去一个抚慰的怀抱吗？你能敷衍漠视不屑一顾吗？朋友圈里大多是分享，很少有分忧，可分忧贵于分享，好友或挚友不是光用来吃喝玩乐的，也是用来推心置腹的。分享他人的福是快乐的，分担他人的苦也是美丽的，一路上不可能晴空万里，总有风雨，如有个遮风挡雨的，幸事！当然也不主张祥林嫂式的人物或方式，但适当的宣泄与交流至关重要。关心他人，拯救心灵，是一种造化，仰天长叹时送来的关爱，为珍贵之最！

愿人人都献出一份爱，愿人人都得到一份爱，愿人人都有一个心灵栖息的港湾，愿唐洁冰类的悲剧离我们越远越少。

倾诉是释放

连日来，明星乔任梁去世的消息刷爆了网络，其经纪公司发声明称他生前患有抑郁症，这也引发了众多人对抑郁症的再次关注。据浙江省一项调查估算，本市约有 45 万抑郁人群，其中重症患者约有 15 万人，但目前就诊率不到 10%。究其原因，大多是被说因面子而缺乏交流，这是个社会学与心理专业问题，这些人或许曾经放下过架子，曾经寻求过帮助，只是没有找对人，没有找心理专家，就算知心朋友也不可能个个懂心理学，往往得不到正确的引导与解脱。倾诉，可以给人以交流，释放和缓解，倾吐心声的同时或许还能得到同情和帮助，但切记要找准对象，不是对什么人都可以倾诉的。有些人将你的衷肠当故事，然后广为流传，或者因不懂人的心理，无法体验你的感受而适得其反。困扰，有时候不说，身边还有几个朋友，若吐了点儿，或许朋友还少了几个。如想通过倾诉得以理解和帮助，最好找懂心理学的人，他们会懂你，给你指点迷津解除烦恼，但最终还得靠自己，靠阅历与心理承受能力。

生活中有不少“祥林嫂”，其实用诉苦换来同情和安慰的并不多，有时反而遭取笑被人看不起，如果展示自己坚强的一面或许会被刮目相看。有人说过：“同情不属于弱者”，就这道理。快乐可以与人分享，痛苦只能自己承担和化解。人间冷暖世态炎凉，势利眼将冷对求助的目光让其感到无助，这就是为什么有些人爱展示自己光鲜的一面而不愿显丑。因此“诉苦”通常不受欢迎，往往是过得不好，受人欺；过得好，有人嫉妒，所以有些人就干脆自闭，撕下面纱敞开心扉遭来取笑或歧视，还不如强颜欢笑赢得一份所谓的“尊重”。也有人试过交流，但失败过或被拒绝过，此时有人能撑过来，自我消化，有人则不然。不是所有的寻求都能带来正面效应，且世上也有很多人家爱莫能助的事。记住，别乱开口，找专家。另外患此病，高知与优秀人士居多，或许这些人头脑复杂，想头多而偏，对事物的认识不同于一般人，对自己要求高乃至苛刻。所以简单为好，满足为上，简单就是快乐。同样的客观压力下，简单平常的或许安然无恙，反而有些“天才”或会无法自拔。开发爱好，拓宽视野，走出去，前面是一片天，向简单并快乐者学习！

快乐的真谛

人有时往往会因某人某事而生气，如果你为生气而吃不好睡不好，那你就想：此时此刻，那个害得我生气伤心的人在做什么，也在生气伤心或在反省吗？未必。当你失眠或流泪时，那人或许正在开怀大笑，或许正在电影院里……想到这些，你的气和泪还有价值吗？你还会作践自己吗？

一个人拥有丰富的感情固然好，但如太看重了也未必是好事，它会让生活过得很累，让自己成为感情的包袱。同样一件小事，在甲看来很平常，而对乙来说就成了什么伤心事。别将一些正常音符看成不和谐音符，有点颠簸也很正常，用阳光化的心态化解你认为不称心的点点滴滴，这样能将快乐带给自己也留给别人。

常听说某人心态真好，一定过得很顺没波折，这就错了。或许是有些人一路上的平坦也就有了这份平淡，但不少好心态的后面有着太多的坎坷，微笑里藏着曾经的伤痕累累。见过不少人，没有坦露不等于就没有伤痛，因为不是所有的痛都可以像阳光那样与人分享。痛，只能淡化只能适应只能忍，靠自己化解去适应春夏秋冬，慢慢地练就一份淡定。

每年的七八月，我们得到最充沛的是阳光，但未必人人的心态也都阳光化。面对不顺，有人依旧阳光，有人却布满阴霾。想幸福首先要使自己快乐，一张灿烂的笑脸衬着一副阳光的心态，怎不人见人爱；满腹心事托着一张苦瓜脸，定会让人生厌。因为快乐和悲伤都是很强的传染病。只有让人分享你的快乐，你才会得到快乐。

曾读到对莫扎特的其中一处评价：“一个伟大的音乐生命，为何他的内心创伤未曾在乐曲中有点滴流露？他怎么可能在刚刚被责难后转而弹奏出世间最华美的乐章？他那天才的手指又怎么能抖抖瑟瑟地写出了那些卑谦的乐句。”这就是他的伟大之处，因为世界上有着太多的爱莫能助，一个人如果能积极努力面对伤痛与委屈，自我化解，不愧为一种修炼！

读书与人

读书，是人特有的神圣权利，也是与普通动物的根本区别之一，是划分人与禽兽、文明与野蛮的界限。人有文字，禽兽没有。文字承载文明，文明造福人类，恩泽后代，所以它对人生建树与社会文明起着不可估量的作用。然而当今物欲横流，金钱至上，物质享受的欢乐代替了读书的欢乐，对读书的淡化导致文明的退化，严重地致使有些称之为人的“人”却干出禽兽不如的事。社会的文明与进步是以知识的进步为基础，所以提高道德与文化素质的重要途径之一就是读书接受教育。当我们走进书的宝库，如同进入神圣的精神殿堂，那里有心血与智慧，有学问与价值，这些取之不尽用之不竭的财富滋润人的精神成长。读书是辛苦的，但人也就是靠辛苦的陶冶而成其为人。

世界上最爱读书的民族依次为：犹太人、日耳曼人、盎格鲁撒克逊人、高卢人、俄罗斯人、韩国人和日本人。据报道，犹太人人均每年读 80 本书，而我们人均年读 2 本书。相比之下，他们的经济文化、科技教育、医疗及生活品质均居世界前列，诺贝尔奖也几乎全被他们拿走，而我们有钱的大多是土豪，出国旅游大把大把地给洋人进贡，还招来他们的嘲讽厌恶，这与我们引以为豪地以五千年文明古国而自居，太具讽刺味了。于是只能崇洋媚外：住宅区、大厦、公司名称、商品牌子和商标，都给起个洋名；看不起国货买进口；五千年文明的浩瀚典籍不欣赏，却迷醉于韩国肥皂剧和好莱坞大片。九泉之下，孔老夫子们，定在大跺其脚！这就是读书多少的差异和后果。

中华民族自古就是最渴求读书和无上尊崇读书人的民族，哪怕家里最穷也愿借钱供子女上学，因为读书人深受尊敬，而有名望博学者更是如此。无文化的军阀张作霖对知识分子特别尊重；大学者章太炎更是指着袁世凯大骂为窃国大盗，袁可以随意处置对手甚至杀之，对章太炎却不敢动手；蒋介石当年曾两次宴请著名教授陈寅恪等人，但他们嗤之以鼻拒不赴席，认为蒋乃一介武夫无资格与学人同席，蒋也只得作罢。殊不知，几时流行了“读书无用论”，此后国人中爱读书者少了，而“知青”却成了草芥去接受贫下中农再教育，教育与受学中断了11年，国力空前衰退。不读书便少了知识，没有知识就没有科技与先进的生产力，国家难以发展，社会便停滞不前。

“一个不读书的民族是可怕的没有希望的民族。”也就是说：一个不喜欢读书的人，是个没希望的人，一个不幸的人。从逻辑上讲这是自然的推理，不存在因人而异。对读书热爱与否，与人的价值观有关，这会影响某种社会风气的形成，导向某种社会思潮，形成某种时尚潮流氛围。譬如说物欲，有人为追求苹果手机，不辞劳苦甚至负债乃至卖肾卖卵，不可思议！

一个人读书的多寡与所读书的方向、质量及汲取书中养分的多少，决定了其知识的量、面与质；继而决定了事业的格局与将来的人生命运，简言之：知识决定格局，格局决定结局。此外智商也起着重要的作用，知识与智商是两码事，知识广博不等于智商高，但知识广博能充盈智慧，继而提升智商。因此除先天因素外，热爱读书和善于读书，对人的命运起决定性的影响。有的人一生顺利、安逸、富足、健康长寿；而有些人则平庸劳碌、艰辛困苦、赤贫体弱。因此若想人生好运，抓紧时间多读书，读好书。

可喜的是，如今城市书房遍布，政府发起了全民阅读活动，让城市的每一个角落书香飘逸，这是最美的城市景观。书籍，是长明灯，是让灵魂开窍的钥匙，是宝藏与圣殿。它能拯救人类，造化民族，正如西塞罗所说：“读书可以抚育青年，慰藉老年；读书可以增进幸福，消灾解愁。”真是“黄金非宝书为宝”。多读书，读好书，不要提倡什么“读书日”，让读书成为常态化、全民化、社会化、生活化，让阅读成为习惯，成为一道四季常青的城市美景。

追星

我国成功发射全球首颗量子科学实验卫星“墨子号”，带着探索星地量子通信的使命升空，为中国和世界的前沿科技“探路”，使我国在世界上首次实现卫星和地面之间的量子通信，构建天地一体化的量子保密通信与科学实验体系，这是中国科技与国际乃至全国人民的大喜事。

这一重大突破除了军事科技等意义外，引人注目的是这支团队，一批70后与80后的精英，首席科学家潘建伟1970年出生，41岁当选中国“最年轻院士”，42岁获得国际量子通信大奖，45岁获国家自然科学奖一等奖，有几位是他的学生。我国目前从事航天的平均年龄为36岁，老美也不得不为之叹服，他们的平均年龄是46岁。多么引以为傲的后生力量，踏着钱学森老一辈科学家的足迹，开创国家科技的未来，他们是共和国最璀璨的明星，希望之星。

可是耀眼却难以夺目，想到时下的追星族，追的大多是娱乐明星，有人说过：“一个如果把娱乐明星捧上天的民族将是不堪一击的民族。”不少娱乐明星不是靠奋斗，而是靠某种盲目追捧的造就。想当年北大百年讲堂的“2006年影响世界华人”颁奖会，邀请了11位“杰出华人”，其中不乏章子怡等。报道说：科学家、发明家的到来，冷冷清清，无人追捧，唯独章子怡成了北大学生心目中的最大明星。如果这一幕发生在科学素养偏低的人群中，情有可原，但发生在“天之骄子”所在地北大校园，令人震惊、为之遗憾。当年演员傅彪病逝，媒体悼文连篇累牍，公众更是自发前往送别，有影迷当场哭晕；而同年，物理学界泰斗黄昆院士去世时，不但公众反应茫然，就是媒体也少有报道。还有被誉为当代毕昇的科学家王选，他的逝世也平淡如水，让人辛酸，就连知道他名字的人也不多；2007年，中国氢弹之父、科学家彭桓武逝世的消息公之于世时，恰逢网站头条充斥着猜测章子怡恋情的八卦新闻，吸走了公众的眼球。再来看，上周姚贝娜离世的报道几乎占了各大媒体的半壁江山，要不是这场面还真不知姚贝娜是谁。当然姚贝娜捐献眼角膜值得赞颂，可往日凡哪颗娱乐星陨落，总免不了大张旗鼓。在历史的长河里，有多少颗“两弹一星”的巨星，还有为祖国建设与国际援助鞠躬尽瘁、璀璨闪耀的星星们，当他们为国家命运而陨落时，是那样的默默无闻，或被一块豆腐干一笔带过。论贡献与高尚，伟大与价值，难以同论，可其粉丝与受追捧的差异又是何等的悬殊。这除了一个民族对生命价值取向的偏轨外，与媒体的导向和对民意的绑架是分不开的。当双 11、双 12 的购物狂潮涌来时，哪一个不知马云，但又有几个人知道双 12 那天是“中国困境儿童关注日”。民族的素质、社会正能量与文明的提升与媒体的引导息息相关。

一项调查显示，我国在某一年中，没有参观过科技馆和自然历史博物馆的公众达 86%，没有参观过科技展览的达 81%，没有去过公共图书馆的比例达 73%，没有参观过动物园和植物园的达 68%。在美国，电视台的科技节目，平均占总节目量的 20%，日本占 15%，而中国仅占 6%，与媒体对娱乐明星的八卦新闻相比，显然，社会公众对科学价值与科学家的认知淡漠与盲目追星，媒体起了不良的导向作用，且没有承担起宣传科学、倡导科学精神的重任。科学家备受社会冷落，这是社会的一种缺失。没有科学家就没有科学技术，没有科学技术，一个国家、一个民族就会落后，就要挨打。从这一点来说，亿万个超女、超男，也比不上一个科学家的分量。政府的关注重视，媒体的宣传引导至关重要，应把大部分的镜头、版面、掌声献给共和国的脊梁与各层面的正能量。追星族们，追吧！去追马兰那曾经的星光，去追刚刚升空、翱翔在太空的量子卫星。还有，那一个个搏击场、那一个个救灾现场……那里，有你们真正值得追的明星。

人不是“文件”

如今这世道啊，人有时如同“文件”，有人用时，你被打开；完成任务，你被关闭；人家成事，你被删除；回收站里，音讯全无；待到哪天，你被需要，又被想起；回收站里，你被还原；再生利用，还挺环保；华丽辞藻，将你装扮；派你用场，无限循环。此类用户注意啦：文件名叫“人格”，其属性为“诚善为本”。如再招之即来挥之即去，文件将被系统自动格式化。

呵呵！如今一些讲究诚善，重情谊的，往往总是被人利用打前锋，当炮灰，要是能有个互相利用也算找回点自我安慰了。人应善良，但万事都是辩证的，常言道：人善给人欺，马善给人骑。善良乃人之本分，但有时因善良而受骗上当，因善良而委曲求全忍气吞声，甚至带来刻骨铭心的伤害。如果一个人在释怀善良之时失去的是自我保护，人格与尊严，那就违背了善良的原本意义。所以持有一颗善心，得善而不弱，善中有硬。

都说对人对事要宽容，是的，风吹过后是释怀，宽容是胸襟与善意，是投给小小的世界、小小的你我的橄榄枝。可宽容也要视对象、掌分寸，如遇不明白之人，那过分的宽容便是对自己加倍的伤害且助长其嚣张。所以宽容也要依人依事，要有原则、要有底线、要显其价值。大家是人，不是“文件”，利用也好，被利用也好，互相利用也罢，都应以心换心，抱团取暖，让诚信与善良以它的公平和真诚洒向人间。

交友

“交友”，似是平庸琐事，实际是人生大事，“朋友”一词诠释的版本也不计其数，如今有太多的没有根基的实用性朋友，可谓“四海皆兄弟”，到处都可听到“兄弟”与“朋友”，而真正“君子”的却成了宝中之宝。《约翰·克利斯朵夫》一书中有说：“人生的苦难是不能得一知己，有些同伴，有些萍水相逢的人，那或许还有可能，别把朋友这个名称随便滥用了。其实一个人一生只能有一个朋友，而这还是很少的人所能有的福气。”现实也告诉我们，朋友要得到双方的认可与珍视，才显其意义。你将人家当挚友，也要让人将你当挚友，否则自作多情便是浪费感情。鲁迅先生与瞿秋白两人为至交，为此他曾写道“人生得一知己足矣，斯世当以同怀视之”，可见其交情至深，当为挚友。朋友的交往在于相互的支持与理解，相互能读得懂彼此，而非在你顺利得志时“共享欢乐”，在你遇受挫折时却“避而远之”。同时人和人之间关系再好，也应保持一定的距离，有距离就还有追求，有追求就会再努力，这也是加深交流、呵护友情的一门艺术，而过分亲密往往会引发矛盾，凡事都应适度。然而，情深意切也并非挚友的全部含义，或许忠言逆耳赤诚友。

人往往都爱听好话，这非但没好处且还危险。好话未必忠言，逆耳的或是忠言。有些人顺耳的听得心花怒放，不同看法的耳朵自动屏蔽。可被拒绝抵制的或许往往是坦言和智慧，被冲昏头脑而投入的或是温柔的陷阱，历代皇帝大都败在谗言和忠言逆耳上。不要总以为那些说你好的人是你的朋友，虽然朋友之间的确需要称赞、鼓励，但如果对方只吹捧你，而对你的缺点熟视无睹，只会助长你的虚荣心。人生如能拥有一个比自己明智清醒，能指点迷津，能批评你的人，是一种大喜和幸福。那是你的智慧锦囊和进步的动力，是真正的挚友。因为好多时候好多事，当事者迷，旁观者清。要是一味求和，推杯换盏，重要关头为“和气”而袖手旁观，这才叫不够朋友。

说霾

托冷风的福，这两天蓝天白云，当人们感谢老天爷的拯救时，霾说："我还会来的，是你们把我请去，又没将我看好。造物主给了你们森林田野、绿水青山，可你们却只顾GDP的节节攀升，为享受去肆意践踏。""霾"字，一直以来，多数人不认识也不会读，如今却成了人们关注的焦点。是啊！地球还是这个地球，可这人多了几倍？这车增了几成？还有那太多的"享受"。当我们被霾笼罩，昏蒙蒙，雾腾腾，有人会说，这是现代化的负面效应，可人家西方国家没少比咱现代吧，却总是蓝天当空，因为人家会享受也会爱护，如今我们不得不为自作自践和对治理的忽视而买单。

每次霾来，这人哪，无计可施，等着冷风来拯救。谁让你宾馆动车飞机，里外冰火两重天，怪不得几年前的哥本哈根会议上就碳排量，罚你中国没商量。谁让你世界钢铁产量的四分之一产自中国，且多为粗钢，一个国家，如果钢铁和水泥靠进口，那环境就有救了，可咱偏将那高科技轻工产品与大米来进口，用龙之传人的健康为代价送人家蓝天白云。而老美呢，其超市里的物品大多为"Made in China"，为自己的蓝天碧水，将加工厂办在了中国，重工化工，使你重度污染还罚你排放。自己呢，高科技轻工业加一个农业大国，这还不过瘾，又将转基因大豆的种子埋入你中国的土壤。这龙的传人啊，真是遭罪！

提起霾，都怨天，这天也冤，当人类因霾而哭泣时，深思下这不全是天灾，人祸也不可推卸。今天当我们感受蓝天下的愉悦时得多想想，霾若再来，不靠风吹，靠自己，靠治理！治理，离不开全民的环保意识与产业结构。然而，天空的蔚蓝纯净，何时再相见？

尊重自然　爱惜自然

夏至刚过，本该还溜达于初夏，然而连日来气温发飙，从25摄氏度突蹿至37摄氏度，为66年来同期之最，烈日炎炎，措手不及；江苏盐城，突遭百年未遇的特大龙卷风，死伤惨重；北方大部地区乃至欧洲，都在还不该发烧的时候，连连发布高温报告。

好像惹怒了天庭遭来报复似的，老天似乎说：你们人间目无生态，无法无天，给你点颜色瞧瞧，让你醒悟。

记得曾在一本书中读过这样的比喻："在我们给学生上一堂45分钟的课里，可能已经有4000亩森林失去了；在我们吃一顿饭的时间里，可能就有2000亩森林不见了；哪怕在我们只眨一下眼的一两秒钟内，12亩森林可能已经没有了。"还有，那些掩埋在郊区的垃圾看似与城里人已不相关，但这些垃圾毫无疑问会侵害土壤与地下水。于是，城里人将垃圾运到郊外，自己又在吃着经过这些垃圾侵害的蔬菜水果，喝着被垃圾污染的地下水……

莫怨天，莫怨地，只怨人类自己不珍惜。人类若是不能够善待大自然，大自然也不会善待人类，你只能与默默无言的大自然和谐共存。人本身是大自然的一个组成部分，而大自然又是一个有规律、讲法则的循环系统。人类只能在大自然运行法则的基础上，在尊重自然的前提下，"天人合一"，适度地有节制地开发和利用大自然，否则只能让无限膨胀的欲望一次次对环境造成创伤，天天在感受环境的困扰与灾难，直至不适合人类居住与生存。想当下许多文明的废墟，留给我们的都是生态方面的遗言。

虽然我们头顶一个天，脚踏一方土，但不是所有人都能胸怀在蓝天，深情在沃土，一些富裕国家将自己消化不了的垃圾塞到贫国去，但被恶化的环境，在报复人类时是不分贫富的。当我们在林立的楼房中，俯瞰着喧嚣的城市；当捂着鼻子走过那条河流……难道要等到我们没有了心灵的归宿才肯回望身后?

"我们可以追求繁华，但不该践踏生命之源；我们可以追求物质，但不该掠夺环境；我们可以索取，但不可无限制地掠夺，更不该忘记回报！"

地球一小时

昨晚，地球稍“熄”一小时，迎来“最美”黑暗，为低碳、环保尽微薄之力。当今，无电生活不可想象，但黑暗中也能体验其生活乐趣。20世纪八九十年代，停电是家常便饭，没了电视，黑灯瞎火的，邻居们有的走出家门，聚在楼道里，借着月光聊天，或叽叽喳喳，或哈哈大笑，可快活了；有的一家人围着烛光望着窗外的星空，感受家庭的温馨和生活的恬静；也有学生为此刻不用做作业而欢呼。现在如遇停电，首先没了WiFi，这暗之美却能让我们陪家人聊聊，在黑暗中描绘与憧憬未来的光明，那也其乐无穷啊！地球，我们的绿色家园，呵护你！

就是这60分，上海的东方明珠暗淡了、法国的埃菲尔铁塔变成了黑色的金刚、北京的鸟巢展现了钢筋铁骨，人们记住了她们明亮时的壮美，也对暗淡的她们肃然起敬。一个人熄灯一小时，或许微不足道，但每人熄灯一小时，将积溪成流。虽然只是一小时，却减少了大量的碳排放，从每件“小事”一点一滴做起，就能让城市里的星空更灿烂、空气更清新，使我们生存的环境更加美好。有些人会问：“不就是一小时吗？力量有那么大么？”没错，一个人的一小时是微不足道的，可是，如果你想，用超过1000个城市10亿人的一小时来计算，这个力量有多大！当然，我们的环保努力并不限于在这一小时，而在于时时刻刻。我们用熄灯来减少碳排放量，抑制环境恶化也是我们尽可能为地球所做的，同时也是为了我们的未来。一个熄灯仪式，它让我们知道了节能，更是一个节能的新理念。节能环保是我们的主旨，我们能做的，或许微薄，只有地球一小时，可是这个夜晚却充满温暖与希望。

中国父母溺爱的危害

一位老友三十几年前在法国定居，几日前微信里聊天了一番。她说其两个儿子现都已成人且挺出色，从考上大学至硕士毕业，她没为其付过学费，全靠俩孩子自己获奖学金与打工挣钱自行解决，毕业后即另立门户，一切靠自己，她连一只碗都没给过。听后感慨万分，不同的国情与文化引发不同的教育理念与模式，导致截然不同的教育效应与结果。

中国父母，大都有“老黄牛”的称号，他们一辈子毫不利己，专门利子，拼命地干，说是为给子女一个好未来。至于被领情与否、愿景如何，就不去研究了。曾有一个老太婆，因失眠去看医生，说先前为给儿子买房睡不着，如今儿子的房买好了，又为孙子的房子犯愁。

医生说：“阿婆，将来你的坟在哪儿，孙子恐怕都不知道哦！”老太婆顿悟，释然了，睡着了。另有一位中国母亲在美国为 2 岁女儿买下 650 万美元的豪宅，为其将来上大学做准备，不由得想起一对中国父母在国内为还未涉世的孩子操办了一套房子，一天一位老外来访，他很不解，中国的父母为什么都要这样呢？临走时留下一句令人深思的话：“他（指孩子）未必感激你。”是啊！只有挣过钱吃过苦的人才会懂得感恩，后来，一切都验证了这位老外的“预言”。

众所周知，大多数中国孩子碰到困难动嘴不动手，这表现在孩子，根源在父母。老外的家长们宁愿花钱让孩子历险受罪，认为艰苦的磨炼是一种精神，是一笔与人生共存的必要财富。而我们的家长则一心只想让孩子免遭受苦，认为“经济宽裕了，反正只一个孩子，钱不花在他们身上，留着干什么”？我不曾有的，孩子应当有，别的孩子有的，我的孩子不能没有，有些持相反观点的还遭到误解、歧视甚至受打击。孩子们就在这种过分的爱护中变得自私与无能，生存意识、公德意识较差也就成了必然。

说到当今子女的自私，我们来看一个案例：武汉 44 岁的肖女士好不容易怀上二胎，但 13 岁的女儿相继以逃学、离家出走、跳楼、刀片割腕等威胁父母放弃二胎，迫使已怀孕 13 周零五天的母亲含泪终止妊娠。听来令人唏嘘，痛心。13 岁了，不是 3 岁，从一定程度上已形成人格与性格，怎会自私任性到如此地步，真是一出难以容忍的溺爱。其实当下的父母要二胎，大多不是为自己而是为孩子，想给其有个伴、有个帮。

其实子女们的自私，除社会不良风气外，也是让父母那满满的爱给“造化”的。很多时候小的没想要，老的硬是给，弄得热脸贴冷屁股，爱便被看贱了。只有当渴望爱时，给其爱，才能让其感受爱，珍视爱。就算你有满腔的爱也慢慢释放，让孩子在潺潺流水中体味甘甜。另外偶尔狠点心也许是好事，我有一友人，孩子小时候比如说吃鱼吧，大人就宣布：中间这段好的爸妈吃，尾部你来吃。这孩子长大后常为父母着想，如此懂事知孝或许也与当年的那点“狠心”有关。别让孩子在一个父母舍己为他的行为示范的氛围中长大，让你的爱，悠着点!

如何有效地教育儿女，历来是先哲名流关注的问题。孟母三迁，孟轲成大儒；司马相国“训俭示康”，司马康成栋梁材，而依赖父母“恩荫”的纨绔子弟，大多无所作为。无数事实告诉我们：戒奢倡俭少立志，是教子的成功之道。我国有句老话：“吃得苦中苦，方为人上人。”如剔除此话原意中做官当老爷的封建官僚意识，把“人上人”理解为人群中的强者、能者，可以说是提倡了一个真理：从小让孩子吃苦磨炼，在漫长的人生旅途中才能“投之亡地然后存，陷之死地然后生”，这难道不是最深沉的爱吗?

一位美国孩子问父亲：“我们有钱吗？”父亲说：“我有但你没有。”中国的父母会对孩子说：“我的也就是你的。”在美国，父母会对十岁的孩子说：“管好自己的生活起居，不要让我来替你做，因为我不欠你的。”中国的父母会给二十几岁的子女打理一切还说：“这是父母应该做的，因为这是爱。”溺爱孩子是中国人的通病，溺爱教育，种族能优秀吗？国家能强大吗？居安须要思危！惯子实为在害子，鹰在天空里才能飞，岂能养在笼子里？古人云：“笼鸡饱食汤锅近，野鹤无粮天地宽。”要儿女奋进有为，务须教子从小立下凌空翱翔志。

何为教育

玩，孩子的人权

“一切从娃娃抓起”，这句话让中国的娃成了不堪重负的娃。他们虽然衣食无忧受千宠万爱，但按老外的说法，小小的我被剥夺了人权。不管孩子喜欢否愿意否，才四五岁被坐上了钢琴凳，拿画笔背英语练体操等等，轮番接战，还要承受那书包之重。于是少的身不由己，老的可怜天下父母心。想起孩子小时候要的一件生日礼物是：别做作业让我玩一天。什么叫真正给孩子一个快乐的童年？托起希望别忘了守护幼小的心灵！让娃娃们玩，陪娃娃们玩。玩，也能开发智力培养创造力，让孩子们更快乐健全地成长！

同时做父母的要想真正让孩子幸福，除关心他们的身体健康，重要的还要关心他们的身心健康。不少父母辛劳打拼都是想给孩子一个好的未来。贵族学校，出国留学，吃穿玩用，有求必应，只是忽略了心理维护。在让孩子有身体栖息的窝巢的同时，更要有心灵受呵护的港湾。让子女愿意与你倾诉交流，分享他们的乐，分担他们的忧。

氛围育才

“6 个子女 5 个博士，瑞安蔡家上榜全国百户最美家庭”，父亲蔡笑晚被人称为“人才魔术师”。佩服和羡慕是不用说了，除了文中概括的育子 5 个要点，4 个注意，3 个关键词和一条秘诀外，我认为拥有 6 个子女所形成的家庭环境和学习氛围是促使孩子们成功的不可缺的因素。兄弟姐妹间互相鼓励鞭策，也算是玩一种竞争游戏，一种“攀比”，这种所谓的“攀比”是学习的动力。孩子们有榜样有目标有对手，这些也是成功的源泉。梁启超九个子女，可谓是“满门俊秀”，一门仁院士，其余六子也在各自的领域内成就非凡。这是独生子女的家庭所望尘莫及的，在父母眼里，这个孩子是他们的唯一，集父母所有的希望于一身，且受千宠万爱，孩子再怎么父母也轮不到“东边不亮西边亮”。在孩子眼里，他们是父母的唯一，有谁与其竞争，不努力又有谁奈何得了他?

教育之目标：人还是分数

外甥今年高考，不巧前阵子生病住院，我去看望了几次，发现班主任和同学竟没一人来探望。原来老师怕影响学生复习，不让同学知道，至于老师自己，大概认为一个多月后，该生就不是自己的学生了。只觉心寒，不为外甥，只为这种教育制度下培养出的学生。若一切分数至上，将来谈何关心他人，为社会献爱心？其实呢，用不着“广而告之”，让个别班干部知道一下或打个电话问候几句，也能培养人的爱心。读书，先要学做人，教书育人哪！想当年参加儿子的家长会，每次除分数和名次，没有第二项内容，更别指望学生的思想与成长了。这种“考考考，教师的法宝；分分分，学生的命根”，如还照此下去，真为将来的大学生担忧。学校，不是为社会输送分数，而应输送有用的人才。

教与学应理性

中华自古崇尚读书重教，视读书人高人一等，“万般皆下品，唯有读书高”。读书人深得人们的敬重，孔子被尊称为“孔圣人”，由此便可见一斑。中国历代帝皇被后世称为“圣人”？没有！即便是秦皇汉武唐宗宋祖，亦至多被认可为“明主”而已；而马背上的大王，成吉思汗也仅被看作只识弯弓射大雕者而已。因此知识自古就被国人尊为上品，家长对孩子的文化教育，不惜工本，不论贫富，培养子女读书，追求文化知识是国人一致认可的公知共识，也为数千年唯一不变的好传统。

当今对小孩的教育，从幼儿开始，直至20多岁大学毕业为止，连续近20年的逼迫式填鸭式加无休止的各类课外培训，按理个个都会被培养成优秀分子，成为领跑世界的民族。但结果却事与愿违，我们的孩子日夜埋头苦读，搏击题海大战，在世界数理奥赛上历年包揽前五大满贯优绩，但至今仍无一人得诺贝尔奖，而出国留洋者中不少却成了科技巨擘，这应深引教育界深思。显然，孩子们被教科书绑架，休息、娱乐、自由思考和创造性思维全被剥夺，这种死读书很难培养出类拔萃的优秀人才。孩子们读得太苦太累了，因此他们离开学校后便对读书不再感兴趣了，学业结束学习也就画上句号，还谈什么再教育呢？殊不知，人生应是不断学习读书的全过程。

古人言：“劝君莫惜金缕衣，劝君惜取少年时。”快快多读点上品好书，放开思想，创造性地思考吧！为个人，也为国家与民族。

锻炼与磨炼

钱是每个人都需要和离不开的东西，钱赚的多少，首先是能力，其次是人脉资源，再就是对机会的把握，归根结底是头脑。因此一个人能赚多少钱，即是他自身值多少钱的等值反映。现在中国成年人都在拼命努力地赚钱，除了自身最低消费外，全是为子女而挣，想让子女不用像自己那样去苦拼而过上现成的好日子。殊不知，这样却剥夺了子女自身努力的空间，失去了学习、思考、工作乃拼搏成长的能力和机会，使其脑力衰退，智商下降，使得传承过来的“钱袋”日益缩小。正确的做法是：应努力使自己变得值钱，还应培养、教会、造就子女自己去努力使自身值钱，体现人生价值。这才是传承家族千年的根本之法，否则便富不过二代。对子女不仅要合理地要求他们锻炼，且要狠点心按照不甚合理的要求去磨炼他们，才能使之成才。记住：合理的要求仅只是锻炼，不合理的要求才是磨炼。

锻炼，只能培养出一般正常的人；而磨炼则能培养出超众非凡的人，使家族荣耀后世长盛不衰；而溺爱只能培养出无能的庸人，致使后代家族退化早夭绝之。古人早就说过：“天将降大任于斯人也，必先苦其心志，劳其筋骨，饿其体肤……”曾国藩就是自我磨炼出来的，他对己要求苛刻，对后代子孙亦很严格，故曾家后人代代出贤能，这也是家教良好的结果，使之家风传承至今已两百来年。著名钢琴家傅聪先生，就由其严父傅雷先生一手给磨炼出来而成就的。而三国时期蜀国刘备之子阿斗，之所以会成为阿斗，全是让聪明过人的孔明先生，一切由己鞠躬尽瘁为之代劳，让阿斗享清福而成了阿斗。当今社会竞争激烈，为人父母者若真正善待子女，务要培养锻炼之，若能对其磨炼之则更佳，才能使他们在社会上有立身、立命、齐家的机会并挣得一分天地。

感化与惩罚

一位学生因迟到收到老师颁发的“迟到大王”的证书而引发热议，持反方的为多数。这事让我想起多年前，那个寒冷的冬天，几位住校生上课迟到，当时只想到他们因迟到还没吃早餐饿着肚子上课，便买了馒头，又怕冷了用毛巾包了一层又一层，站在教室门口等到第一节下课，将热气腾腾的馒头递给他们，打算待他们吃完再批评教育。可还没等我开口，他们嘴里还嚼着馒头就来认错道歉：“老师，我们错了，以后再也不迟到了，我们会记住你的这份爱护和严格。”从此这几位学生没有再迟到，其他方面也进步了。毕业前夕，他们前来道别依依不舍，毕业后每每来信总是情深谊长。多年后的一次同学会，这几个学生特意围过来要与我合影，说是为了那几个馒头，忘不了那份恩情。是啊！几个馒头很小很小，但有时感化胜过惩罚。

又想起一个场面，某校操场上两位学生在跑步，汗流浃背，气喘吁吁，其中一位脸色发白，有位班干部在旁数着：“一圈，两圈……”原来这两位学生因上课迟到被罚跑十圈，他们边跑边忌恨着班主任，打算拿班主任的自行车轮胎报复一下。还有一位学生因忘做作业被罚抄课文三十遍，他无法应付，父母忙于参战，结果他在日记中写下了对这位老师的怨恨和畏惧。

教师对学生，在学习上，应是他们的导师；思想感情上，应是他们的朋友；在生活上，应是他们的亲人。总之，应是学生的良师益友。惩罚，只是一种将学生推向对立面，有悖人性的粗暴行为，它不应是目的和愿望，更谈不上育人了，反而造成学生的抵触情绪。感化，是用一颗爱心，言传身教，通过关心和爱护，以教育和转化为目的，引导其向好的方面发展。愿我们的学生少受一份惩罚，多得一份感化。

由高考所想

一年一度的高考又拉开了帷幕，每年都像是国家大事、家庭大事、人生大事。说那十二年寒窗在此一搏，斗士们还算闲庭信步，可护送的那份揪心啊！当少的将背影投给了老的，那挂肚牵肠、殷殷目光，在烈日或雨水中等待，等待一个孩子的未来……没事，没事，莫紧张，说大事也小事一桩，条条大道通罗马，高考未必是命运的主宰。学子们，分数并不重要，重要的是以优良的人生态度给社会与父母、给自己的未来交一份满意的答卷！

每当高考结束，常听说因父母的压力太大致临场没发挥好，可父母们却说自己没给其压力，只是寄予厚望，为了孩子高考还特意请假服侍他呢！其实虽没直接施压，可太大的希望和特殊的照顾，在孩子们看来也是一种无形的压力。父母付出越多，孩子的心理负担越重，他们会因不敢面对父母失望的样子而难以把握自己。

还有，“高考枪手”也是高考结束后的热议话题，听到的大都强调对此如何防范和整治。仔细想来，关键不在于防范和整治，在于教育体制与理念，一考定终生，严进宽出等导致对高考扭曲的认知。学生、家长与老师都为考而疯狂，为考而奋斗终生。什么独木桥、人生最后的冲刺拼搏，似乎人就是为高考而生，甚至也有为高考而死的。没有这座独木桥，难道就绝路一条吗？如果宽进严出，会有人为此而挖空心思丧心病狂吗？欧美国家高等教育作为普及教育，宽进严出，更没人将此看成什么人生的终极目标，哪来的什么考试枪手。“高考枪手”之现象引人深思的应该是：为什么会有高考枪手？

真羡慕现在的年轻人每年都能进考场，想当年国家废除高考达十年之久，等到迟到的春天来临，我们这代人有些已过了读书的黄金期，有些已当了爹妈，有些因种种客观条件的限制而未能如愿。致使后来的求学之路如此之艰难，大都为打游击出身，正规军的不多，因此遭到世人不理解这代人求学的切肤之痛与歧视！可这代人不屈不挠还是成了时代的栋梁！

二

每年绕着“高考”这话题总有些故事，高兴的、悲凉的、无奈的等等。高考或是人生的转折点，但在中国人眼里，总是那样的至高无上，甚至似乎不可理喻。

譬如父母亲病重甚至离世都向孩子隐瞒实情，以致失去了与亲人最后告别的机会。看起来是为孩子的前途着想，其实是剥夺了孩子享用亲情的权利，扼杀了孩子对生命的敬畏，无情地制造了永远无法弥补的悔恨，这是最大的不孝。还有一个穷孩子不顾一切执意求学，十分困难，父亲去世，弟妹尚小，可他大学毕业后，还坚持读研究生，母亲只能去卖血……这是人间的悲苦与自私的膨胀，求学的路很漫长，一生一世的事业，何必在意几年的“蹉跎”？况且这求学生涯的分分秒秒如此苦涩无比，一个连自己母亲都无法挚爱的人，还能指望会爱谁？一个把自己的利益放在至高无上的人，还谈何为社会献爱心，为国家做贡献？我也不赞成父母重病在床，断然离去的游子，无论你有多少理由，地球离了谁都照样会转动，不必将个人的力量夸大到不可思议的程度。

每一个赤诚忠厚的孩子，或许都曾在心里向父母许下“孝”的心愿，相信来日方长，相信水到渠成，相信自有功成名就衣锦还乡的那一天，可以从容尽孝。可惜许多人忘了，忘了时间的残酷，忘了人生的短暂，忘了生命本身有不堪一击的脆弱，世上有永远无法报答的恩情。有些事情，当年轻的时候，无法懂得；当懂得的时候，已不再年轻。世上有些东西可以弥补，有些永远无法弥补。失去一次高考，可以有无数次的弥补；失去一份工作，还有无数次的机会。

为你的父母尽一份孝心吧！也许是一声问候、也许是一次探望、也许是一次旅途的陪伴、也许是一份病床前的守护……

高考，没那么神圣！

择业、就业与创业

每年紧随高考就是填志愿。年轻人填志愿选专业及择业大多重文科，MBA、外经贸、计算机、文秘等，其实就实用和需求而言，当然理科好，工科更好。有一技之长就业或许比博士还容易，一个MBA得比配N个技工，多一门技能多一份机遇。学文科者是企业挑你，而企业对工程师、技工则是一员难求由你挑，尤其如机械或机电一体化等。有位聪明的姑娘找对象都直言非工科不嫁，养家糊口当下理工科吃香。

且每逢择业就业的高峰，都会论及大学生创业。大学生创业或刚踏入社会就创业，未必可取。经历和锻炼是人生重要的积累，只有先仆后主，才能懂得做人做事的道理，在竞争中历练心态积攒知识。世界上多数的成功者都是打工出身，从最下层做起。不能只想着追逐老板梦，“失败乃成功者之母”，“跌倒了再爬起来”，这些话对科学家而言可取，对企业家来说应尽量避免。

另外就业期望值过高，使不少大学生错过了就业机会。大学生希望自己能够到待遇好、工作环境好的单位就业，这本身无可厚非，但一些大学生不能正确认识自己，对就业抱有过高的期望就有些不切实际了。对很多毕业生而言，与其说是“就业困难”，不如说是“就业迷惘”，对自己的未来发展缺乏科学规划，这往往也成为他们面对就业压力时感到手足无措的一个重要原因。应努力提高自身各个方面的知识能力，完善自己的不足，提高自我核心竞争力。俗话说：“机会是留给有准备的人的。”只有克服急于求成，调整心态，从最底层做起，积蓄经验，做好一切准备等待机会的到来，坚信“天生我材必有用”。

创业、创意与创新

近年来创业与创意，成了人们的热门话题和行动，显然，主导动机大都是为了求得一份事业并拥有财富。这无可非言且值得赞许，因为它能改变自己和人们的生活。而某些重大突破性的创意或创新则会一下子改变人类生活，加速了人类文明的发展。

然而，创业队伍中的千军万马，成功者很少，而能获得巨大成功者，更是寥若晨星，大部分以失败告终。如今刚出校门的甚至还有在校学生都成为创业队伍的一员，摆几张无足轻重的美工画、动漫画就算一番创新与创意。如今遍布街头的所谓智库，也只不过是挂几幅动漫，或一溜儿的酒吧咖啡吧而已，这些能称得上智库或创新基地么？这也未免将创业的艰辛与风险太低估了吧！这种做法或许在荒废学业，浪费时间、精力、金钱和国家资源，得不偿失。学生应以学为主，不能喧宾夺主，踏入社会也应先仆后主，在积累了一定的专业知识和经验后，再谈“创”字，实为不晚。

所谓创意，即注意观察现实生活环境中的事与物，通过创新思维意识，进一步挖掘和激活资源组合，提升资源价值。像盖茨、张朝阳、马化腾、马云、扎克伯格这些天才人物们的成功，就是在于他们仔细且有目的地观察、思索现实生活的潜在所需，而获得创意的结果。这其中并非都需专业人士或很高学历，盖茨只读了两年大学且是学法律的，马云也只有本科且是学英文的，原本与IT技术沾不上边，可竟在这行业创出了惊天动地的恢宏大业，凭的就是对现实非凡超前的探索和对未来人类生活发展的开创性臆想。

诚然，创业与创意的原动力在于创新，创新的资本在于对先进基础理论的研究和突破，再加以充分自由发挥的丰富想象力。创新的重点乃在思想、方法、科学理论、重大技术和重大装备的发明设计及制造工艺等诸多方面的攻破。对国家来说，最重要的创新乃是涉及国家发展的科学理论和战略性产业、科学技术领域的创新，不仅要紧跟世界前沿水平，且应超越领先一步。我国对量子计算技术与量子计算机的研究开发，将领导第五次工业革命，中国若在该领域抢先一步，那么中国无疑将全面超越美日而领导世界，将会如汉唐时那样重新成为世界的中心。量子计算技术，无疑是重中之重的创新发展项目，我们拭目以待，看谁家先得。

中国老板为的啥

中国的老板很难很苦很累，对外要受洋人的气、各种借口的刁难关卡和各式软刀子，还要向全世界供应最价廉物美的商品。对内，则受气受压受逼，求人拜佛，讨好上、顾及中、处好下，强装笑脸骂在心里；同行间相搏激烈，求生存图发展拼个你死我活，毫不留情。手下人中凡高层者，是你依靠倚重的对象，有福当与之同享，有祸却只能自个承担。中层者二等重要，当亦应惠及不可轻视，他们掌握了不少企业秘密，不让知之则无法工作，让知之，则是他们对你杀伤力不轻的武器，对之要威福同施。下层者为数最多，是你的一线战士，财富的具体创造者，当予以小恩惠，他们虽文化水准不高，但决不能视之为草芥，若关键设备让其操作，还可能得巴结他们，因为他们一旦不爽，轻者炒你鱿鱼，一走了之，重则报复你往关键设备里扔个小螺钉杂件毒物什么滴，或这机器不久即废，或产品（尤其药食品类）变为毒品祸害极大，你却拿不到对其绳之以法的证据，而相反执法部门却对你施之以法，冤么？若对个别因工作过失或奖罚不当，要是德劣者还可能暗中伤害你。商途险恶，切不可绩优而得意忘形，也不可业差而不善待他人，即便是最卑微的清洁工，你也要尊重他，因为人家是你不可缺少的一员，同你一样是人，而不是机器人，同样享有作为人的尊严。

以上种种，当过老板的，都会有同感：中国的老板很难很苦很累，得侍候好各路“神仙”，然而，这一切究竟是为啥？是财富么？一个人一生能花多少钱？而他们所做的一切——为国家，为社会！

跌倒的内涵

见电视上那摔跤的镜头，场面挺刺激，观察中发现是“原地摔跤”，且摔了一次又一次，一旁还有裁判监督矫正。不奇怪，这是赛场且又是表演，当然一次又一次还可重播。可现实生活中也有人玩“摔跤”，但摔过了爬起来继续走也无妨，怕只怕也来个“原地摔跤”，还不要教练和裁判，肆无忌惮地摔，摔得鼻青脸肿还要摔，甚是“勇敢”，这也未免太激进了。人一路走来，摔跤难免，爬起来继续赶路就是了，只是摔跤可不是随便摔的，若屡屡摔在老地方，就像人体受伤，第一次伤在这个部位，后来接二连三地伤在同样的部位，那或许便无法医治了，弄不好还会殃及整个身体。所以若不将教训当良药，要想痊愈谈何易？

犹太人有句名言：“不想犯错的人终将一事无成”“但同样的错误不能犯两次”“人非圣贤，孰能无过？”……无论是生活还是工作，人都会犯错，关键是对错误的态度，从错误中接受教训总结经验，努力做到同样的错误不犯第二次，只有这样才能走向成功。美国石油大亨保罗·盖迪说过：“犯错本身并不可耻，但被同一块石头绊倒两次是莫大的耻辱。会不会被石头绊倒两次，完全取决于心，用心去思考为什么这块石头会绊倒我们，用心去体会摔倒时的痛，用心去考虑如何避免另一块石头的障碍。”同样的错误，第一次犯是无知，第二次犯就是愚蠢，第三次犯是智障，只有加强自省，反省再反省，才能避免反复犯同一错误，否则将屡战屡败。

“跌倒了，再爬起来！”这句话曾鼓励了不少人从逆境中崛起，但不能以此来不顾风险贸然行事，或者将此作为失败的辩护律师。要珍惜每一次机会，每一分投资，要抱着不许自己失败的勇气，从战略上藐视，战术上重视去迎接成功。同样，“失败乃成功之母”，此话对科学家来说可取，就企业家而言，应尽量避免。“跌倒了，再爬起来”，听多了应更有所思：机会、财力、岁月等，还会再垂青于你吗？关键在于怎么爬，如果是自己爬起来，那便有所感悟而逐渐走向成熟；如果都是被人扶起来，那未必能真正站起来，更别谈脱胎换骨了。“成熟，往往于一场灾难之后，成熟于艰难困苦的场合与孤寂的时刻，是自我磨难后的再生。”当然，成熟越早越好，可惜许多人觉悟在苍老的暮年，此时成熟已过了季节的年岁，还没来得及享受成熟的果实，已步履蹒跚。一旦老了，蓦然回首，只有回首才发现自己曾经做的错事、蠢事与憾事，当时都自以为是。真是三十而立，四十不惑，五十知天命。人生就这样跌跌撞撞过来，修修补补还无妨，可别经历滑铁卢。人，认清别人不难，最难认清的是自己，最难战胜的也是自己。让智者的声音，让书本的智慧，让教训的代价，为镜子认清自己，为力量战胜自己。

说“磨难是人生的财富”，没错，但这话只是遭难后的一种自我安慰与励志，耗不起的不是什么“财富”，而是光阴与前程。都说人生苦短，抓紧享福，但少跌跟斗少磨难胜过享福。都说“祝你顺利、祝你好运”，没有人说“愿多磨难”。所以如果说“磨难是人生的财富”，那么我说：“只有将教训视为财富，才显其磨难的价值！”

女性美，在气质

“一个人的气质最重要，漂亮倒是其次。”几个朋友一起讨论择偶、婚姻问题时，对气质格外推崇。还见一招工广告：“聘请气质佳的女性服务员，待遇从优”。如今高雅大方，风度不凡的优雅气质，无疑是人类文明进步的标志。

然而，在我们的生活中，一些内在空乏的浓艳包装、顽固化的性格特征居然也被称为一种气质。气质是人的生理、心理和文化修养等因素的总称，它是在人与人之间的交往过程中的自然流露，任何刻意追求和掩饰都会适得其反。当某歌星剪出一个什么发式，大陆的许多青年立马将其“移植”到自己头上，港台片的某主角套件背心穿上西服，许多时髦小伙也紧跟而上，这些“模仿的气质”并不是自己本身的气质。

气质是内在的力量，涵养的反映，外加仪表、言语、表情乃至姿态，构成个人气质的总和。所以说：气质是内在美和外表美，自然美和心灵美的和谐统一，思想的陶冶和信仰的重铸起了决定性作用。那种知识不多、游戏人生的人，那种对生活失掉信心、却又摆出许多清高孤傲姿态的人，那种刻意模仿、步人家后尘的人，算不上拥有良好的气质。

欣赏女性的美，不完全在于容貌，也不靠名牌包装来粉墨登场，要在讲究精神品味和生活艺术中体现一种气质的美，一种修养的展示。这种气质与风范，不是靠化妆品能临时抱佛脚的，靠长年累月精神养料的摄入。一个人，如果坦荡磊落，有知有识，言谈举止大方得体，无形中就会给人一种美好且颇有气质的印象。常见些诸如“优雅女人，这里出品”“礼仪形象淑媛班”招生等广告，目不暇接。随着女性对生活品位的追求，这类玩意儿也不断出笼，学费不菲。此举对丰富女性生活、活跃市场，挺好！只是靠短训与这些化妆服饰等的课程，能出优雅吗？一个挣钱，一个作秀，也太小看优雅了。真正的优雅源自气质的体现，而气质要靠读书，靠长年累月的积累与沉淀，靠善良与自律等，不是化妆品与服饰能 OK 的。不过这作为交友与大众化的提升也有好处。女性朋友们除此之外，记得用知识来装扮自己，那装扮的不仅是容貌，更是心灵。

亦舒曾在她的小说里描写那些美丽的物质女郎："她的心智低，根本不懂得忧伤，她的世界肤浅浮华，就如她的美貌，只有一层皮。"

对于女人们来说，当然不希望自己的美貌只剩下一层皮，应该还有更多属于自己的东西，比如你现在的气质里，藏着你走过的路，读过的书和爱过的人。当我们面对不完美的五官和衰老时，何不默默念一句："若有诗书藏在心，岁月从不败美人。"

人工与天然

见几张脸谱，让人心跳，只叹现代的整容术，真妙！不可思议也罢，登峰造极也好，只可惜小伙相亲，不识庐山真面目，就将“美女”抱，待到宝宝来报到，吓一跳，那可真……好笑！只听得一声：宝宝的脸，未来也再造。哎！这上天赐给的脸，为何要苦苦修雕捏造！

在这些脸上，你看不到明眸善睐、顾盼生辉，因为一切表情肌都被玻尿酸和肉毒素“冻”住了；在其脸上，你看不到个性，因为每个器官都如同从一个流水线上出来，没有任何可供识别的差异，乃一种标准化的、制式化的、能被批量复制的容貌——一个模子里倒出来。

有人为整容或减肥作践自己，甚至有美容成毁容弄巧成拙导致终身遗憾的。女人为何要与自己的身体为敌，百般挑剔，有的甚至到了违反人性的地步。时尚这东西实在可怕，一旦得势就毫不讲理，致使人们为之疯狂却又不知为何疯狂，情不自禁地被牵引着加入潮流。面对诸多的不理智，还是多点“我自岿然不动”，况且这不是“美”的唯一标准与对其的追求。

说那化妆品吧，我钟情于十几块一瓶的国货，价廉物美，那些 4 位数的洋货还真不如自家的土货，门口小超市里，逛过去便是，何苦要横渡东瀛去扫货。我这张脸，从不高攀洋货，要么素脸朝天，要么大宝、百雀羚，当然价廉其次，物美第一。不过还没人嫌我这张皮差劲，反倒有人问用的啥名牌？前日一友人与我聊那每天必修的化妆术，那一套套、一层层，听得我目瞪口呆，大开眼界。这般折腾，那脸蛋不堪重负，还真亏了呢！要想有张好脸蛋，切莫过分加工，清爽自然也是美。

另见有人为减肥，思千方百计，花十八般武艺，且有单纯靠节食的。其实这样不利于健康，吃太少了营养差了，体质抵抗力都会下降，还容易生病。少吃，不是量化而是质化，尤其是科学化，吃粗淡，一天三餐就够。减肥除了注意饮食结构控制脂肪摄入外，关键要多运动多思维，通常运动员、重体力和脑力劳动者，或者那些劳碌命的，都不易发胖，而那些整天无所事事懒得动脑的就会心宽体胖，多动手脚勤用脑乃最好的减肥方式。不过我说读书能减肥，你信不？真的，它不但让你苗条还能美容，充实与快乐，当然蛮大的收获是减肥。读有所思，思便不易心宽体胖，你瞧教师队伍里想找几个胖子都难。不信试试看，与那些五花八门的减肥药相比，可无任何副作用哦！总之这少吃多动不但为苗条，重要的是为健康。

公德

“环保卫士”——伊凡

伊凡，来自澳大利亚，今年 64 岁，是温州大学的一名普通外教，但却被全温州人民熟知。在温州的 6 年多时间里，每个周末，他都会带上垃圾袋和手套，上大罗山捡垃圾。他刚来到温州，被大罗山的美景迷醉，但也为遍地的垃圾而心碎，于是决定成为环保志愿者，守护大罗山。6 年来，他已经算不清买了多少垃圾袋和手套，但让他高兴的是，垃圾越来越少，和他一起清理垃圾的人却越来越多。

当他在中国任教期满即将离开温州时，给温州人民写了一封告别信，信中写道：“上周日，一大群志愿者跟我一起上山捡垃圾，但第二天我又沿着同一条路走了一遍。由于人们在山上野餐，留下了大量的垃圾，我数到第 200 个垃圾后就不数了。要是这样乱丢垃圾的习惯不去改变，那么志愿者的数量再多也不够，雇用再多的环卫工人也捡不完，只有在习惯上改变，才能根治垃圾遍地的情况。其实乱丢垃圾的现象不是温州或者中国独有的，在全世界各个地方，都会有人不自觉地做这件事。我的力量不大，但我会一直坚持下去。”

是啊，不乱丢垃圾应该成为一种习惯，让每个人都对自己的行为负责，哪怕是一个抽烟者，也该为他抽完的烟头负责，那么环境必然能得以改善。

“你好”无价且有值

每当上了出租车，总是先向司机道声“你好”，奇怪的是好几个司机与我发生了同样的对话“你不是本地人吧！”或者“你生活在国外吧？”“呵呵！你我素昧相识，为何都说我非本地人且还在国外生活归来？”“凭你上车的这句问候。”我顿悟：客运公司的规定是司机对乘客说“你好”，而乘客的一声“你好”，顿让司机感到温暖也驱赶了疲劳。原来和谐与尊重也如此简单，但要构建一种全社会的文明又很难。

教育是根本，教育的落后往往导致民族素质的降低，这种降低会表现在方方面面。西方国家以它对教育的重视，另外靠法制和信仰构建了人类文明的精神面貌。我们都在做不懈的努力，但不是一下子的。记得有句话：“一夜之间可以造就一个富翁，但培养一个绅士要几代人的努力！”

皆自教育中来

通常，在一个脏不忍睹的环境里，大家都会乱扔垃圾乱吐痰，就连好素质的人此时此地也会毫无顾忌；在一个地面如镜的环境里，谁也不会抛一张纸屑吐一口痰，就连素质差的人也会有所收敛。可见“脏”是人给造出来的，“净”也是人给造出来的，人的素质也是随着环境的变化而变化。同样，噪声也是一种污染，在发达国家，一般都会觉得那里很安静，和人说话也像是在飞蚊子。而有些人，不管什么场合，高谈阔论大声喧哗令四座皆惊，这样很不文明。在有旁人的时候，安静是一种礼貌，一种修养。不管什么声音，哪怕是音乐，但不需要的时候，也是一种噪音。

在宾馆里碰到老外，素不相识大都主动与你打招呼，尤其电梯间里，无论进出都示意让先；在较窄的道路相遇，总自觉靠边让道。这让人想起当年发生在上海外滩的踩踏事件，当时如果多一点“让”之精神，悲剧或许难以发生。

事件爆发的瞬间，在无组织的情况下，如潮的人流能井然有序地撤出，这就体现出一个民族的素质与文明。踩踏悲剧的发生除诸多原因外，根本在于公众意识、自觉性与文明的缺失，亡羊补牢应重在对全民族教育的提升。

母婴室，文明的体现

陪老伴去医院，见一年轻妈妈手抱正在哭闹的婴儿四处转，似乎在寻找什么，在洗手间转了几次都又出来，后见她跟一清洁工嘀咕了几句，清洁工随即将放杂物的房间打开让这对母婴进去,原来这位妈妈想给孩子喂奶找不到地方。

现在有些公共场所都专设了母婴哺乳区，但还没有普及，不过一些机场或车站的 VIP 休息区，哺乳室几乎是百分之百到位，甚至在一些女洗手间里还专放了婴儿摇篮，以便让人解手时搁放一下孩子。母婴室应是大众的福利，不应是个别富人的专享，为了母亲和孩子，为提倡母乳哺养，应加强公共场合母婴室的建设。2015 年已有政协委员提出此建议，但至今仍有绝大部分公共场所缺乏母婴室或形同虚设。公共场所设立母婴室，体现的不仅是对妇女、儿童的尊重和关爱，更是公共服务理念人性化的彰显，是一个国家文明进步的重要标志。

生气与和气

龙应台有句话："中国人，你为什么不生气？"其中有点责备中国人的胆小之意。

从古至今，中国人能"容"，只要无害，什么都能接受，且与之和平共处，似乎从来不会为信仰上细枝末节的差异而大动干戈，以德治天下，即使处理与邻国纠纷也多秉承"先礼后兵"之传统，除非迫不得已，极少勃然大怒，兵戎相见之举。

只因中国文化的"中庸"赋予中国人一种从容的气质，按那句俗话："将军额上能跑马，宰相肚里能乘船"，与世无争，处处讲和，逆来顺受。不过，对祖宗赋予的理念也该内外有别，对外，该强悍的强悍，该威武的威武，南海仲裁，华为被告等，该生气时生气，该出手时出手；对内，该和的和，该礼的礼。可如今似乎有点颠倒了，对自己人，不见得彬彬有礼，和睦相让；对自己的货，藐视排挤；而对洋人洋货，笑逐颜开、爱不释手，被耍被诈，还忍气吞声，心甘情愿。

在现代化的中国，该用务实的思维方式，理解并运用"中庸之道"，没有人的现代化，就没有国家的现代化。人的素质的现代化，实质上是要求人的思想价值观念、行为方式、生活方式真正实现从传统人到现代人的转变。要让人家对我们喊一声：中国人，爱生气，有骨气；让同胞对自己说一声：你真和气。

时代发展到今天，中国人，不是奴隶，而是公民，生气，该是你我的权利。生气，不是发泄，不是蛮横，而是敢于表达自己的意见。

行骗与被骗

当下骗子猖獗，骗术高明且屡屡得手。骗子固然可恨，但细想来上当者除善良与缺警惕外，贪欲有着不可推卸的责任。骗与贪相辅相成，贪从某种程度上给骗提供了市场，而骗正是利用了贪的心理而使其中招。面对那些痴人说梦般的诈骗，一旦贪欲蠢蠢便会上钩，所以摈弃贪欲是防骗的一道重要屏障。

除此之外，通常老人是市场推销与骗子的目标，因为现在的老人孤独，以至对交流的需求，情感的渴望，所以骗子便“对症下药”。陪聊加热情大派送，甜言蜜语天花乱坠，老人被“坠入情网”，双手奉钱。骗钱可恶，但更可恶的是骗情，真是小孩被骗是无知，老人被骗是真挚。

政府频频让大家加强学习，不断更新防骗知识，这年头要学的名堂是越来越多，只是道高一尺魔高一丈，不与时俱进还能活在当下？善良被骗、贪心被骗、无知被骗，当然制度不健全也被骗，所以防骗制骗得双管齐下，非但制骗，还得治骗，重罚之下无勇夫。别只让学练防骗招数，也多说说骗子怎样被惩治重罚的故事。几天前又惊闻原先往火锅汤里放罂粟壳已不算新奇，如今都掺入镇痛药了，骇人听闻。且一条“黑心老板因销售有毒有害食品判监一年并处罚金二万”的标题，更让人大失所望。唉！一旦丧尽天良，不用司法来重罚，难道还想靠感化？

另见报：“警方提醒，近有人骗你钥匙忘拔还插在门上，诱你开门，然后……”又见微信说：“有人冒充人口普查填表格，你开门后很快晕倒……”还有什么骗子大全，让你长见识等。这人何时变得如此凶神恶煞，行骗成风骗子成精，骗法越来越科技化，似乎也加入了现代化的行列。现在出门担心包被抢，进门又怕坏人躲在旁，过日子忐忑不安。想当年住的房子地板咯吱咯吱的，但夏天开着门睡觉。在通往致富的道路上，如果忽略了精神文明和社会风尚的构建，放松了法制的健全和加强，不注重教育和对民族整体素质的打造，那得到的物质享受将要付出沉重的代价，人性的沦丧和灵魂的扭曲。如果一切都向钱看了，还拿什么来向前看。安全感是幸福的基数，国泰民安是繁荣昌盛的前提，真的好怀念那个地板咯吱咯吱却无忧无虑的日子。

如果人类没有羞涩

那天听人聊起："现在有些人都不知什么是难为情，甚至不知羞耻了。"这话让我想起，曾几何时，常听到"羞涩"两字，如今渐渐地，这种表情与行为离我们越来越远了。说不知羞耻，实为不懂羞涩。

羞涩也是一种人格特质，它不仅是一种表情，更是一种品质，它来自内心的谦卑、纯真和朴实，一种骨子里的善良，未被污染的灵魂。羞涩很难假装，假装的羞涩忸怩作态，一眼就可看穿。羞涩更多的属于未谙世事的少男少女，他们用圣洁的眼光打量扑朔迷离的世界，他们脸颊上的红色是世界上最美的风景。而成人的羞涩更加意味深长，一个在命运的风沙中摔打得伤痕累累的灵魂居然能保持羞涩的品质，足以让我们肃然起敬。

如今知道难为情的人越来越少了，公共场合，为点鸡毛蒜皮，大打出手，逆行其道，恣意生事等，造成极差的社会影响。如果没了羞涩，发展下去便会不知羞耻。当一个人的灵魂变得冷硬，脸皮愈来愈厚，羞涩便愈来愈少，直至荡然无存。只要能当官，啥都敢做；只要能挣钱，啥孽都造。如今最缺少羞涩这种品质的是那些贪官污吏、毒食品与假药的炮制者、骗子等。当今物欲横流、纸醉金迷，羞涩这种美丽的品质就像天空的彩虹一样愈来愈难寻觅了。言而无信、当面说谎、尔虞我诈、厚颜无耻的现象也司空见惯，如果没有羞涩，人类将会怎样？

要回点脸面，找回点羞涩，是人类该做的功课。

狗狗

我向来怕狗，不是讨厌，就是怕，但怕归怕，对狗的品行还是褒之。狗是人类最可靠最忠实、能与主人肝胆相照的朋友，它不会媚富嫌贫，不会离你而去，它愿为护你而舍命。“狗是唯一爱你甚过你自己的生物。”而人群中有如此品质的，也委实鲜见。遗憾的是人们对它却很不公平，常将它与最恶之人等同起来，骂人时常说之“比狗还不如”来贬低它，实在冤哪！

前日，景山花木市场发生火灾，逾百摊贩冒险“运宠”，有人抱着狗一只接一只地跑，有人分批运狗笼，但还是大批小动物被熏死在笼中，其中不乏有名贵狗。其实当时商贩完全可以打开笼子将狗放出来，让动物靠本能逃生，可有些商贩却说，这些小动物是他们的私有财产，如打开笼子，有可能血本无归。贪婪、自私、残忍，紧要关头，想到的不是这一条条鲜活的生命，而是金钱，为金钱而不放这些小动物一条生路。狗也有狗权与逃生权，这要是在国外，狗主人必被起诉。见众多的狗葬身火海，有商贩捶胸顿足，他们痛惜的不是狗命，而是金钱。

无意间听见某电视剧中的几句台词：“人和狗的区别在于，狗再怎么还是狗，人有时候会不是人，所以狗比人可靠。”听后只叹经典，高度的概括。只是为人类对自己的有些另类有这样的认识和总结而感到悲哀。想起几句名人的格言：“当我与愈多的人打交道，我就愈喜欢狗。”“现在的社会里，人与人之间冷漠的态度还比不上与狗之间相处的那份真诚。”

个人信息亦商品

81名电信诈骗嫌疑犯从柬埔寨、老挝被押解回国，其中温州警方就从金边押回39人，大快人心，感谢政府！说起诈骗犯，人人都咬牙切齿，但别忘了，那些泄露信息或有偿提供信息的或比在阵地上作案的更可恨。

在卢森堡，银行向各国客户许诺，所有客户的资料不仅对他人保密，而且也对国家机构保密，即便国家财政机关也不能以增税的目的了解客户的情况。除了刑事诉讼，银行拒绝在民事诉讼中出面作证。银行如果违反了这些规定，反而要承担刑事责任。真是块盾牌！

可在我们这儿，客户的信息满天飞，一个银行职员的跳槽可以携带客户信息与其他金融机构共享，或卖予其他利益机构。同样，你买了房子，还没等交付，五花八门的装修公司就抛来"绣球"；你生了孩子，亲朋还未告知，母婴供货商们捷足先登……类似的事例举不胜举。就在几天前的新闻披露：两黑客非法购买了大量126邮箱的账号和密码，逐个测试邮箱是否注册过苹果账户，然后远程锁定59只苹果手机，向各机主索取数百元的"解锁费"。这买信息的被抓了，卖的如何发落，目前还没听说。

按照西方法律的观念，个人财产是一个人的重要隐私，人们不乐意在隐私受到侵犯之后再谋求法律的保护，而是希望一切环节都能拒绝被侵犯的可能。正是这种希望构成了现代金融业的信誉基座，也成为同行业之间的竞争平台。小小卢森堡能在三四十年内快速发展成一个举世瞩目的金融王国，与它严密的银行保密法规有关。相比之下，我们国家的个人信息与隐私达到这般阳光化，也真是无语了。

据报道：一位女会计一口气被骗450万，悲痛欲绝可想而知。还有更令人痛心的：某教师平日非常节俭，被骗28万，痛不欲生自杀；某女28岁，被骗失联，几日后发现……触目惊心啊！除受害者缺乏防范意识等原因外，首先是骗子的信息源，一旦个人信息如雪花般漫天飞舞，一旦国家机器对此也束手无策，那公民的防范意识只能是苍白无力。国家首先应实行公民个人信息保护法，政府有责任与义务保护公民的隐私与财产，可偏偏泄漏信息的恰恰是某些机构与职能部门的某些工作人员。若靠纪律和自觉或无济于事，须得靠法律，且要严格执法——快、准、狠！

股海苦涩

最近股市“井喷”，股民入市也“紧跟”。凡事疯狂之时大都是理性低迷之时，或许忘了股市里的浪花与那呛水的滋味。当“宝马进，自行车出；西装进，衬衫出”时，多少人对天发誓，金盆洗手，可就这玩意儿，说话最不算数。当市场的疯狂浪潮袭来，当诸如“暴富、走捷径、碰运气”等怪念浮上脑海，便会觉得“人生难得几回搏”，鬼使神差又跃跃欲试，然后又……可想而知。几天前看到一篇“机构是怎样玩弄散户的”，其内幕令人咋舌，加上不健全的证监制度，还敢拼吗？这七八年里，国民经济与GDP节节攀升，这股市却成了滑铁卢的战场，与经济规律背道而驰的股市显然是不健康的。现在的炒股，不是智力游戏，也不是合理投资，更不是人生拼搏，只是政府许可的一种被少数人操纵的“赌博”。去年的5月，还徘徊在2000点左右，仅一年的时间，不，准确地说，才几个月就涨过了4500。好在我自岿然不动，如此猛涨只给少数人提供牟取暴利的机会。有这么涨的吗？都说股市是经济的晴雨表，这几个月经济平缓，股市却像脱缰的野马；而前几年，GDP节节攀升，股市却惨不忍睹，与经济不同步的股市有着太多的不健康。就说新股上市吧，通常头天都上涨20%甚至更高，这是哪出啊！结果一个企业从乒乓球瞬间膨胀为篮球，再慢慢放气，于是老板放声高歌，股民呜呼哀哉，几年前的中石油就是佐证。这几天疯牛要回头了，且如此迅猛。当然，跌是正常的，只是上阵子的涨很不正常，有时股市成了个别人劫掠谋财的场所与工具。有人说：“如果你没权没势没情报，就别在股市里混。”是啊，那些暗箱操作本身就吞噬了合理投资的规律。可悲的是，每次跳进去的初犯则少，大多是重犯。呛水过后，都是机构赢了奥斯特里茨，股民败了滑铁卢，散户永远斗不过机构。大妈大伯们、工薪阶层们，这是富人们的游戏，不是你们撒血汗钱的地儿。特别是有些年轻人不工作以炒股为业，就更不可取了。

当股市历经暴风雨的洗礼，什么“惨烈、血流成河、阵亡通知书”等词都用上了。一个个惊心动魄的故事：有号啕大哭的股市“小鲜肉”、有被折磨成不成人样的白领、有“无脸见客户”的证券分析师等，还有那个不该出世的“配资”。故事有陈旧的，有新鲜的，但最鲜活的故事不过为公安部副部长孟庆丰赴证监会压镇、排查，亲临股市现场打击证券领域违法犯罪活动。这炒股还要公安部出手，让执法人员看着，今古奇观了，股市开天辟地第一回。

央行再次降息，无疑是连夜救市之举，政府为救市已使出浑身解数，可股市依旧一泻千里，哀鸿遍野。不禁发问：疯长之时，明知是泡沫为何不出手压制，非但任其狂飙还扶植股市，允许一人开多户等，甚至鼓励大学生开户入市，难道这玩意儿也老少皆宜？

股市，由西方传入中国，它是西方经济与文化的产物，是资本主义的特产，首先是为促进企业发展，进而推动经济发展为目的而创造出来的产物，至今已有近两百年的历史，故在西方支撑股市的土壤、气候、人文文化与股市制度都很完善，有各种规矩和制约制度措施与之匹配，一旦全盘照搬安家会水土不服，可能有隙被人钻，何况当下腐败之风甚盛难治，股市且能置之局外？另有不友好的国外政府和金融大鳄无时不对华虎视眈眈，与我展开金融大战，随中国经济快速发展人民币已处处对美元形成挑战，岂有不忧股市之理？

况且上市公司一旦上市，身价即翻二十多倍，这不神了？哪门生意能有如此暴利？于是业绩平庸甚至经营不善的企业，也千方百计找门径上市，来对散户股民进行合法疯狂的抢劫掠夺，这对股民公平吗？

对散户来讲，股市风云难测；但对幕后操纵者来讲，则是一切尽在布局掌控中，故你能有胜的机会吗？这无异于虎口夺食！天上绝不会掉下馅饼的，记住一条极朴素且颠扑不破的真理：勤劳致富，不要有非分的念头，不要有侥幸的投机心理。股市本身不会创造财富，那显示屏上的阿拉伯数字，全是股民们自个炒起来的，你不拿走便是虚的，且股民的心思都想这数再变大，殊不知一转身那数字蹿下一大截，故还是脱不了身。股市无形的金箍将股民紧紧套住身不由己，只能越陷越深与其同生死了。

想起两年前收摊时，老伴抛来的一句话：“老老实实去劳动。”就是啊！想不劳而获，谈何易！别想着一夜暴富，向勤劳致敬吧！

何时食无恙

当下那些拿食品坑害人的行为越来越令人发指，又爆出什么假鸡蛋，说是由啥化学原料制成，大型超市都在出售。看来要重振南泥湾精神，开展家庭大生产，自供自给了。为何维护食品安全会如此艰难？是处罚太轻，这与杀人有何区别，何况这杀的还是成千上万，千秋万代。如果也被视为杀人行为，以抵命处置，有几个还敢慷慨赴死？

每遇像以食品坑人等的伤天害理之事，人们都会说，太没良心了。我们常说人要有良心，不错，良心很重要，良心要靠自觉来体现，但自觉有很多的不确定因素，由于各人的品行素质环境等，很难去把控，因此很多时候还是要靠法来治。西方国家没有孔孟之道、儒家学说，他们除了宗教在某种程度上起自我约束作用外，主要就是靠法制。

想起就人性的解读被人们争论了几千年的观点，孟子曰："人之初，性本善。"荀子曰："人之初，性本恶。"现在看来就算你渴望性本善，也只能让你越来越失望，真有点让人越来越相信人之初性本恶的论点了。其实人一出生，思维只有本能，并没有善与恶，所有的善恶都是源于外界的接触。且有些人做恶事，要是与之讲道德说良心，不见得奏效；要是对其说：如此丧尽天良定遭雷劈或患绝症等，或许立马见效。这是宗教的力量还是心理的较量？不管怎么，自私贪欲是一切的恶之源。伤天害理实为私欲的膨胀，也是"人不为己天诛地灭"思想的作祟，而那些毒食品的炮制者，自己是不吃的。

每当看见餐桌上的食物，有时我想，这些东西，本该都是"生长"出来的，可我们如今都在吃着"生产"出来的。好东西是长出来而非产出来，享受生长出来的东西，是生命与生命相遇，越咀嚼越有味。当食物进入人体，是阳光、雨水、土地的香气与蛙鸣在生命中循环，它既是碳水化合物，又是天地的能量，可谓是汲取天地之精华。可如今这似乎是一种奢侈，一个美梦。呵！自然与人，你在哪里？

产业

从《大国工匠》看高校专业设置

正当我们为国产大型客机 C919 总装下线欢呼自豪时，看到这张数据，心也凉了半截，除了壳是自己的，“内脏”都是人家的。下线之际，新闻报道说：“习近平主席作重要指示，继续弘扬航空报国精神，进一步提升我国装备制造能力。”可见此时我们有的不该是自豪与成绩，而是差距，制造业的差距。

多年来首先是教育，专业设置的误区，满天飞的营销、电商、经贸、计算机，因这些专业起步门槛低，无须设备投资，能揽生源能赚钱。就拿温州来说吧，1979 年同时创办了四所技校，机械制造类就占了三所，不久因时下商风盛起，结果，其中一所招一届就停办了，另一所也艰难地生存，省冶金技校算是实力最强的，冶金机械厂这样的大企业作为其实习车间，还有相当数量的双师型师资，曾培养出大量的机械制造技工。后因市场经济使技校发展为如今的浙江工贸学院，接着是专业转型，电商、贸易、服装、眼视光、鞋业、酒店管理等，保留了少量几个机电专业，但已成了非主打产品，当年的车间都做了房地产开发与校舍扩建及酒店。当然还有温州四大龙头装备制造业企业（冶金机械厂、造船厂、包装机械总厂及拖拉机厂）也早已鸡飞蛋打，曾经机械工业为该市产业的半边天，近 20 多年来因商风当道，使得对制造业的轻视造成了今天的差距。德国工业如此发达，每年的大学录取率也只有 60%，其余都是中专与技校，甚至蓝领的工资高于白领。哪有“消灭”技校与中专，个个都是大学生，这是在给国家经济发展拆台。前不久李克强总理就发展我国高校教育时提出“今后以技校为杠杆”，早该这样了。曾听说有家三兄弟，分别是博士、硕士与技工，结果就业时，那技工成了香饽饽。最近电视专题片《大国工匠》，赞颂的就是这些能工巧匠对国家发展的重要贡献与匠师的不可缺失。如果没有工匠，我们的“两弹一星”、飞船、航母等国之重器就不可能成功。

制造业是检验一个国家强盛与否的标尺，重教育，重创新，扶正办学方针、专业设置与产业结构，加大宣传与引导，让机电制造专业成为招生的宠儿，就业的抢手货。发扬“两弹一星”的精神与钱学森那一代人的崇高思想，走出这条路。翘首期盼名副其实的“Made in China”翱翔蓝天。

是肥大，非强大

见新增富豪多半来自服务业领域，这绝不是好事，而是伤心事，令人沮丧。因为服务业本身并不创造财富，没有出产实物产品，而决定国家强大不受人欺负的是硬物质，尤其是尖端领域的产品，它决定着国家的存亡荣兴，此基础则是机械电气、微电子与信息数字技术等的相应产品，属硬技术硬实物产品。这类产业不是任何人能进入的，首先需要大量专业技术人才、专门设备和大量资金，门槛极高。而服务业谁都可以涉及，两者有质的不同，前者乃是决定国家存亡的顶梁大柱！近年来欧美经济危机衰落，唯德国仍能顶住，就因德国机电制造业极其发达领先世界，由此尚能在危机大潮中支撑不倒。因此，中国新增富豪多半来自服务业，这只能说明近年来制造业发展的滞后。美国就因产业空心化，服务业尤其虚拟经济金融业过分发展而最终导致金融危机。中国新增富豪若绝大多数来自高端制造业，那么，我们的国家就能真正强大，而现在的，“富豪榜”则说明我们的肥大虚胖。

基础理论研究是根基

据媒体报道，有关部门规定：重大装备凡其国产部件率占百分之七十，即可认为该装备为国产的。据说，“高铁”在机械方面如轮子、轴承和电气方面等部件均进口；而大飞机的发动机、电传系统和起落架等都系进口。因此整机虽然产出，但关键零部件仍还受制于人，对方一旦设卡，我们就得打住了，百分之九十被百分之十卡住，能说我们比人家能干比人家强吗？究其原因，在于基本产业（机、电、算）的基础理论研究水平比人家落后，而如何将这些理论转化成先进技术，人家是决不会卖给你的。一流的企业卖标准，二流的企业卖技术，三流的企业卖产品，唯有理论成果是决不会出卖的。基础理论研究需要大量人力物力资金投入，且短期内难见成效，而我们则往往急功近利，不愿在基础研究上过多投入，喜引进或买现成的，人家即使卖给你的也都是他们将淘汰的，所以我们永远只能跟在人家后面追。曾有一家电器企业，二十五年前要做一副较大的模具，只能靠一台老旧的大铣床来加工，后续加工则全靠手工打磨完成，蚂蚁啃骨头非常落后，当时国内进口的先进模具制造设备——加工中心机床，仅只两三家大型企业拥有。十年后我们引进国外样机逆向研究，终于也造出来了，价格也由原先进口的五百万元一台，国产后只有四十万元一台。然而人家又有新的了，我们还是落后，缺的就是基础理论研究，其实这些所谓的先进技术，一旦理解掌握了回想起来也简单，创新发展，关键乃在基础理论研究的突破。

基业何以能长青

竞争成市

“肯德基与麦当劳为何经常开在一起？”曾有人拿《孙子兵法》中的那句“凡先处战地而待敌者佚，后处战地而趋战者劳”来阐述：“先一步下手固然可以获得一定的优势，但在现实世界的博弈游戏里，抢占先机并不总是好事，因为你一旦率先出手，你也就有了被对手观察和效仿甚至找出破绽的可能。每次博弈都是惊心动魄的较量，最终的结果可能是纳什均衡里的双赢，当然也有可能是卖力不讨好的两败俱伤。”

其实，没这么深奥，按我的观点，很简单：生存，离不开竞争，岂又何止肯德基与麦当劳？不难发现，国美和苏宁也往往是集结登场，还有其他的。表面上看似乎会浪费资源和降低利润，但与狼共舞远远要胜于在羊群里独领风骚，不温不火的环境只会逐渐削减竞争力。无论是市场经营还是日常生活，都要从中学会与狼共舞，才会在竞争中赢得一席之地。而且只有大伙凑热闹，才使自己的领地因热闹而成市场。

谁之责？该罚谁？

某酒店用洁厕液洗刷烧水壶和茶杯，在这之前也曾被爆出有用擦了马桶的抹布再擦水杯，骇人听闻！更可悲的回应仅只是“已辞退涉事人员”寥寥几字。这不是一次什么简单的洗刷，是人伦道德败坏到令人发指，是监督机制的缺失、管理的严重混乱与失职。为什么被辞退的总是前线的士兵而不是指挥员，为什么受罚的是拿几个可怜巴巴工资的打工仔，而不是拿高薪坐办公室的管理层。其实此事仅是个缩影，好多领域遇事都这通病，只见曝光不见治理。如今我们富了，但享受五星硬件的同时，却在领受破了底线的道德的伤害。

竞争凭什么

前日买手机，那售货员开口就说人家是水货，似乎就他们是正宗的，由此想到销售竞争中的类似现象。做保险或信托的拆银行的台，银行反过来拆他们的台，或同行业互相挖苦等。竞争无可非议，可用贬低别人来抬高自己，这非但不算本领，且暴露了自己的无知与贫乏。你可以宣传自己，但未必以损坏别人来推销自己。凡事都是靠做而非靠说，更非靠贬。做好自己，持公平竞争与良好的职业操守，定能以昨天的努力赢得明天的喝彩。

企业的青春宝

老伴买了件知名品牌的西服，才穿三四天，线缝开裂纽扣掉落。拿去修补，近十天毫无音讯，只得又去询问，两位售货员没有一声“sorry”，不是辩解就是推托，竟然还说“每天送来要修补的太多，所以……”哇塞！还真佩服其诚实。老伴见状便说：“你们此时只能表示歉意，而不是为自己辩解。”可售货员似乎很在理地说：“我们也只是打工的而已。”殊不知，不管你的职务高低，但你的身份和言行是企业的化身，每一个员工都是企业的一张名片，质量与服务是企业的立足之本。

再来说，家里的洗衣机坏了，请了官方维修，那服务态度令人汗颜，还真怀念当初购买时那张灿烂的笑脸。为何有些企业能基业常青，客户能始终不渝，不是善于开发，而是懂得维护。开发是突击战，维护是持久战，维护的精髓是诚信，诚信是企业的身份和名片。

如果说质量是企业的生命，那么我说，服务和诚信是企业的青春宝。

内部竞争为哪般

银行界有为做业绩产生压力而倒苦水的，殊不知这种竞争一旦缺乏认识运作不好，会让客户挺受伤。如果你去开户网点办事，保你宾至如归，只因你是他的客户，业绩归他算；假如上你非开户的网点，那为难、冷漠、甚至数落忽悠够你受。应该说客户是一家企业的客户，不是企业某部门的客户；而员工言行代表的不是某个部门，而是整个企业的形象。当你不愿为人家客户办事或从中作梗时，有否想到你的客户也有上人家那儿办事的呀？一个企业一盘棋，不是一盘沙，要互相搀扶，这么急功近利哪成啊！笑迎四方客，诚信为本，才能有勃勃生机。银行业务通兑，什么时候能做到服务也通兑，诚信也通兑？

感情投资创业绩

做业绩或营销，开发一个客户不难，难在维护，维护贵在坚持，急功近利难成事。它不是一次性的投资而是持久的追求，也不是单纯形式化的礼节性拜访，是靠日积月累坚持与客户交流，一个电话一条短信都是一份温馨。用你的优质服务和诚信博得客户的信任与支持，更不能成了业务没了联系，是客户也是朋友。感情投资很重要，它是人性社会最有效的投资策略，得到的回报也有意无意地体现于其中。

天下富翁皆“小气”

省钱和生财有好多秘诀，有些人喜欢炫耀自己那可怜的几滴水，真正以知识应对社会生活挑战的人并不多。那些都不是什么小气和吝啬，而是包含了不少智慧、哲理和品德。有位经济学家说：“你省下来的一块钱有时大于你赚进的一块钱。”大多数富翁都有节约的“笑料”，也就是人们常说的“越有钱的人越小气”。

然而，这“小气”的背后，却会表现出天大的阔气：盖茨几乎全部捐了他那天文数字的财富，区区小钱留给子女，不小气吧！美国好多平日里很抠门的世界级大富翁都是慈善家，中国也有不少富豪级的慈善家，这些都是智慧且为人品味的反映。

以人为本

友人闲聊，谈到现在有些企业留不住人，甚至有靠钱也留不住的，这或许是缺乏一种精神，一种人文关怀。如果说企业是一艘船，那么企业家就是船长，风平浪静或惊涛大浪，船员能否风雨同舟、生死与共？这需要一种精神和信念，在企业里，光给钱是不够的，重在能否洞悉人的心理需求？尊重人的心理需要，非常重要，懂得让马儿跑又让马儿吃好草。金钱作为企业普遍的激励手段，将员工维系在这条船上，促使船员全力划桨行驶，但这不能彻底杜绝跳槽与磨洋工现象，只有人性化的管理才是企业管理要达到的最高境界。惠普公司的精神就是"尊重个人价值"，公司的宗旨明确写着：组织之成就乃系每位同人共同努力之结果。

《三国演义》中，刘备与谋臣良将诸葛亮、张飞、关羽等，根本没钱给他们，但究竟什么魔法，使这些人置生死于度外，为其鞠躬尽瘁？只因刘备用人所长，投其所好，满足了他们的心理需求——人的自我价值的实现，让他们感觉自己对蜀国大业的重要。所以可以"士为知已者死"，中国历史上的人本思想，主要强调人贵于物，"天地万物，唯人是贵"。论语记载：马棚失火，孔子问："伤人了吗？"不问马。在孔子看来，人比马重要，倡导"以人为本"，首先要正视的是人的地位。在 IBM 公司，能让那些人才留下来的原因不是丰厚的薪水，也是企业的一种精神与文化：尊重公司的雇员，并帮助他们树立自尊、信心和勇气，让他们有归属感与认同感。其实其中最大的受益者乃是企业与股东老板，所以企业老板有什么理由不尊重员工及他们的个人价值呢？人的尊严，没有高低贵贱之分，没有大小多少之别，乃每个人与生俱来，至高无上。

职称、文凭与论文

滥了，职称！

最近都在谈论“职称改革”，在一些事业机关尤其学校里，这玩意儿可算回头等大事，没它，你上不了岗，加不了工资，抬不了头，甚至体检的套餐也按职称等级来划分以区别对待，这名堂难道真有那么重的分量?

如今，说自己是教授或研究员似乎已不能说明什么，还要加上“博导”等附加说明，既然大家都是教授，那“教授”之类的顶级头衔也就在相当程度上打了折扣。设置职称，除了表明拥有者的业务水准之外，另一个重要的功能是对其保持水准和提高水准起到鞭策和督促作用，为了名实相符，逼着你去奋斗，去创新。在德国，由于教授的位子少，竞争激烈，也就客观上保持了教授的质量。而我们这里，到了年头就顺理成章地有了，而且你有，我有，全都有，还有什么必要去苦斗呢！之所以如此之多的人，对高级“学术头衔”这般趋之若鹜，除了满足荣誉感和虚荣心外，还有更“实在”的原因，它成了个人分享社会资源的一种依据，一种年资的自然积累。在现行主流体制下，职称未必能体现学问，但更多地却意味着房子、票子、车子，乃至养老。另外，同为教授头衔，同样的职称，名牌大学的教授与地方小学院的教授能相提并论吗?

且一包到底的人事制度带来了一个奇怪的现象，即职称和对应的岗位以及能力、权利、职责相脱节。拥有高级职称的人，常常无须做与此职称对应的“活儿”，也没有硬性的规定和义务，于是具有高级人才“名分”的人很多，而能干活的人却很少，以致在很大程度上丧失了鼓励上进与创新，鼓励出人才的功能和作用，甚至还有负面影响。应该淡化资格，强化聘用，破除论资排辈，不唯学历、资历与论文，鼓励优秀人才脱颖而出。

职称没啥了不起，如果名符其实，那是一个人的知识标识，否则只是一种身份而已，没必要为了这个光环去你争我斗、弄虚作假，甚至有拼了命而英年早逝的。实事求是，真才实学，脚踏实地才是一个人所应该追求的。

过坎不易

近日，中央印发的文件指出，改革职称制度和职业资格制度，对职称外语和计算机应用能力考试不作统一要求。这意味着外语与计算机的考试将退出职称的准入门槛，这真是天大的好事，虽与本人已无关，但那么多年来，目睹那么多的人，有40后、50后、60后，甚至也有70后的，想拿下职称，为考外语那个犯难啊，还惹了不少趣事与囧事。外语这玩意儿不像有些手艺，几年不碰还能拿得起，它一时半会儿不用会丢光。想当年上门要求辅导帮忙的还真不少，看着那些老大不小的，在工作白忙之余还被这只拦路虎折腾不已，真为他们揪心。其实好多人的工作与外语毫无关系，还得如此耗时费力，于是一些五花八门的考试秘诀花样应运而生，对付选择题的口诀啦等，靠猜、蒙与碰运气，至于外语题目啥意思，全然不知。这些徒劳无益的形式早该改革了，还有那些为职称去东拼西凑，甚至剽窃造假的毫无价值的论文，也该拜拜了。当外语与论文要求不能发挥其正向激励作用时，就应该将它们从职称评定中剥离出来。这必考的外语门槛还将不少专业造诣很深、货真价实的优秀专家关在门外，而那些平庸之辈则高居于真正专家的头上，岂不贻笑大方？

论文有用为哪般

见周围有些人时不时为“论文”这玩意儿绞尽脑汁或呕心沥血，尤其在学堂里打点的更是目睹有加。在中国，论文这东西在职称评定或职位晋升中是张王牌，于是抄袭、拼凑、剽窃等花招相继出马，甚至其中还不缺有脸面之人物。当然也不乏实事求是、货真价实的，但为追求某种意图而蒙混过关的所谓论文，有多少货真价实、真才实学，那些弄虚作假的东西有多少文化价值？欧洲文艺复兴这么伟大，仔细看当时没有什么学术论文，只有几位画家与雕塑家呈现了文化的灿烂。从某种意义上说，是机制炮制了赝品与鱼目混珠，败坏了学术界的某些风气。真该反思，目前的这种评审机制是否科学、合理、客观与公正。论文，在科学文化领域里，难道就那么重要，那么伟大吗？

艺术的歪曲

偶有去看些画展，那些正经八百的画展，还有点分量，但有些画廊或画室等叫法不一，一些作品令人捉摸不透，简直就是涂鸦或某种古怪的创意，不过都冠以一个高贵的名字："艺术。"也有人如能画上几笔，就或留长发或扎辫子，以此来证明自己是"艺术家"。艺术是一种庄严且富有魅力的社会意识形态，而那些尴尬的艺术，就像一个浅薄而不出众的女人，总喜欢靠浓妆来蒙蔽那些欣赏美热爱美的眼睛。

譬如亲手捣坏好端端的一只椅腿，得意地称之为"三只脚的艺术"；电视机里铺天盖地的广告艺术，动不动就扯出几个女人来转悠转悠。如果就商家披着"艺术"外套变相营利让人反感，那文化领域里刻意大写"艺术"来哗众取宠则让人感到悲哀。更有甚者，作为农村商品交流地和集散地一年一度的热闹集市，渐渐地被五花八门的"艺术团"搞得不伦不类。一些不知从哪里收集的人不像人兽不似兽的东西，在舞台上摇摇摆摆，还号称为"民间表演艺术"，实乃为疯子艺术。真正的艺术竟被此类"艺术家"们低廉出售，那些传统的、经典的优秀艺术则渐渐失传，无人欣赏。

艺术是人的知识、情感、理想、意念综合心理活动的有机产物，是人们现实生活和精神世界的形象表现。艺术离不开人，真正的艺术是一个人对自身精神与情感的抒发与表达，它能陶冶情操、培养性情。罗曼·罗兰说："艺术的伟大意义，基本上在于它能显示人的真正感情，内心生活的奥秘和热情的世界。"可当今有些所谓的"艺术"究竟能为我们带来什么呢？艺术赋予生活无限的美，别让生活的真实和美丽任由这些假象来主宰和张扬。

财富

财富太多了对个人来说并非好事，甚至是负担，但这并非说人不必去奋斗去赢得财富，奋斗除了谋生糊口养家外，乃在于体现人生价值。有些人青年时努力拼搏，当创造了一定财富后，便抽出一些时间去从事自己的兴趣与爱好，譬如读些经典著作，高档次的文艺作品，或者去从事艺术爱好，作画赏乐或游览名川大山，而非赌场酒桌情场厮混，去挥霍钱财、健康与寿命。最可鄙的是那些老大不小了还啃老不工作，或谋生无术不反思改过而去啃老的人。诚然，人千万不能成为金钱的奴隶，而为此去拼命舍身，耗尽一世，过后就会深感太没意思，太不值了。如果一切都为了钱，且当有了很多钱时，便会感到无比空虚和失落。乔布斯最后深感懊悔：生前太对不起自己，把自己的一切让财富夺去了。人应当靠自己努力拼搏付出，去创造财富，但达到正常生活开销而稍有点结余便可，“真正的财富就是生活上的必需品”，对于拥有者来说，它只是过眼云烟。任何个人享受极其有限，感觉不出与巨额财富有直接关系。

人生向往致富，致富是人的合理诉求，无可厚非。然而，正如诗人歌德所说：“只有那些理解财富的人才会致富。”这里告诉我们如何不为财富所累，超越财富，从而把财富变为人的全面发展的方式。

目前，社会上仍存在着炫耀性消费与社会责任缺失的巨大反差，反映了我国富人在财富观上的不成熟。所以，必须提倡对财富的正确认识，也只有这样，才能懂得依法求财、合理用财；才能从容地驾驭财富，而不是被它左右，腾出点时间去丰富自己的生活——高雅、高尚、高水准的文化生活，来提升自己的涵养与品位，成为财富的真正主人。

孝亦养生

养生，常听说食物养生、运动养生等，其实精神养生很重要，它带给我们的乐趣和效果或都大于其他养生。当然现实生活人们紧张而忙碌，很难有那种闲情逸致去游览名山大川，或临渊观鱼披林听鸟的机会，但多读书或听音乐等，修身养性调整情绪平和心态，还是应该努力做到的，这对保持身心健康十分有利。

且“养生”也招法多多，真真假假，难以分辨。或吃，各种营养补品秘方数不胜数；或运动，架势也层出不穷。细想真正的养生没那么复杂，很多人忽略了养生的重要一招：“孝道。”通常的科学养生，不仅是生物医学领域、自然科学与社会学的实践，也是对道德伦理的追求，而孝道正是实践这些功能的法宝。“孝道”与“养生”似乎风马牛不相及，实际上是一体的，单纯从身体上养生很难见效，养生的根本是养心，养心须以养德为本。只有“至孝”，才能达到真正的“养生”，而达到这种境界的人，一切挡道的阴霾将灰飞烟灭，人生大道充满阳光，幸运也将悄然而至。如遇不顺，别怨命运，摸摸良心，查查孝心。当然孝得先从孝敬父母开始，父母是我们的最亲、为我们付出最多、吃苦最多的人，如果对父母都不孝，那还谈何善待众生呢？行孝还能不断升华自己的修养得以健康美丽，何乐而不为呢！“至孝养生”是养生的最高境界，这个境界看似高不可攀，其实却是大道至简，只要一片孝心向前走，一切在不求之中自然成就！近年来出了不少寿星，也爆出不少孝星，是那一颗颗孝星如同人性的光芒烘托着寿星，装点和谐与安康。总之，孝道是养生之本，社会和谐，物阜民丰；家庭和谐，福寿双全！

闲聊“孝”

“孝顺”，是社会与人们生活中热议的话题，尤其每逢双亲节更是成了商家掘金的好时机，也往往成了人们对孝顺的理解和满足。昨天读到一则对孝顺的诠释，真是触动心灵。摘引如下：

“孝顺父母分三个层次：最浅的层次是用财物奉养父母；第二个层次是用身体供养，就是不断去照顾父母；第三个层次是最高的，称之为智慧奉养，就是让父母看到我们的成长和改变。”

老人的奢望

有生以来第一个不在家乡的大年初一，母亲在世时，每年初一的第一道“菜”就是上娘家，自从八年前母亲去世，这初一便大失光彩。于是给姨妈舅舅拜年升级为初一，想到四位老人今天会盼着我，赶紧一早给他们去电，先来个远程语音拜年，并告之回家就去看他们。通常都拎点礼物给个红包，可我知道常去看他们比给钱好多了。按每年去看他们两三次，每次两个来小时，那还有多少个小时呢？当下过年为圆、孝、玩三大主题，只是玩别忘了孝，孝不在于花拳绣腿闹一番，而是发自内心的关爱。生活在倒计时中的老人，他们想得到的不是别的，而是春风与暖阳；他们留恋的不是世间的享乐，而是对亲情的眷恋。现在的团拜虽节省时间精力，但对出门不便的老人来说，连这一年才一次的期盼和被嘘寒问暖的渴望也成了难以实现的奢望。每年春节对几个老人的看望都是一次心灵的撞击，现在是敬老不够，爱幼有余，我们要将对风华正茂的鞠躬尽瘁分流点给风烛残年，因为他们等不起，因为他们也曾对我们鞠躬尽瘁过！

亲情

又是一年重阳节，想起两年前的那个重阳节，去看望舅舅和患老年痴呆症的姨妈。姨妈见到我，姨夫说她今个儿特别神采奕奕，虽然她已记不得什么，但一直没将我忘掉。离开告别时两位老人送我到路口，再三劝他们才留步。我走几步回望一眼，走几步回望一眼，只见两位老人弓着背还在目送我，不时地挥手。拐弯了，我看不见他们了，他们也看不见我了……

等不起

前日窗外，那风那雨，让我想起两年前的一个风雨天，患老年痴呆症的姨妈，突然情绪激动来电说马上想见我。当时我正忙着，且又那么大的雨那么远的路，本想说“明天吧，现在没空”。但我眼前立马出现了一个风烛残年的老人渴求一份情感的目光，我想再忙也要满足这样一个老人的感情需求，尽管她女儿就住隔壁，可她此时此刻需要的是我。姨妈见到我那高兴就别提了，情绪也立马好转，思路也清晰多了，当时我感到很欣慰，如今想起也无怨无悔。后来姨妈连提想见我要求的能力也没有了，几乎忘记了所有的人，没多久姨妈就去世了。我们再忙再不便也不能拒绝一个老人的要求，因为他们等不起！

寿礼

那天去银行办事，见前面有位顾客在买黄金且与旁边的一位熟人在聊：“老父七十大寿要送礼，要是买吃穿的会白白花掉，想来想去还是买点黄金合算，花不了放着还能涨，等他们百年后留下来还是我们的。”旁边那位附和道：“是滴是滴，礼重又实惠。”我在旁听了直觉心酸，那爹娘收到这份“厚礼”，不知做何感想？

谁欠谁

有些儿女，父母说上一句，感觉稍不中听就不舒坦赌气。可你想过吗，每个做儿女的几乎都在不同程度上给父母造成过生气伤心甚至痛彻心扉的伤害，可做父母的计较过吗？一旦儿女懂事了或还没懂事，再肝肠寸断的伤害也一笔勾销，父母伟大无私的爱始终在儿女身上演绎。人活一世，只有儿女欠父母，没有父母欠儿女。

孝，穷富有别

都说穷人家的孩子比富家子弟要孝顺，那是因为穷人家的孩子不仅很少或几乎没有得到关爱，有些还因家庭变故不得不担当起家庭的生活重担。柔弱的肩膀，稚嫩的心理还要去呵护父母，学会了怎样去爱，于是便穷人的孩子早当家。富家子弟衣食无忧，备受呵护，于是便以自我为中心，不懂得爱别人，也就少了几分孝顺。

闲聊翻译

在家附近，见路边的一块标牌，上面的英文翻译令人哭笑不得，看后苦笑，自然便想到翻译之话题。此标牌不知是哪家的“杰作”，除了有些是翻译软件惹的祸，细想也不足为奇。现在好多说是翻译，其实是在套字典，自然笑话百出，就比如曾有人将 vibrating circuit 译成了“颠簸之路”，当然给改成了“震荡电路”。字典仅是翻译的工具，不能被字典绑架，翻译要在理解原文的基础上，用另外一种语言去表达。译文与原文的相近度越高，翻译的效果越好，同时要对原文所表达的字面以外的意境进行融入性翻译，体现不同的翻译风格。不要看一句译一句，至少整段看完再着手，最好先审理全文，融会于心，方可下笔，争取做到严复老先生主张的“达、信、雅”。笔译要比口译难，这就像说话好说文章难做，会说几句外语的成千上万，真正笔译好的寥若晨星。大翻译家傅雷先生一天最多也只译 400 字，况且外译汉更难，除扎实的外文功底，更要修炼母语与基础学科与专业知识。譬如哲学类的论文读来都有点枯燥，但罗素的作品让人感觉非但不枯燥且很优美，这里翻译功不可没。达意准确，语句精练优美则更不容易了，有时看到同一本外文著作译成中文，有两三个不同的译本，感觉差异很大，故译文水平即见高低。通常专业人员阅读外文文献，大都只是明其意，能运用就行了，如要求被译成文字做成文章，给别人看，那便是另一码事了。只可惜现在的英语教学只注重做选择题，钻牛角，玩运气，忽略了学外语的真正目的——翻译。曾有学生就一篇短文，七道选择题答对五个，问其短文讲啥？“不知道。”选择题只能培养考场高手，出不了职场能手，有何用也？这是翻译么？如此的教学方式能培养出合格的翻译人才吗？

闲聊涨工资

涨工资，都欣喜，其实这也不是什么好事，或许是坏事，几年稍涨一点儿，则是好事。

原因么，其一：工资大幅涨，超过20%，时距短于三年，说明通胀严重；物价大涨，工资亦需跟着涨，否则民心不安。对国家而言无非多印些纸币来接招，但随之而来的是物价的水涨船高，弄不好这“加”还抵不过“涨”，得不偿失。

其二：我国外贸出口依存度已很高，若工资大涨，出口商品价格必定随之上涨，使得出口商品滞销，外商会转向比我们低价的国家采购，我们将增加失业率。过去30年，我国经济一路风光，首先得益于加入世贸组织，我们工资很低，出口商品价廉物美，畅销全世界，让我们成了世界工厂，人家美国的基本商品自己不产，干脆都从中国运来享用，一门心思搞虚拟经济。工资上涨，产品成本提高，出口商品竞争力逐渐下降，一些外企撤出中国移至东南亚劳力低廉的国家，又加剧了我们的失业率，这就是大涨工资的严重后果。

其三：工资与物价若大幅上涨，货币势必贬值，80年代有一万元被称为万元户，可买一套50平方米左右的商品房，如存银行至今只能买0.5平方米了。当然最受损的乃是银行的VIP存户，他们的资产被缩水了一大截。

所以，还是希望物价稳定勿涨有降，工资每隔三五年稍涨小幅为好，这样我们的出口商品才能持续长久有竞争力而畅销世界，受业情况也能乐观，国力持续上升，小康目标快点达到，民族复兴也将指日可待。

看病有聊

别样诊断

现在有些医生看病接听手机，停下诊疗专门接听还算好的，可不少边诊脉边通话，边读影像边通话，边开药方边通话。通话结束，脉诊好了影像看完了药也开好了，这一脑几用啊？都不怕误诊开错药啊？另说教师上课时有哪个接电话的，这不同样道理吗？况且人命关天更该严于律己。

大夫，有各种各样，治病方法也千奇百怪，但真本领的大夫不是大笔一挥，药物一堆，而是能细察入微循循善诱，不但会治身更能治心。一位大夫曾说过：“当一个人感到自己有病，在各方面检查均无大碍的前提下，要正视生命的自然规律，最重要的是放松，放下心，放宽心，改变某些生活态度，否则会永远觉得自己有病。”多好的一剂心灵鸡汤，胜过贵重药！我们每个人在关心自己身体的同时，更要关爱自己的心灵，因为身心，总是连在一起的。

有识“名医”

魏则西之死已过去好几天，但话题余音未了。想起多年前，先生患病上网找到一家北京三甲大医院的一位名医，我说网上的东西不可靠，先生说人民子弟兵绝对可靠，还以为淘到宝了。约了号，千里迢迢赴京城，只见该医生的诊室门口悬挂着横幅：“祝贺 XXX 的《某某书》问世。”我当场就大跌眼镜，这“名医”还未谋面，自吹自擂的模样倒领教了。更想不到的是，那专家见到患者的第一句话不是问病情，而是劈头就问：“你们是怎么找到我的？”我们说网上找的，他领会了，接着敷衍一通，不到三分钟将你打发，至于病历，白卷一张。开了一针剂，输液室里人满为患，还说快下班不给打了。就这样，一无所获还赔上旅途劳顿冤枉钱。出来时，只见医院大门口上方一条“严厉打击号贩子”

的横幅下面，正蠕动着好几条号贩黄牛……

医院里

世界上有许多不平等的事，但唯独只有病痛，对任何人来说，一视同仁。你再大的官再多的钱，也免不了生老病死；再多的钱再大的官，在医生面前称不了老大；再大的权势再高昂的头颅，在病魔面前都得低下，都只不过是一具普通的血肉之躯。权势和金钱抗争不了病痛对你的折磨，亲情信仰也奈何不了，唯一能做抗争的只有你自己的灵魂和肉体，这点人人平等，所以平时有些锐气显赫或不可一世的，此时一文不值，不过区别也是有点的，譬如普通病号与干部病房。

医院里，看到最多的画面是无奈与煎熬，好多由不得你选择，因为客观因素难以预料也无法抵挡，但你接受积极的还是消极的，为之所困还是将之化解，这点是人所能控制的。人一旦踏入医院这扇门，围着你转的总是你的亲人，探访再多的也不可能被你折腾，见人家比你好的就想想还有比你差的。如人家儿女床前站，千万别想自己儿女不在旁，那就想想离异失偶的，自己还有个伴，好心态是良药。面对疾病，有时心理上的治疗往往胜过肉体上的治疗，端正平和的心态胜过药物，努力学会如何去驾驭！

医患关系

平日不大去医院，但常听说医患关系这词儿，听到些医闹的事儿，患者一些过激行为的曝光等，但很少有提及那些不良的医疗行风与职业精神的流失。如遇纠纷，患者总是闹事者与被谴责对象，而医务人员总是受害者与受保护者，医院里的迷彩服与警棍是为医生保驾护航的，一直为医生叫屈鸣不平，为那种带武装氛围的就医环境感到悲凉。直到近日在医院混了些时分，见多了领教多了受够了，算是领悟了医患关系为何如此紧张，这般尖锐。医患本身是救世主与弱势群体的关系，病人的愿望是求医不是闹事，大多数病人对医生都是拍马屁都来不及了，要说平白无故无理取闹，还真有点不可思议。不说医疗事故，就说医疗态度，病人遭冷漠呵斥等，那是小菜一碟；医生开错诊疗项目，那是正常，为退改一个项目让你往返于楼幢间上下跑受各窗口的气，甚至还要花上几天工夫的，那是你活该。单百头的一个专家门诊，两三分钟将你打发，那是他的权利，类似的举不胜举。有些看似小事，但都是导火索，病人在承受肉体与精神双重压力与痛苦下，素质好的就忍忍，素质不好的便一触即发。

医患和谐是民生的一大话题，首先医学人员的职业精神很大程度上决定着医患关系的和谐。医学不是一门以自然物为对象的自然科学，而是一门以有生命、有心理、有感情的人为对象的自然科学与人文社会科学相互交叉渗透的综合学科。医生首当其冲的是应以解除病人疾苦、救死扶伤为天职，用爱心怀着对生命的敬畏善待每一位病人，用细心处理每一个复杂的环节来赢得病人的放心。其次是患者对医生的理解与包容，理解医生这一职业，具有强大的复杂性。医学科学的发展尚未到达任何病患都可治愈的地步，让社会对医生职业的艰辛、高风险给予充分理解，也是实现和谐医患关系的重要环节。只有共同努力，处理好医方、患方、政府、媒体等的关系，才能让医患关系和谐愉快。

片言只语

教育的质能

一

记得当我们还是学生时，每学期有一至两周下工厂干活，总是抢最脏最累的活，还学到不少生产知识，这叫“学工”；一年春夏两季的麦子收割，我们下农田割麦插秧、打稻晒谷，尤其体验夏收夏种的辛苦，这叫“学农”；还有拉练爬山体验军营生活，这叫“学军”。现在只有学军还是保留项目，被称为军训。那时的我们很快乐，学工、学农与学军对人的成长很有好处。

二

对人来说，是精品还是废品不是天生的，在什么环境跟谁相处成长很重要，跟精品在一起做朋友那你也将至少成为准精品；反之则会不成器，甚至很可能成为庸品、废品堆里的一员。自古道：“近朱者赤近墨者黑”“为教子孟母三迁其居”，其理也就在此。所以说，环境与交友对孩子成长很重要，这将影响一个人的性格形成和思想成长及品位，也进一步决定一个人将来的命运。

三

对一个需要你帮助支持的人，中国古话说“授人以鱼不如授人以渔”，你给他大堆鱼也很快就吃光，若是给他打鱼器具教之打鱼方法做个渔民，他就一生有鱼吃了。帮人找个工作或给他点资金帮他创业，这才是最大最彻底的行善。对子女更须这样，而不是永远只供他金钱花了事，殊不知这会毁了他的一生！

四

富孩子与穷孩子差别的确不是钱，而是不同的思想，此必会造成不同的结果。然而，当一个富孩子不学父辈那样去勤思想勤学习，而是因为有钱而促之吃喝玩乐白耗岁月，那这劣质的思想其结果必定比穷孩子更差，这就是钱财的腐蚀力，为富者的悲哀不幸。财富孰利孰害？应深思慎行！

五

看着周边的孩子个个被送往国外“深造”，大到高中毕业小到幼儿园，甚至有还在娘胎就送到洋土地上出世的，结果能打道回府的寥寥无几。真为中国的父母感到悲哀，为洋人产子养子，用自己的钱为洋人开发教育增加消费。想起一位旅居法国友人的话：“法兰西的父母，国家的保姆。”那我说：“中国的父母，世界的保姆。”

六

做父母的都期待孩子快快长大，不仅是生理上的长大，更是心理上的成长，这要经历漫长曲折的心理路程。不是吗？有 80 后骂 90 后不懂事啥滴，其实 80 后当初或许也被 70 后骂过甚至做过傻事，当 90 后成长了也会指责 2010 后怎么样。所以当一个人说别人不懂事时或许是你已成熟了几分，那就给还在成长中的多一份理解和宽容吧！

七

发现一个人，一种心态的形成与其成长生活的环境有密切关系，如果长期备受呵护，难以形成好心态，好心态的多为自力更生发愤图强者。越一帆风顺的，其承受能力越差，心态也偏差；经历越坎坷吃苦越多，越能锻造一副好心态。所以过分的呵护未必是好事，大学生容易出心理问题，就是因为突然离开父母的护翼。

八

在求职招聘会上，一些往日的高考状元和校园尖子都想凭简历本里的“赫赫战绩”以谋求高职，其实大部分的高考状元最终成为职场状元的寥寥无几。在中国，性格决定命运，个人在职场成功的关键因素不全在智力，而在于个性、良好的性格、人际关系、情绪调控力和坚强的意志。而象牙塔内的状元，笼罩在被包容表扬中很少受打击，出了校门，对社会的理解和接受度也不高。所以，简历战绩平平者未必成不了职场高手。

九

通常都说父母是知识分子，子女学习成绩也会好些，而父母文化差点的孩子读书也会差些。其实不然，现实中能考上大学或好大学的有几个是科学家或教授之类的子女，而偏偏草屋里会飞出金凤凰。同样，学习条件特好的富家子弟没几个读书好的，而寒门学子却往往能榜上题名。所以，优越有时会断送人才，而逆境却能造就人才。

十

为人父母大都喜欢为孩子的成绩而骄傲，在人前夸耀，这是人之常情，而孩子的缺点被看成是家丑不可外扬。作为父母，孩子小时候可给予适当的表扬，长大了尽量少表扬，尤其别当子女的面在他人面前赞美之。用鼓励代替表扬，练就孩子承受批评的心态，有利于在将来残酷的社会竞争中承得起受得住。对孩子的成绩喜在心里，从心里为之骄傲。记得自己从小到大很少听到父母的表扬，倒是在父亲的批评和鼓励中长大的。

十一

我们都教育孩子做人要诚实，如是说也如是做，但现实告诉人：让其诚实，更要让其学会怎样应对不诚实，只因周围有着太多的不诚实。只知诚实不知应对，那将是吃亏的人生，苦涩的人生，很难成为驾驭命运的幸运儿。

十二

大人对小孩的要求不要太容易满足，绝不能有求必应，现在城市里的孩子是想要的都能得到，没想要的也从天而降，慢慢地养成唯我独尊。问题就在于大人，要让孩子们对自己的要求遭点周折，从渴求到努力直至得到，甚至也有得不到的，要让其觉得每一份得到都来之不易，从而学会珍惜，也培养出一颗感恩的心。

十三

当下有些小孩过生日，最起劲的是大人，请客摆酒，互赠礼物，奢侈浪费，连孩子自己都不知道在干什么为什么。他们天天处在满足中，根本不在乎这一天的满足，而如此的折腾，真正满足的是大人的虚荣心。孩子们过生日，送上一份实实在在的祝福，只愿他们天天平安健康快乐，而不在于这一天的形式。

心态感悟

一

人是高级动物，和低级动物的区别就在于有思想，拥有感情。这是上苍赋予人类特殊的礼物，因此带给人很多快乐的同时也带来不少痛苦和烦恼。关键在于，人要主宰感情，不能成为感情的奴隶，要让感情成为生活快乐的伴侣，而不是负担。为何有人遇挫折时会说宁可像猪一样也不愿过人的生活，这是因为被感情羁绊。

二

平日里我们也许会为小小的事儿或纠结或懊丧，如东西买贵了或啥事吃点亏了等，这些都不是事儿，重要的是别坏了自己的心情。吃一堑也会长一智，要是坏了心情倒是大折顺。在国学里，这个“子”，那个“子”，还是比较喜欢庄子。“庄生梦蝶”“鼓盆而歌”，中国古代从庄子就开始提倡“让自己的心情保持一份宁静、欢乐与自由”的思想，路遇不平，学点庄子，让自己学会面对与承受，获得解放与快乐。

三

生活中顺其自然别刻意很重要，随心而然的生活让人觉得舒心，不是吗？不经意间抓拍到的笑容是最美最自然的，古时邯郸学走路的故事也告诉了我们这个道理。刻意去做某件事反而会做错，刻意追求某样东西到最后也许不会拥有。生活有喜有忧，你可以有梦想，为追求而努力奋斗，但不需要刻意，让我们的生活随意点吧！

四

当我们遇到困惑或心事，都想找好友谈心或得以指点迷津，这方式不错。但人都喜欢听同情之言，可顺耳之言未必都是良药。要学会接受不同观点，让忠言不逆耳，容得下别人的批评与指点，才能得到帮助。也只有抱着这样的态度，才能让人家对你的真心和帮助行之有效，不然弄不好误会了别人还伤了和气，自己也一无所获。记住：恭维未必真心，批评或是真金。

五

平常心很宝贵，一旦拥有乃莫大的幸福。生活难免有烦恼不公和诱惑，平常心会让你漠视痛苦丢掉包袱，明白博大，释怀忧愁。平静可以驱散困惑，让你感到知足和幸福，因为主宰人的感受并非欢乐和痛苦本身，而是心情。它会让你少些私心和奢望，视名利淡如水，面对诱惑也我自岿然不动。有一颗平常心真好！

六

“Money”，人对它可谓是爱恨交加。没钱，贫贱夫妻百事哀；有钱，弄不好妻离子散，能共苦而不能同甘。没钱，寒门学子泪汪汪，但也有草窝飞出金凤凰；有钱，富家子弟笑哈哈，却不少恨铁不成钢。没钱很苦，为药费发愁为学费发呆，心想如果我有钱那定相安无事；有钱很爽，花费不用愁，但招腥惹臭、引火烧身更难相安无事。没钱的痛苦有钱的烦恼，永远的纠结……

七

老年人最容易对人掏心掏肺，最容易被人利用，被人招之即来挥之即去，也最容易好了伤疤忘了痛，归根到底都是因为善良和一时对交流的渴望。于是乎，就成了某些行业比如传销诈骗或心想事成者等的枪下猎物。同样，帮助人也得讲究技巧和策略，能做到有求必应就不错了，最好别自作多情，俗话说："好心反被好心误。"况且，往往是最需要最渴望的也是最珍贵的。有时以自知之见却不解他人之心，弄巧成拙好事多磨。虽不求感恩与回报，但至少也得让人乐意，让帮助显得有意义。

八

现实生活教会我们不要对幸福太苛刻，只要没有不幸就是幸福了，就算遇不幸也不会是全方位的，要学会淡化不幸，其实幸福也不是一种状态，而是一种感受，同样也要用不同的感受去对待不幸。这往往也是有时得不到幸福的一种心理调节或是无奈之举。

九

一向主张低调做人不炫不露。记得多年前有个人去购房，售楼小姐见他寒冬腊月带双破得露指的纱手套，对他不屑一顾，而他眼没眨就买了一层，售楼的目瞪口呆。其实真有底气的不张扬，而金银武装到脖子与手指的或许是其全部家当了，况且风头霉头是隔壁。低调是做人成熟的标志，为人处事的基本素质，成就大业的基础。

世事点点

一

什么样的人最缺一颗平常心？贪官。什么样的人最"锲而不舍"且又让人避而远之？保险推销员。什么样的人说的话不算数？证券分析师。什么样的人脸上无光？啃老族。什么样的人最易变脸？售货员那张售前与售后的脸。什么样的人以没离婚而引以为豪？明星。形形色色万花筒……然而，什么样的人最让人肃然起敬，那些感动中国的人物！

二

说说这么两代人。一代是：小时候照看弟妹，长大了照顾孩子，开始老了照应爹娘，等自己老了没人管。另一代是：小时候，只见一个帝皇，长大了，孩子保姆养，爹娘不用管，只顾自己玩。真是不同的年代造就不同的理念，不同的人。

三

要是有人问，人体的什么部位皮最厚？答曰：“脸皮最厚。”不是吗？寒冬腊月，裹足全身所有部位抵御严寒，而这张脸却依旧裸对严寒。我们以厚脸皮面对大自然，但做人做事可不能厚脸皮。

四

《五女拜寿》观后感：这真是如同莎士比亚所说：“失财势的伟人举目无亲，走时运的穷酸仇敌逢迎。”叹世态炎凉寒透心骨，幸人间还有真情在。落难时谁离开，谁还在？愿世间多些雪中送炭，少些锦上添花，给人性抹一道光彩。

五

几次住五星级宾馆，打电话用中文说要一份报纸，要了几次不理你，后改用英文说，马上就送来了，这样的事遇到不止一次，想起来也真不是滋味。要想强大，想让别人瞧得起你，首先得瞧得起自己。别只习惯崇洋媚外，对洋人点头哈腰，都什么年代了！

六

都说当代人很幸福，是的，我们在轿车里驰骋，在网络上遨游，在美食里畅享。可是同样啊，我们在雾霾的笼罩下，在 WiFi 的覆盖下，在不良食品的吞噬下，在金融诈骗与电话推销员的频繁骚扰下，还有泡在那难以自拔的手机瘾中。要说幸福，又谈何易？

七

近来对智能手机的声讨似乎一浪高过一浪，这手机也真冤，它出世本想造福人类，怎还被扣上了“祸国殃民”的罪名。细想这手机没罪，软件也没过，都是人惹的祸。手机，它没让你六亲不认，是你将它捧得至高无上；它没让你爱不释手，是你要它全年无休；它没想填补你所有的空间与空虚，是你让它占据自己所有的阵地。所以啊，莫怪手机怪自己，手机是死的，人是活的，增加兴趣爱好，把控好自己，手机还是能成为我们的助手和朋友。

八

上海，是好多人向往羡慕的城市，说起这个城市，点赞的蛮多，但提起上海人，摇头的也不少。精明小气纠缠绝顶，自私傲慢等都会与其挂钩。而在上海人眼里，除了自己，你们统统的都是“乡巴佬”，且外乡人在这个城市也备受鄙视和欺负。哇塞！没有乡下人，哪有你高大上？要是乡巴佬们都打道回府，上海还能转吗？上海是全中国人民的上海，不是上海人的上海。大江南北五湖四海的“乡下人”才是上海人的靠山。每个城市的外乡人对这个城市的贡献都功不可没，上海人应多点对自身及整个国家的了解，让尊重与平等营造一份和谐。

九

谁说浙江出“土豪”？扯淡！近期陆陆续续读了一些作品，真是“浙江文人半天下”，半点不假。浙江是“文豪”的窝，出了许多大文豪。章太炎、鲁迅、周作人、李叔同、茅盾、梁实秋、丰子恺、郁达夫、郑振铎、俞平伯、冯亦代、林斤澜、范文澜、马寅初、夏承焘、夏衍、金庸、冯骥才、艾青、林徽因、三毛、余秋雨等，都是重量级的，这么多文坛大腕支撑着中国文坛，撞击出中国文海里最绚丽的浪花。追溯历史，南宋的故都位于临安，就是今天的杭州，南宋至明清时期，状元中榜率浙江为多数，总数几乎占了半壁江山。

十

也门战乱，中国政府动用海陆空，全力将侨民撤回，还让人家搭便车，美国政府却让其侨民自行解决。这让人想起几年前的利比亚大撤退，堪称自冷战结束以来规模最大的一次海外华人撤离行动。再看遇天灾人祸，我们都是动用政府的力量，全民皆兵，营救、安置、重建，出手的是一个国家的力量，背靠的是祖国。而几年前日本的地震及核泄漏，不少难民挨饿受冻，流离失所，政府撒手不管。今天我们虽然还有这样或那样的缺陷，但在这个问题上，中国政府确实做得很棒！

生活杂感

一

亚历山大出征波斯前将所有财产分给了臣下，他说自己不需要任何财宝，只需带上希望。就是带着唯一的希望出发，他带回来所要征服的全部。人，挫折和不幸往往占去人生的大半，面对困难，如仍能保持对未来的希望，就意味着人生还有希望，如自暴自弃便碌碌无为。好好珍惜生命给我们憧憬明天的权利吧！

二

人，都应多点希望，少点幻想。因为希望与幻想不同，希望是很有可能实现的未来，幻想是不大可能实现的希望。每一个明天都是希望，无论深陷怎样的逆境，人都不应该绝望，只因前面还有许多的明天。前途比现实重要，希望比现在重要。人，不能没有希望。

三

弱者，是一个渴望得到同情的群体，也是一个需要给予同情的群体。同情弱者乃善良之举，但有时仅同情会使弱者更弱，因为同情会让其意志更加消沉。不要同情并不意味着冷酷无情，而是要我们以更博大的胸怀，赤诚的善良面对万物众生，彼此尊重。只有正视现实和鼓励才会激发一个人潜在的精神意志，让弱者在黑暗中看到希望，懂得只有坚强起来才是摆脱困境和命运的唯一途径。

四

很欣赏这句话：“没有如意的生活，只有看开的人生。”说得多好！人生不可能一帆风顺，或许就是一趟苦旅。失意与如意是辩证的，只是看我们如何解读，如何化解，如何迎合，在磨合中强化自己的心理免疫力。学会在失意中找出路寻希望，能寻找幸福更能经营幸福。上天让人以嘹亮的哭声向世间报到，这足以向你告白：“你不是来享福，而是来征服的。”所以人如真能活出一种好心态，此生无憾也！

五

浮躁，是当今社会人们的一种普遍心态。生存的压力容易使人浮躁，尤其是年轻人，因为他们有激情梦想和追求，一旦缺乏经历和修炼，往往会意气用事烦躁焦虑，此时，就少了一份感悟和思考，缺了一点历练和厚重，甚至会不知所措。要多读书，多借鉴前人的路，遇事要用心去换宁静，宁静中会得到智慧和意志。

六

生活中，自以为是的行为很不好，做事不能凭一己之力独往独行，借众人之力与智慧，则无往而不胜。人不可能不犯错误，关键要知道自己错在哪里，避免重蹈覆辙。听取他人之见换个角度思考，不证明自己无能；而恰恰自以为是，刚愎自用会让自己的长处成为短处，成为孤家寡人，它往往是落后失败的根本原因。

七

交友，未必一味追求志同道合，也可辩证交友。小朋友要与大朋友交友，有利于开发智力；老年人要与年轻人交友，有利于自己心态年轻化；性格内向的要与性格爽朗的交友，有利于调节心理；等等。总之，互相取长补短，从自己的不足中寻找弥补自己缺陷的朋友，通过取长补短达到彼此的完善。

企业管理，仅是口号吗?

一

常听到一些企业老板高喊“超越某某、打败某某、N 年内做到行业第一”等口号，雄心壮志可嘉，但这只是目标而已。企业，重要的是战略，战略是企业与不同竞争对手所衍生出的独特策略。也就是说，做的是自己，看的是市场与客户。与战略相辅相成的是战术。战术是部署和手段，管理和保障，同样不可忽视。

二

家里装修买中央空调，当家的说是为保护民族工业，非买国货不可，哪知人家还没成熟便急于上市，结果买了个姓“修”的，想换又谈何易！没想到九年来只见修理工连续作战，人民币年均消耗三四千。想扔又何易？养着它又无底洞还受气！据说此产品当时技术未成熟只为占领市场而匆匆上市。想起当年 MBA 课堂上的一个提问：“产品未成熟该为占领市场而上市还是等成熟再上？”此例给出了正确的答案。

三

拿着超市券去消费，服务态度令人气愤，根本原因是资金都已到位。都说一手交钱一手交货，可这种营销方式还没出货钱已到手，想当下大部分的企业被客户欠款所受的痛苦压力，为生存又不得不高额贷款，不少欠款最终还不了了之。相比之下真为那些企业鸣不平，只愿还没交货钱已到手的商家多一份对消费者的尊重。

四

3·15，消费者每年中一个神圣的日子。这天，消费者有金盾撑腰，当了一回上帝。阳光下那些坑人的黑幕，不揭不知道，一揭吓一跳，让人目瞪口呆且深恶痛绝。只愿3·15不是运动会突击队，不要热了3·15，冷了365。让维权之路的阳光普照每一天，用使命和责任去维护每一个生灵。

五

看了机器人展览，未来几年，机器人将会越来越多地占据我们的生活，好多年前就一直梦想拥有一台能替我干家务的机器人，看来能梦想成真。机器人正在由机器向“人”转变，面对越来越超能的机器人，有人担心如一旦强于人脑，它一不开心恼羞成怒，或会成祸害，早年有部电影《星球大战》，说的就是人类创造了机器人而又毁于机器人。其实无须过度担忧机器人的到来，当下机器人还不至于变坏，倒是该警惕生产机器人的人动“歪心”，当务之急是对规范产业的健康发展敲响警钟，加强法律法规与道德建设，防止巨大商业利益带来的道德真空，让科技更好地服务于社会生活。

创业需心

一

企业家，在给钱袋充气的同时再忙也要挤时间给自己的脑袋充电，那是在给企业注入勃勃生机，让企业财富和企业文化齐飞。一个企业，老板的素质、理念和性格往往会决定企业的成败，也可算是企业文化的一张标签。如果急于求成，成功的绣球不一定向你抛来；如果刚愎自用急躁狂妄，总有一天会成光杆司令；如果连德与信都认不得，那便完蛋一个。小富靠智、大富靠德，多汲取知识就能高瞻远瞩，提高分析判断和战略思维的能力，及时了解宏观经济形势、提高捕捉商机转型发展的能力，充实自己的人文涵养，努力做个儒商，力争演绎精彩人生。

二

舍和得总是连在一起，有舍才有得。然而“舍”不是退却，是为了更好的“得”。坚韧不拔，不是不识时务的盲而不拔，人生曾拥有过此精神就值了。无论成败，每一个奋斗的脚印都已刻下你的执着，它的光芒同样照耀在另一条更有希望的路上。让我们都能学会舍得而更好地工作和生活。

三

事业成败，选择很重要。卡耐基说：“成功不是做你喜欢做的事，而是做你应该做的事。”一个人能力再大水平再高，如果选择的平台不对，将无法发挥潜能达成自己的目标。努力固然重要但选择比努力更重要！选择不对努力白费，甚至走弯路付出惨重代价，对新生事物反应的敏捷和正确的选择是浓缩人生和成功的捷径。

四

都说我有一个梦，我要追求要坚持，就能梦想成真，但也别忘了“路湿早脱鞋”的古训和“舍得”的辩证与智慧。没有理智的坚持是死要面子的幌子，要学会接受现实，不要做徒劳无谓的功。追求和坚持是一种精神，一种口号，不是不顾现实的永恒不变的目标。梦，也要做个清醒的梦。

五

当一个人成功时，总会有人说：“因为有梦想才有今天，人不能没有梦想。”可这话都只当梦想成真时才在耳边响起，而残酷的搏击能让多少个梦成真？梦中的日子最痛苦，迷迷糊糊不知能否成真，不知何时能梦醒？成真的梦能在喝彩声中收获鲜花和掌声，但不要忘了还在梦中的你我他依旧光彩。因为人生重要的不是凯旋，而是战斗！

六

创业过程中，大多数人往往一味去关注那些成功的案例，很少有人对失败的案例感兴趣，认为既然失败的东西就不值得借鉴，其实这是错误的思路。有时吸取教训比学习经验更重要，教训比榜样更有价值，研究人家的错误是为避免重蹈覆辙，更准确地把握成功。所以学习成功经验的同时要多关注那些失败和教训，多多益善。

七

常听人抱怨工作压力太重而苦不堪言，确实现代的竞争之激烈乃至残酷，但不妨从另一角度想，如果失业，那各种压力不会小于工作之压力。经历过就业之难的人会特别珍惜每一份工作，甚至为能有这种压力而感到快乐。工作压力是可以缓解和调整的，而失业之苦是不由自主的，愿天下的劳动者都工作并快乐着！

八

遇几个“牛大哥”，也真是！标榜一个人，可以，但不要自我标榜，旁观者清。成绩应让别人来说，让事实来说。自我吹嘘本无优秀之所在，因为优秀的背后是谦虚，沾沾自喜自以为是乃成功之大敌。越是认为自己了不起的人越是没有底气的人，只有虚心低调不浮躁，勤奋努力，才能真正走向优秀。